三島由紀夫　政治と革命

三島由紀夫　政治と革命　目次

エッセイ◉

対談◉

三島由紀夫政治論文選◉〈編・解題　友常勉〉

三島由紀夫論集◉

表紙写真＝共同通信イメージズ
「楯の会」創設1周年を記念して行われたパレード。
右端は主宰者の三島由紀夫＝1969年11月3日、
東京・三宅坂の国立劇場屋上

三島由紀夫　政治と革命

◉エッセイ

海を二つに割るように、彼は逝った

古川日出男

二つの問いを立てたい。一九七〇年十一月二十五日に自衛隊市ヶ谷駐屯地にて割腹自殺したのは誰か。四部作『豊饒の海』の最後の一行は何か。

＊

三島由紀夫（本名・平岡公威）が一九七〇年十一月二十五日にそこに乱入して、自決したのは事実で、しかし忘れてはならないのは、そこで死んだのは〝行動右翼〟の作家・三島由紀夫であると同時に、「三島由紀夫」とは平岡公威の筆名だった、との事実で、ここで私たちが考えなければならないのは、三島由紀夫＝平岡公威ではない、ということ。なぜならば、平岡公威は「文学をする者」として三島由紀夫という筆名を用意し、すなわち、そのような定義のもとに三島由紀夫を産んだ。

その日、何者かが現実的に死んだのだが、それは誰なのか。

三島由紀夫の遺作は『豊饒の海』であり、具体的には全四巻のうちの最終巻『天人五衰』である。

四部作には、著名な〝結び〟のセンテンスが二つある。

一つめは、第二巻『奔馬』の——

〈正に刀を腹へ突き立てた瞬間、日輪は瞼の裏に赫奕《かくやく》と昇った。〉

というもので、主人公の右翼少年・飯沼勲がここで切腹する。二つめは、第四巻（最終巻）『天人五衰』の——

〈庭は夏の日ざかりの日を浴びてしんとしている。……〉で、全巻の副主人公であり第三巻・第四巻では主人公格の本多繁邦が、ここで茫然自失としている。それを表わすのが、〝……〟という記号である。

すると『豊饒の海』の最後の一行の、最後の一語は、この〝……〟なる記号なのか。

＊

私は、前節で嘘をついた、に等しい。『天人五衰』はその有名な〝結び〟の後にも文章を続けている。もちろん三島由紀夫がそれを書いたのだ。まだ生きていた三島由紀夫が、死の前に、それをしたためたのだ。それは――

〈　　　　　　　　　　　　「豊饒の海」完。

　　　　　　　　昭和四十五年十一月二十五日〉

との二行で、この二行はきちんと活字となって残っている。つまり〝……〟との記号に後続した。すると、当然のように私たちは認識しなければならない。三島由紀夫の大長編『豊饒の海』の最後の一行は、この「昭和四十五年十一月二十五日」なのだ、と。

では――昭和四十五年十一月二十五日とはいつか？

一九七〇年十一月二十五日である。この日付は、一般には「三島由紀夫の割腹自殺の日」と捉えられているが、作品（三島作品）の視点から考える時、それは誤りだ。この日付は、『豊饒の海』の完結の日付である。プライオリティはこちらにある。絶対的にそうである。

私たちがただ単純に「小説の〝読者〟」である場合、この事実を否定できる人間はいない、と私は断じられる。

すると次の問題は〝作者〟である。

＊

前々節で、平岡公威が三島由紀夫を産んだ、と説いた。「文学する者」であるには平岡公威（なる本名）では足りないから、三島由紀夫（なる筆名）は用意されたのだ、と。そして社会的存在としての三島由紀夫の大きさが膨れ上がり、いわば「三島由紀夫＞平岡公威」の関係となった時に――「三島由紀夫＝平岡公威」の否定――、私たちは〝行動右翼〟としての作家・三島由紀夫を見てしまう。

しかし、それでよいのか？

まるで「行動」が「著作」の上位にあるような解説のしかたで、まっとうか？

三島由紀夫とは作家である。そのように定義されている。だとしたら、「行動」は「著作」の下にしか来ない。絶対にだ。

三島由紀夫が、たとえば『憂国』（小説及び自身が監督・主演した映画）などを通して、早い段階から「割腹へ、割腹へ」と向かっていた、と考えるのは、もちろん間違っているとは思わない。しかし、短編『憂国』と前述した『奔馬』という『豊饒の海』第二巻を同一線上にあると認識すると、何かが錯誤の領域に落ちる、とは敏感に私は感じる。『憂国』は二・二六事件に題材を採り、腹を切る主人公にはモデル（らしき人物。たとえば青島中尉）がいる。たとえば三島由紀夫は、青島中尉のその死の現場に駆けつけた某軍医中尉に取材している。映画『憂国』の完成後のことではあるが。

対して、『奔馬』の主人公の飯沼勲という右翼少年は、三島が創作した。

小説家の三島由紀夫が、純粋に産んだのだ。

その「三島由紀夫に創造された人物の割腹」は、「三島由紀夫の執筆した小説の、そのモデルの割腹」とも「三島由紀夫に創造されはしたが、モデル（らしき人間）を有している人物の割腹」とも違う。

かつ、三島由紀夫は、飯沼勲という登場人物を『豊饒の海』中もっとも愛している。そうであった、との傍証は担当編集者の言にもある。

ところで飯沼勲を創造した三島由紀夫だが、この人物は平岡公威に創造されている。

＊

自選短編集『花ざかりの森・憂国』の著者解説によれば、〈集中、『詩を書く少年』と『海と夕焼』と『憂国』の三編は、一見単なる物語の体裁の下に、私にとってもっとも切実な問題を秘めたもの〉なのだという。『憂国』に関しては、前節で触れた。また、『詩を書く少年』は、まだ学習院の生徒である少年（その名を平岡公威だ、と考えてしまう〝読者〟の傾きを、この作品は拒まない、と感じる）と、その少年に産み出される詩人（その名は三島由紀夫となる、あるいは、なるはずだった、と即断する〝読者〟の勢いを、この作品は削がない、と感じる）を孕むことで、「平岡公威は『文学をする者』として三島由紀夫という筆名を用意した」との定立を補強するものである、と簡潔に言える。

　すると残るのは『海と夕焼』一編である。

　この『海と夕焼』を〝作者〟当人はどのように解説するか。

〈奇蹟の到来を信じながらそれが来なかったという不思議、いや、奇蹟自体よりもさらにふしぎな不思議という主題を、凝縮して示そうと思ったもの〉

　と言い、

〈この主題はおそらく私の一生を貫く主題になるものだ。〉

　と（「おそらく」付きでだが）断じた。

＊

　三島由紀夫の『海と夕焼』は一二七二年の晩夏の小説で、そこでは、主人公が六十年前をふり返っている。主人公の名前は安里／アンリ、前者が日本人名、後者がフランス人名である。アンリは、少年十字軍に参加した（というよりも率いた）。そして、いまは日本に、寺男の安里として暮らす。

　アンリは――一二一二年に――キリストの幻視を見た。この救世主は、少年アンリに言った。〈沢山の同志を集めて、マルセイユへ行くがいい。地中海の水が二つに分れて、お前たちを聖地に導くだろう〉と。

　しかし〈海は分れなかった〉し、つまり、海が割れなかったから奇蹟は顕われなかった。

　アンリは聖地に赴けず、結局、奴隷市場に売られて、ペルシャ、インド、中国、日本と流れるのだ。そして寺男の（アンリならぬ）安里に変ずる。

　ここで私が考えているのは、三島由紀夫にとって、奇蹟とは「何かを二つに割る」ということであり、また、自選短編集『花ざかりの森・憂国』の著者解説で、こうも書いていることである。

〈「なぜあのとき海が二つに割れなかったか」という奇蹟

待望が自分にとって不可避なことと、同時にそれが不可能なこととは、実は『詩を書く少年』の年齢のころから、明らかに自覚されていた筈なのだ。〉

私が、このコメントに触れて考えるのは、割腹自殺とは海を二つに割ることに等しいのだ、ということと、それが不可避で、だが不可能だと見做されていたのだとしたら、その不可能が「果たされた」時に、いかなる奇蹟が三島由紀夫の身に降ったか、ということだ。

そうなのだ、『憂国』から三島由紀夫の一九七〇年十一月二十五日を眺めてはならない。むしろ『海と夕焼』からこそ、そうしなければならない。そして、そこに『奔馬』を足す。すなわちライフワークと言うに相応の四部作『豊饒の海』数千枚を足して、そこから思考しなければならない。

＊

すると、三島由紀夫は『豊饒の海』に殉じたのだ、とわかる。四部作『豊饒の海』の最後の一行は、〈昭和四十五年十一月二十五日〉である。その日、三島由紀夫は「文学をする者」と定義された自分を徹底しようとする。つまり、作品に殉ずることができるのならば小説家なのだ。三島由紀夫という作家は、自ら創作した飯沼勲――という割腹する主人公、行動右翼――を愛して、そこに（とは『豊饒の海』内にだ）帰還し、吸収される。そして、生、ライフの終焉を、『豊饒の海』の〝結び〟に合わせる。

その一行に。日付に。

三島由紀夫が死ねば、むろん平岡公威も死ぬ。その日、現実的に死んだのは平岡公威だ、とも言える。が、私はそうは言わない。

「最後の小説を完成させるためには最期を迎えなければならない」と思った〝作者〟こそが、そこで死んだ。

その彼は、平岡公威を道連れにしたのである。私は、三島由紀夫はまっとうに死んだ、と思う。

（作家）

1970年11月、「三島由紀夫展」（池袋東武百貨店）の開催前、夫人と会場を見て回る

◉エッセイ

死に向かってビルドアップされてゆく肉体

佐藤究

尋常ではない肉体。ホモ・サピエンスの骨格に載せられる最大限の筋肉の鎧をまとった男たちが、まぶしいステージに列をなして現れる。DJがターンテーブルから繰りだすビートの轟音のなか、彼らは英語のアナウンスに合わせ、ジャッジに向けて規程のポージングをおこなう。上腕二頭筋が隆起し、広背筋がふくれ上がり、大腿四頭筋がぶ厚い溶岩さながらに絡み合う。

〈ボディビル〉の大会——照明も音響も派手だ。これは競技なのか、エンターテインメントなのか、それとも別の〈何か〉なのか。

二〇一九年十一月十六日、スペイン、ラス・ロサスに本部を置く世界最大のボディビル連盟IFBB（International Federation of Bodybuilding and Fitness）が日本で初開催した〈オリンピア・アマチュア〉を観るため、私はチケットを買い、渋谷の会場を訪れた。レベルの高いアマチュアがプロカードの取得をめぐって鎬《しのぎ》を削る国際大会で、女子選手が競う〈ビキニ〉や、男子選手がビーチ映えする逆三角形《Vシェイプ》の肉体を比べ合う新競技〈フィジーク〉の審査もおこなわれるが、メインを務めるのはやはりボディビルだ。

ボディビルの世界は過酷である。ボディビルダーが試合当日までにたどる計算し尽くされたトレーニングや減量の日々は、一般に知られているとは言えない。たった数分のステージに照準を定め、極限まで筋肉量《バルク》を増やし、体脂肪を削り筋肉を浮き彫りにする——専門用語で「カットを出す」という——ためには、本番までの緻密な計画とその実行が不可欠であり、けっして単細胞のマッチョにできるものではない。

〈オリンピア・アマチュア〉の会場の通路で、私はある有名なアマチュアボディビルダーを見かけ、声をかけた。彼は快く握手に応じてくれたが、その手は乾ききって冷たかった。汗ばんでなどいない。審査を控えた彼には、余分にかく汗など一滴も残っていないのだ。百キロを超える肉体に陸上競技のスプリンター並みの低体脂肪率、その数値はボクサーをも下回る。減量の影響で、歩くだけで精一杯という印象が彼から伝わってきた。

常人を超える筋肉量《バルク》に到達しながら、脱水症状寸前の免疫力も著しく低下した状態。人体造形美の頂上を目指しながら、自己犠牲による忘我、はては死にすら近い状態（減量で命を落としたボディビルダーも実在する）。

己れの限界に挑む男たちが、世界中から渋谷に集まっていた。だが、彼らのうちの最良の者でさえ、世界一には遠く及ばない。何しろ彼らはまだプロでさえないのだ。ボディビルの最高峰――それはＩＦＢＢが年に一度開催する〈ミスター・オリンピア〉、その大会のただ一人のプロの勝者を指す。


一九七〇年十月三日、ニューヨーク市のタウンホールで開催された〈ミスター・オリンピア〉の会場に集まった満員の観衆とメディアは、歴史が変わる瞬間を目撃した。これまで大会を三連覇してきた世界最高のボディビルダー、〈神話（The Myth）〉の二つ名で知られるセルジオ・オリバが、ついに敗れたのだ。六〇年代後半のアメリカで、黒人でありながら白人からも〈神話〉と称されるほどの圧倒的な筋肉量《バルク》を誇ったオリバ、その彼に打ち勝って王冠を手にした若者の名は、アーノルド・シュワルツェネッガーといった。観客は「アーノルド！」と叫びつづけた。それはボディビルの領域にとどまらない新たな〈神話〉の始まりだったが、興奮する人々もそこまでは予期しなかった。のちに彼の名が地球上に轟くとは思いもしなかったのだ。

それにしても劇的な世代交代だ。社会主義国キューバからアメリカに亡命し、黒い筋肉をかがやかせ、葉巻をくゆらせて、〈ミスター・オリンピア〉の〈神話〉となった男に、元ナチ党員を父親に持つ二十三歳のオーストリア人ボディビルダーが、チャンスを求めて移住したアメリカの地で挑み、そして勝った。

シュワルツェネッガーがオリバに勝利した五十三日後、

極東の島国の首都で、今となってはおそらく文学史上の〈神話〉と呼んでも差し支えのない男が自決を遂げた。十一月二十五日、彼はシュワルツェネッガーやオリバと同じように——体重は彼らの半分ほどだったにせよ——トレーニングで作り上げた筋肉の鎧をまとい、体脂肪を削ぎ落とし、みずから「ミスター腹筋」と名乗るほどの境目《セパレーション》を得ていた。彼、三島由紀夫は、その腹筋に研ぎ澄ました日本刀を突き立てた。

自決の五十三日前、ニューヨーク市で起きたボディビルの世代交代劇を、三島は知っていたのだろうか？　時期的に見て、おそらくそれどころではなかっただろう。では、二人の名を知っていた可能性はあるだろうか？

何ごとにも耳早かった三島のことを思えば、その可能性はある。六九年の〈ミスター・オリンピア〉ですでに二人は対決し、このときオリバが新鋭シュワルツェネッガーの挑戦を斥けている。

三島に請われてトレーニングを指導した玉利齊《たまりひとし》は、アメリカ発のボディビルディングに〈ボディビル〉の和製英語を与えて日本に根づかせた第一人者だ。のちにＪＢＢＦ(Japan Bodybuilding & Fitness Federation)の会長に就くこの玉利が、二人の名を教えたかもしれない。そうではなくとも、ジムに置いてあったようなアメリカのボディビル雑誌で、ずば抜けた筋肉量《バルク》の二人を目にする機会はいくらでもあったはずだ。

本稿冒頭でボディビルの大会を指して「これは競技なのか、エンターテインメントなのか、それとも別の〈何か〉なのか」と述べた。その理由はつまり、部外者には採点基準がよくわからないことによる。何をもって勝者と敗者が決められるのか、ハイレベルな戦いになればなるほど謎めいてくる。もちろん目の肥えたファンの解説を聞くこともできるし、大会後にジャッジが語った言葉を文章で読める場合もある。筋肉量《バルク》、カット、シンメトリー、弱点を補うポージング。勝者が勝者である理由、しごくもっともだ。

だが、それだけではない。ジャッジも意識していない——というよりもむしろ、自明のことなのでわざわざ言語化していない要素がある。どうしてもそう思わざるを得ない〈何か〉が、ボディビルにはあるのだ。

その答えは、じつは隠されてすらいない。〈ミスター・オリンピア〉の名にすべてがある。

オリンピア。最高神ゼウスの棲まう古代ギリシャの聖地。あまりに肉体がちがうので見落としていたが、世界一のボディビルダーは横綱と同じなのである。力士の頂点に立つ横綱が豊饒や安泰を司る神の依《よ》り代《しろ》であるように、最高のボディビルダーもまた古代ギリシャの神々の美しさをまとう依り代である。だから、〈ミスター・オリンピア〉なのだ。だから、オリバの二つ名は〈神話〉なのだ。彼らは依り代であると同時に、ゼウスの鎮座する神殿に奉納される生きた彫刻である。〈ミスター・オリンピア〉の勝者は、競技の記録ではなく、自身の肉体そのものに西洋史の根源をまとって——言い換えるなら投射《プロジェクション》して——そこに立っている。この視点からすれば、彼らの存在は〈オリンピック〉の金メダリストを超えている。

　文化とは形であり、形こそすべてなのだ、と信ずる点で、私は古代ギリシャ人と同じである。
——三島由紀夫「「変革の思想」とは　道理の実現」
『読売新聞』一九七〇年一月

ゼウスの為せるわざなのか、歴史の偶然なのか。奇しくも同じ年に刻まれた〈神話〉の敗北、シュワルツェネッガーの〈ミスター・オリンピア〉初戴冠、三島の自決。この三角形《トライアングル》から見えてくるものの一つは、三島が死に向かって肉体をビルドアップしていったことの意味だ。冷笑されつづけたボディビルのトレーニングを通じて、三島が最後に仕上げたその肉体は、趣味的なものでも耽美的なものでもなかった。「日本の古典の言葉が体に入っている人間というのはこれから出てこない」と語り、その最後の世代《ジェネレーション》を自負する三島は、さらに古代ギリシャまでも骨格の上に載せておく必要があった。〈ミスター・オリンピア〉の勝者のように。それでこそ準備は万端に整う。

　讃えるわけではない。だが、こんなことを考えた人間はいない。後にも先にも三島だけだ。東と西の追憶を己れの肉体に投射《プロジェクション》して、その焦点に刃《やいば》を突き立てる——などと思いついた者は。

（作家）

●対談

赤坂憲雄 × 安藤礼二

三島由紀夫にとって天皇制とは何か

禍々しいアナーキーとしての『文化防衛論』

六〇年代が問うもの

安藤　今回、三島由紀夫を論じるにあたって、一九六〇年から七〇年にかけての作品に絞りたいと思っています。この時代を考えるとき、三島を含めて三つの象徴的な名前があがるはずです。他の一人は岡本太郎、もう一人は吉本隆明です。この三人に共通するのは近代人であることを自覚しながらも近代の外、近代以前にして近代以降に超え出ていこうとするモメントです。そのために西欧の民族学と日本の民俗学に大きな関心を抱き、自らのうちに消化吸収していった。そうした文脈で三島由紀夫を読み直していかないと見えてこないものがあるんじゃないかという気がしています。文学者としての三島を総体として考えるよりも、最後の一〇年間の三島由紀夫、ちょうど今から五〇年前に自ら命を絶った三島を自分なりに納得したいと考えています。

赤坂　僕も六〇年代が気になっているんです。あの時代に思想的な課題として浮かび上がったものは、われわれの今につながっています。六〇年代というのは、思想的な問いかけがきちんとなされるべき特異な時代だと思います。三島が自決したのは七〇年十一月二十五日で歴史的な刻印があります。高校のとき教室の横の小さな黒板に、「魅死魔」と誰かが書きつけていたことを覚えています。われわれにとって記憶としても映像としても、ものすごく強烈に焼き付いた異様な体験なんです。

安藤　吉本隆明も岡本太郎も三島由紀夫も、自分を外側から見るまなざしをもっていて、それが自分を内側から見るまなざしと創造的に総合されている。外と内との差異と通底のなかで自らの立ち位置を確定しようとしている。例えば三人とも、柳田國男や折口信夫など日本の民俗学ばかりではなく、ともにジョルジュ・バタイユの営為に強い関心をもっていました。バタイユはフランスの民族学者マルセル・モースの文学的な弟子です。三人の関心、三人のスタイルはまったく違いますが、六〇年代の風景をこの三人の仕事から見直していくと、確実に何かが見えてくる。

赤坂　六〇年代には、ダダ、シュルレアリスム、バタイユ、モースなどとても重要な本がたくさん翻訳されているんです。僕らは翻訳でまるで同時代ののものように触れましたが、でも、実際に彼らが活躍していたのは二〇年代、三〇年代なんですよ。長い時間をかけて発表されたものが、知の文脈を違えながら六〇年代にいっせいに現れて、それを僕は同時代の思想として読んでいましたね。そういうものと太郎、三島、吉本を読むとき、偏差があります。

安藤　二〇年代、三〇年代にフランスの民族学から大きな刺激を受けたバタイユやアルトーやブルトンなどシュルレアリストがやろうとしたことと、同時代に日本の民俗学として柳田國男や折口信夫がやっていたことは、私にはそっくりに見えるんです。二〇年代から三〇年代にかけて民族学および民俗学の重要な課題のほとんどが出揃った。それが六〇年代にあらためてよみがえり、同一の地平で読まれたときに、文学や民俗学、人類学を過去から区切る断層、現在につながる断層が生まれたのではないでしょうか。

ちょうど一九六〇年の末から翌年のはじめにかけて、深沢七郎の『風流夢譚』、三島の『憂国』、大江健三郎の『政治少年死す』が一気に発表されていきます。今、三島を論じる上で重要なのは、『憂国』から『豊饒の海』が完結する七〇年に至る過程、その間に発表された短編小説の『英霊の聲』、そして、おそらくは『豊饒の海』で意図したことを最も論理的に語った評論の『文化防衛論』を含めて考えることだと思っています。『憂国』『英霊の聲』『文化防衛論』『豊饒の海』という連なりを、日本の民俗学者たち、ヨーロッパのシュルレアリストやアヴァンギャルド芸術家たちの営為と対比する。そのことによって見えてくるものが必ずあり、それは現代の表現の問題と直結するはずです。同時に、それはまた芸術や人類学および民俗学の問題であるとともに、グローバルな状況のなかでいかに固有性（ローカリティ）を考えていくかという問題でもあります。世界戦争、つまりは第二次世界大戦で結局終わりにできなかった諸問題が、あらためて六〇年代に立ち現れてきた。意識的な小説家たちは、なんとかそれにカタをつけようとしていた。

　そこには当然のことながら、この日本で、赤坂さんが探究のはじめからこだわっている王の問題も出てきます。近代の天皇と前近代の呪術王（マジカル・キング）がどう同じで、どう異なっているのか。そのことは、安保闘争を経て日本がアメリカの保護から独立したときにどのような政体を採用するのかという問題と直結します。日本は本当に近代の国民国家だったのか、という問題でもあります。結局、「国民国家」という概念は、ヨーロッパにしかあてはまらないのではないか。ヨーロッパ以外の地で、ヨーロッパに対抗するために、「国民国家」の創出を目指した人々は、いずれも大きく歪んだ、畸形の「国民国家」しか創り出すことができなかった。その歪みを補正すべきなのかどうか。六〇年代に問い直された政治の問題と、文学表現の問題、社会体制の問題は、分けて考えることができないと思っています。

　最晩年の三島から振り返ってみると、三島文学は天皇の問題に集約されてしまうかのように思われがちですが、それは誤りです。『憂国』ですら天皇は直接の主題ではありません。『憂国』を間に挟むようにして発表された深沢の『風流夢譚』と大江の『政治少年死す』の衝撃の後から、三島は天皇の問題を意識的に考え始めるようになったと思われます。『憂国』は自ら映画化し、その舞台で自らの最後と重なり合う「切腹」を演じていますが、そこに書かれていたのはバタイユ的な死の絶頂と性の絶頂は等しいという主題で、天皇はほとんどまったく関係ありません。しかし、その後、三島文学の主題は天皇へと一気に収斂されてしまう。それは一体なぜなのか。

　実は深沢の『風流夢譚』と大江の『政治少年死す』が主題とするのは、あくまでも近代の天皇制の問題、その破壊的な解体であって、いずれも、歪んだ近代国民国家を領する主権者としての天皇を否定的に描き出すという段階で留まっていた。それだけでは近代を乗り越えることはできない。それが六〇年代を生きた表現者たちの共通の体験だったのではないのか。『英霊の聲』と『文化防衛論』が出てくるのは、そうした自問自答の後です。なぜ吉本隆明と岡本太郎が三島とオーバーラップしてくるのかというと、吉本は世界戦争に巻き込まれた日本の問題を問い、その根幹に天皇という概念《コンセプト》があることを喝破した。近代的な天皇を相対化するためには前近代にさかのぼるしかない。沖縄に行き、縄文にたどり着いた岡本太郎の営為とスタイルはまったく異なりますが共振し、交響します。そして三島の『英霊の聲』と『文化防衛論』もまた、そのような流れのなかで書かざるをえなかった、まとめざるをえなかった書物なのかなと思っています。

王と呪力

赤坂　僕は『英霊の聲』と『文化防衛論』を対で読んでいるんですが、その読み方が僕のなかでずいぶん変わってきたんですよね。一つは、一九八九年ころの昭和天皇の死から大嘗祭への流れがありました。そのときは歴史学だけでなく民俗学や人類学、いろんな分野の人たちが議論に参加していました。僕も実証史学の分野からの研究に対して異議を唱えることでその渦中にいて、『王と天皇』とか『象徴天皇という物語』を書いていたのでとてもよく覚えているんです。僕もまさに折口の『大嘗祭の本義』を拠りどころにして、天皇制の呪力みたいなものを議論していたんです。歴史学の領域では、あのとき、岡田荘司さんによって折口には全否定に近い評価が下されているんですね。そこで問題は終わったんだという空気がとても強いと思います。しかし、神膳供進・共食儀礼が大嘗祭の本義であるという岡田荘司説に対して、僕自身は「ここに描かれた大嘗祭の像は、かぎりなく平板で、かぎりなく貧しい」「国民とも国家とも関わりのうすい、天皇家のイエ祭りにすぎないという結論が導きだされはしないか」と批判しています。これに対して歴史家の小倉慈司さんは「しかしそうではなく、岡田荘司説を踏まえた上で、なおかつ、一見素朴に見える天皇の神祭りが一代一度の大嘗祭として規定、実施されたことの意味こそ考えるべきであろう」(『天皇と宗教』)と書かれています。歴史学は文字資料として残されたものを手がかりとして議論するわけですから、決して岡田荘司説が間違っていると思っているのではありません。極めて無味乾燥に正しいと思っていて、それが平成の象徴天皇制を支える道具立てとして使われました。真床追衾だとか、聖婚儀礼だとか、そういうことはとてもこの平成の天皇制にとって違和感があって受け入れることができないわけです。歴史学は資料に基づいて議論するという方法的立場において、折口殺しを行ったのです。でも、やはり違和感は残るのですよ。天皇のような聖なる王が即位するとき、単に悠紀・主基から捧げられた初穂を食するなんていうところで終わるわけがない。それが王権の根源的な呪力の継承儀礼であってみれば、それによってどういう呪力や宗教的威力を獲得して天皇として立つことができるのか。そこに踏み込まなければ、大嘗祭を論じる意味もないし、大嘗祭とは何かという問いへの応答にもならない。むしろ、歴史学は踏み込めないというところで自らを宙吊りにして引き下がったんじゃないか。

安藤　私もそう思います。

赤坂　安藤さんが『列島祝祭論』のなかでいわれていることはまさにそこで、共感できるところなんです。折口の『大嘗祭の本義』が成り立たないとしても、その議論は終わらないんです。あたかも折口に全部を集約させてその批判をすれば終わったかのように思われていますが、実はそうではなくて、僕はそこに三島の問題も全部絡んでくると思うんです。三島が『英霊の聲』とか『文化防衛論』あるいはその周辺の小説で論じようとしていたのは、つまり、王とは何か、その呪力とは何を源泉としてどう生まれてくるのかという問いを追い詰めることだったのではないか。

安藤　本当にその通りです。

赤坂　そういう意味で、折口の『大嘗祭の本義』から三島へというラインもあるし、われわれが考えなければいけない問題はたくさんあったのに、令和の大嘗祭では議論そのものが欠落していましたよね。それがわれわれの現在なのかなと思います。三〇年前の、昭和天皇の死から大嘗祭へというエポック、そのさらに三〇年前に一九六〇年があって、そのへんの思想の変容や流れを整理していかないと、三島について、あるいは天皇について論じる場というか土台というかプラットホームそのものがなくなっていくと感じています。

安藤　赤坂さんが今おっしゃったこと、つまり、世界戦争を引き起こす要因の一つとなった近代的でファナティックな天皇制がゼロになったことを、まさにいちばん最初に感じたのは三島たちの世代だったと思うんですよ。それならば、真の王とは一体何だったのか、自分自身の問題として考え抜こうとしたのが三島の最後の一〇年間だったのではないのか。三島以前に聖なる王、天皇の霊力の根源には一体何があるのかと理論的に考えた人間として折口信夫がおり、実践的に考えた人間として出口王仁三郎がいます。王仁三郎は折口よりも年長ですが、その活動が最も活発になったのはほぼ同時期です。両者ともに近代的な道徳としての神道、「国家神道」への強烈な違和感を抱いていました。文献としてさかのぼれる最古の歴史書、それが古事記であれ日本書紀であれ、そこには極東の列島に根付いた宗教（政治と分けて考えることはできません）の根本には神憑り、「憑依」があるとしか語っていません。「憑依」によって王の権威が生まれる。それが近代になって、明治になって、完全に脱色されてしまいます。折口も王仁三郎もそのような潮流に理論的かつ実践的に抗おうとした。ひょっとしたら二人は兄弟のような、分身のような関係にあったのではないでしょうか。折口が理論的に考えたことを王仁三郎が実践していったのではないか。日本書紀には「憑依」を成り立たせる構造が明確に記されています（神功皇后紀）。そこで「憑依」は、個ではなく対の構造が必要だと説かれています。「憑依」には二人が、二つのペルソナが必要なんです。神憑る神主と神憑らせる審神者《さにわ》です。尸童《よりまし》だけでなく、そこに霊魂を附着させる「司霊者」（修験道研究から導き出された概念です）が必要です。『英霊の聲』は、ただその構造だけを小説化したものです。三島自身、末尾の参考文献に友清歓真という名前をあげている。後に決裂しますが、友清は大本に参加し、王仁三郎から鎮魂帰神の教えを実践的に受け、それをさらに純粋化した人物です。天皇が大衆化し脱色されていくように見えるなかで、それとは逆行する、天皇の権威の源泉とは一体どこにあるのかという議論は、宮中の内でも外でも、ずっと並行してあったはずなんです。折口や王仁三郎は離れているようでいて、宮中と非常に近い位置にいた。たとえば大本であれば出口なおと出口王仁三郎という対《ペア》が神懸る神主と審神者になります。日本書紀であればアマテラスとスサノオという姉弟がその役割を果たす。王仁三郎は、古代と現代を神憑りにおいて強引に重ね合わせます。アマテラスとスサノオが象徴的な性交をして、そこから天皇の一族が生まれてくるわけです。神典の解釈学から、そのような基本構造が抽出される。私にとって『英霊の聲』は、理論的には折口信夫の古代研究、実践的には出口王仁三郎の鎮魂帰神法の総合としか思えない。赤坂さんがおっしゃるように、われわれが現在も生活しているこの日本という世界を統べている呪的な力の根本とは何かを考えたとき、王の問題に出会わざるをえない。三島は、そうした主題にきわめてアンビバレンツに対応してゆく。同時期、三島は折口信夫をモデルにした『三熊野詣』という奇妙な短編小説を発表しています。ちょうど『豊饒の海』の序章と考えてもよい時期に……。折口へのオマージュなのか折口をコケにしているのかよくわからない小説です（笑）。三島は、自分が昭和の皇后、美智子妃と結婚する可能性があったと何度も仄めかしていますよね。王とは呪術的な存在であり、しかも今このときもまだ現実に生きている。それが政治ばかりでなく、近代日本の文学的かつ芸術的表現も深く規定している。それを自分なりにクリアしないと先に進めないという想いが、『憂国』『英霊の聲』『文化防衛論』『豊饒の海』という歩みを決定したのではないかと考えられるのです。

赤坂　去年『文化防衛論』を読み直していたとき、禍々しいものとか、アナーキーなものをどのように受容するのかというテーマが隠されていることに気づきました。たとえば、鎮魂帰神によって特攻隊や南太平洋で戦死した兵士たちの霊、そういう、われわれの日常生活から排除されているものが憑依してきます。世界というものは、われわれが日常的に理性によって統御しているものだけではない。そういう、統御しえないものが、われわれの世界に入ってくるということが文化にとって非常に重要で、その象徴が天皇だと思うんです。天皇という装置を仲立ちにして、禍々しいもの、日常をはるかに超えるようなものを導き入れる。それはたとえば岡本太郎がベラボーなものをつくってやるというとき、そのときは理性的・合理的にこうだああだとつくるのではなく、はみ出してしまう、壊れて、正体不明のゴジラのようなものが突然やってくる。それこそがベラボーなものです。それは憑依だと思うんですけど、そういうことを信じられるかどうかが、とても大きい。『文化防衛論』は『英霊の聲』に対する、ある種の注釈作業だという気がします。でも僕自身は三島という人が同時代的にはわけがわからなかった。何か右翼的なことを叫んでいるうちに、とうとう割腹しちゃう。だから、誰もが途方に暮れていたんですよ。八〇年代の後半に、僕は『王と天皇』、とりわけ九〇年代初めに『象徴天皇という物語』で『文化防衛論』を論じているんですけれども、正直わからなかったんです。いちばんわからない著作です。隔たりを感じていたんですね。『象徴天皇という物語』を昨年、岩波現代文庫に入れてもらうときに、いちばん気になっていた『文化防衛論』を、もういちど丁寧に読んでみました。そうしたら、すごくよくわかるんです。「よくわかった」という意味はすこし捩れていて、たとえば三島由紀夫は昭和天皇から明仁天皇の流れに対して、週刊誌天皇制とか呪詛の言葉を投げつけて批判を続けていました。

安藤　きわめて批判的ですよね。

三島と天皇の近さ

赤坂　しかし、実は『文化防衛論』の三島と昭和天皇や明仁天皇とは、思いがけず親和性があるんじゃないかと思った。昭和天皇や明仁天皇は宮中祭祀を大事にしました。憲法には国事行為ということしか出てこなくて、「象徴としての務め」については何の規定もない。天皇家の方たちが象徴とは何かという問いを必死で背負わざるをえなかった結果として、たとえば、行幸のようなかたちで国体や植樹祭に行くだけではなくて、災害が起こったところや、ハンセン病患者、沖縄とか、鎮魂を必要としている場所を選んで徹底して訪ねていますよね。明仁天皇の意識としては、国民のために祈りを捧げるということと、国民が生きている現場にきちんと触れて多様な声を受けとめること、つまり、宮中祭祀と象徴的行為とされるものとは表裏一体なのだと思います。ところが、それがわれわれには見えない。今の天皇家ではどういうかたちで宮中祭祀を行っているのか、まったく情報として出てきません。これはものすごく重要です。そもそも天皇家の宮中祭祀は歴史的変遷があって、とりわけ明治のはじめに仏教的なものを排除して大きく変わってしまう。戦後になって、さらに変わったはずですが、それがわからないんです。明仁天皇は宮中祭祀を大事にして、それを執り行なうことができない健康状態であるから退位したいといわれたわけですよ。『英霊の聲』で、天皇がただの人になったということへの有名な呪詛の言葉があります。「祭服に玉体を包み、夜昼おぼろげに／宮中賢所のなお奥深く／皇祖皇宗のおんみたまの前にぬかずき、／神のおんためにしたる者らの霊を祭りて／ただ斎《いつ》き、ただ祈りてましまさば、／何ほどか尊かりしならん。／などてすめろぎは人間《ひと》となりたまひし」。ところが実は、昭和天皇も明仁天皇も宮中祭祀を何よりも王としてのアイデンティティをかけて欠かさず続けていたわけですよ。三島は昭和天皇が祭祀を離れているんじゃないかという意識があったかもしれないんだけど、ここでは違った。保坂正康さんとの対談で原武史さんはこう話しています。「三島自身が確かに宮中三殿に立ち入ることを許されて、内掌典と呼ばれる女性から直接話を聞いている。これは非常に稀有なことだろうと思います。つまり、そこは立ち入りが禁止されている天皇の聖域である。宮中三殿に入って、祭祀について直接聞くなどということは、普通の人間はできない。彼はそれを体験している」（『戦争と天皇と三島由紀夫』）。一九六六年の一月あたりのことらしい。

三島は「などてすめろぎは人間となりたまひし」と呪詛の言葉を語らせていたんだけれども、実は天皇は存在をかけて祭祀を続けていたという現実と重ね合わせにすると、三島由紀夫と昭和天皇の距離は思いがけず近かったんじゃないか。

ヒドラ／粘菌

安藤　昭和天皇は、近代を生きる呪術王として、自身が持たざるをえない二重性にして両義性に対してきわめて意識的であったように思われます。生物学を生涯の研究課題として選びますが、その特権的な対象は「ヒドラ」でした。文字通り、ギリシア神話に登場する不死身の怪物に由来します。イソギンチャクやクラゲやサンゴの仲間で、動物・植物・鉱物の性質を合わせもっています。いくら切り裂いても、その断片から完全に再生されてくる。オリジナルの身体とコピーの身体という差異が消滅してしまう。南方熊楠の研究で有名となった「粘菌」と同様な存在です。海のヒドラと森の粘菌。それが生物学者としての昭和天皇が生涯をかけて研究を深めていった対象でした。しかも戦前は、学問を熱心に研究する帝王は許されなかった。だから、御用掛の服部廣太郎の名前で、「粘菌」についての書物を刊行せざるをえなかった。この服部からの書簡が南方熊楠のもとに残されています。それらはひょっとしたら昭和天皇からの手紙だったのかもしれません。熊楠にとっても昭和天皇にとっても、ヒドラや粘菌は、あらゆる生命の起源に位置すると考えられている。それは「霊魂」の在り方そのものですよね。ナウシカの問題とも直結します。本居宣長が古事記の冒頭に見出した「産霊」もまた、葦カビのようなものであり、コケのようなものである。そのなかにありとあらゆる生命の可能性を秘めた、生殖細胞のような「もの」でした。精神と物質をともに生み出す「もの」。折口信夫や出口王仁三郎もまた、宣長のそのような解釈学をさらに発展させたところに霊魂の古代学にして霊魂の実践学を打ち立てます。

　昭和天皇は自身が持たざるをえなかった王としての怪物性をきわめてよく理解していたのではないでしょうか。そうでなければヒドラや粘菌の研究はやらないと思うんです。権威の源泉としての霊魂は抽象的なものではなく、ヒドラとか粘菌とか、ああいったものがいちばん近い。どろっとしたもの、血塗れのもの。そこからあらゆる生命が萌え出でてくるもの。それは芸能の母胎でもあります。『文化防衛論』とともに三島は芸術論にして芸能論を書き始めます。『文化防衛論』にも、「血みどろの母胎」という表現が出てきます。赤坂さんがさっきおっしゃった強烈なもの、ベラボーなものが生み出される母胎です。横尾忠則や坂東玉三郎の発見、ポップカルチャーと血塗れの芸能が一つに融け合わざるをえないのが日本の文化だった。そのようなことをいっています。しかし三島はそこで、「俺はかたちを選ぶ」と宣言するんですね。「かたちが生まれてくる血塗れの無定形の母胎を選ぶか、そこから生まれてくるかたちを選ぶか」と自問自答している。おそらく三島は『文化防衛論』でその両者をともに見ている。つまり粘菌やヒドラのような潜在的に無限のかたちの可能性を秘めた霊的な母胎と、そこから生まれ出てくる有限で具体的なかたちをもった存在の双方を見ている。それが『文化防衛論』の主題であり、『文化防衛論』がもつ二重性にして両義性のように思われます。オリジナルとコピーの差異が消滅してしまう生命的な反復のなかで、どのようにして固有のかたちが生まれ出てくるのか。それが『文化防衛論』に賭けられていたものだったんじゃないでしょうか。

「没我の王制」

赤坂　『文化防衛論』にはこんな一節があるんですよ。「このような文化概念としての天皇制は、文化の二要件を充たし、時間的連続性が祭祀につながると共に、空間的連続性は時に政治的無秩序をさえ容認するにいたることは、あたかも最深のエロティシズムが、一方では古来の神権政治に、他方ではアナーキズムに接着するのと照応している」。重要な言葉として、三島はここで「没我の王制」という言葉を使いますよね。我を没する。やっぱり何かをいい当てていたんだと思いますね。少なくとも三島は、戦前のような、自らが政治の中心にいて軍事や政治を統べる王みたいなものは信じていなかった。

安藤　まったく信じていなかったと思いますね。

赤坂　政治的に、いわば使いまわされる王権としては認めていないわけで、だから政治と切断しろと繰り返しいうんですよ。三島の政治はものすごく文学的な気がしますが。

安藤　一方では反権力たるアナーキズム、一方では権力ですよね。その二重性は、赤坂さんが論じているナウシカのもつ二重性とつながるようにも思います。

赤坂　もちろんつながります。さっき読んだ部分で、政治的無秩序といったものすら抱え込んでいくような、そして、エロティシズムとアナーキズムを根源的な場所で出会わせてしまう、それこそが「文化概念としての天皇制」だという人ですね。ある意味では、天皇が即位するということのなかには、エロティシズムとアナーキズムのとの対峙ないし融合の瞬間が絶対にあったはずです。それがなければ、王というのは、禍々しい呪力をもった存在として、いわば怪物的な存在として立つことなんかできません。

安藤　それこそまさに『大嘗祭の本義』が描き出そうとしたものです。折口は口述筆記が多いですし、何を参照したのかわからないところが多々ありますが、そのなかでも明らかに中世の芸能は意識しています。つまり演劇的な場ですよね。三島もまた『文化防衛論』を書き進めていくと同時に歌舞伎や能を見続けていました。おそらくエロティシズムとアナーキズムは表裏一体で、両者を兼ね備えなければ王にはなれない。赤坂さんが『文化防衛論』は『英霊の聲』の注釈だとおっしゃいましたが、私からすれば、この二つは折口の『大嘗祭の本義』の注釈のように思われます。

赤坂　『文化防衛論』の理論的バックボーンは和辻哲郎だと思うんですよ。王というのが、政治的権力と宗教的権威を合わせもつ存在であるというのは、文化人類学的には当たり前の了解のラインです。では和辻哲郎という哲学者が何をやったかというと、途方もないアクロバットですよ。天皇が人間に戻ったということで、宗教的な聖なる王というものをあらわに背負って、天皇制が国際的な意味でも戦後社会に生き残っていくことはできない。宗教的な聖なる王を、国民統合の象徴へと無理なく帰着させるために、宗教的ないし呪術的な権威を、精神的な権威に置き換える。つまり、宗教性を脱色して精神的な権威を象徴天皇制の核に据えるという大きな戦略を選びとった。ギリギリでそれしかなかったと思います。これが実質的にわれわれの今にもつながっていると思います。われわれは天皇という存在を、決して宗教的な色合いで眺めないわけですよ。カリスマ性には必ず宗教的なものが絡みついているし、現実にはわれわれが知らない宮中祭祀が丁寧に続けられている。にもかかわらず、とりわけ明仁天皇などはまさしく精神的な共感を集めている。和辻の採用した精神的な権威というところに、真っすぐに導かれて来たんですよ。そして、その背後では依然として宗教としての宮中祭祀を続けている。

安藤　しかも、その宮中祭祀は霊魂的なものに絡んでいると思われるので、先ほどのヒドラと粘菌ではないですが、エロティシズムとアナーキズムがそこで一つにむすび合わされる生殖性の領域が切り拓かれているはずです。赤坂さんの『王と天皇』では、幼童天皇というかたちで、無垢なる脆弱性のなかにすべての力が吸収されていく、と論じられています。今の天皇もまた弱さを体現していますよね。まさに幼童天皇のようなものです。ただ精神的な統合の象徴というかたちを得られたからこそ、まだ国民国家が成り立っていると思います。しかし、ここに原初の野生の天皇、折口や三島が夢見ていたエロティシズムとアナーキズムがそのもとで直結するような王が立ち上がってきたら、どうなりますか？　その王は、赤坂さんがきわめて魅力的に描き出したナウシカのようなものかもしれないじゃないですか。そのとき、赤坂さんは、そうした王に対してどう対峙なされますか？

赤坂　三島は「没我の王制」という言葉をそこに投げ込みます。「しかもオーソドックスの美的円満性と倫理的起源が、美的激発と倫理的激発をたえずインスパイヤするところに天皇の意義があり、この「没我の王制」が、時代時代のエゴイズムの掣肘力であると同時に包擁概念であった」という。ここで、なぜわざわざ三島がかっこをつけて「没我の王制」といったのかということです。たぶんエロティシズムとアナーキズムが混沌としてぶつかり合う場のなかで、唯一、司祭としてそれをコントロールできる存在は、まさに没我の王なんですよ。

安藤 要するに、王のなかに人間的な私があってはだめなんですね。

赤坂 そう、没我なんです。究極のエゴを捨て去ってそこにある存在が統べる王制という意味で、三島は「没我の王制」といったんだと思います。

安藤 人間的な私が存在しないということは、その没我の場所に、森羅万象ありとあらゆるものを包摂してしまえるわけです。まさに昭和天皇がヒドラや粘菌とコミュニケーションできるような存在であったように……。赤坂さんは近代的な天皇制に批判的なスタンスで、これまで著述活動をなされてきたと思いますが、しかし近著の『ナウシカ考』は『文化防衛論』と非常に近い位置にあるように感じられます。ナウシカもまさに没我の主体ですよね。私がなくて、動物や植物のみならず世界に破滅をもたらす怪物とさえコミュニケーションすることができる。アナーキーな力を解放してしまう。

赤坂 思いっきりアナーキーですね。

一回性の王ナウシカ

安藤 われわれは一つの夢として、ナウシカのような王、『文化防衛論』に描き出された王を想像することが可能です。しかし万が一、そのような王が現実に現れ出たとしたら、耐えられますか？

赤坂 一つの違いは、ナウシカは一回性の王だということです。だから、それを制御するシステムをもっていない。生のかたちでアナーキーなものが爆発してしまう。それに対して三島が伝統ということをすごくしつこく書くのは、そういう天皇を剝きだしにしたとしても、日本文化のなかにはそれを制御するものがあるからです。たぶん芸能であり、和歌であり、そういう文化的な仕掛けがあるから制御できるんだというふうに、三島は信じていたかもしれない。

安藤 しかし、私は、伝統には制御と同時にそれを食い破ってしまう力をも解放してしまう側面があると思います。制度によって、技術によって、反近代的な神憑りが可能になったように……。王仁三郎の大本もそうですし、オウム真理教もそうした流れのなかで生み落とされたと思っています。オウムが断罪されるのなら、大本も断罪されなければならないし、近代天皇制そのものも断罪されなければならない。決して、ごく少数の狂った集団があいったことをやったのではない。『英霊の聲』や『文化防衛論』の帰結だと思います。近代の天皇制を相対化し、ある種の始原の天皇制を抽出することは、もしかしたら、腐海よりももっと強烈な世界を実現してしまうかもしれない。そのような力に対して、どのようなスタンスで付き合っていくのか。三島は血みどろの母胎ではなく伝統というかたちを選びますが、しかしその代わりに、自らの命をあたかも供儀のように捧げなければならなかった。三島の割腹もまた、ただそれしか回答がなかったということだったのではないか。

赤坂　回答という意味ではそうです。

安藤　自分がここで何をしなければならないのか冷静かつ客観的に考えた末の行動だと思うんです。私に明確な答えがあるわけではないのですが、歴史的に脱色された大嘗祭理解を拒否して、『大嘗祭の本義』に描き出されたようなエロティシズムとアナーキズムが一つに融合するよう強烈な力を希求したときに、それはもはや世界の破滅しか招かないかもしれません。

赤坂　ナウシカは破壊しちゃうからね。

安藤　赤坂さんは、ナウシカは一回性の王だとおっしゃいました。逆に言えば、宮崎駿は性的な関係性をともなったペアとしての「王」は決して描かないんですよ。つまり権力の再生産を描かない。だから救われているところがある。しかし、もしナウシカが強力なパートナーと聖なる婚姻を遂げて権力の再生産が可能になったとしたなら、三島が考えていたような世界が実現してしまうのではないでしょうか。宮崎駿も三島由紀夫も大変優れた作家です。優れた作家であればあるほど、われわれが生きているパラドキシカルな現実そのものに直接切り込んでいく。私は宮沢賢治にも感じているヤバさを宮崎駿にも感じていて、とても牧歌的な表現者だとは思われない。きわめて危険な表現者だと思っています。宮沢賢治や宮崎駿の世界を、『文化防衛論』や『大嘗祭の本義』と同一な地平から考えていく。それはオウムとまったく異なった世界ではないのです。そうしたことを、最近あらためて切実に考えています。

赤坂　結局、オウム真理教の事件も、誰一人きちんと総括していないですね。

安藤　していないんですよ！

赤坂　またああいう聖化を希求する禍々しい力が、アナーキーなかたちで噴出してくると思いますね。

安藤　絶対に来ます！

赤坂　確かに宮崎さんの世界には、セックスという意味での性というものはすごく抑えられている。

安藤　そのぶん、描き出されているすべてのものがエロスそのものを体現していると考えられる……。

赤坂　僕は、エロティシズムというのを、男と女の交わりというふうに限定しないほうがいいと思うんですよ。異質なものが出合う、ぶつかり合うときにはエロティックなものが噴出しているんです。そういう意味では、ゴジラだって十分にエロティックです。

安藤　王蟲とナウシカの関係だって、性の交わりそのものですもんね。

赤坂　そこでいうと、『文化防衛論』で、未来につながるような何かを構築するために自分は決起するわけじゃない、というふうに三島由紀夫がいうのはなぜか。聖書の黙示録のように千年王国をユートピア的にあらわすことによって今の苦しみを耐えようという思考のかたちが、マルクス主義までつながっていきました。しかし三島はユートピア的な未来を提示することを拒んでいます。切断です。

安藤　『豊饒の海』は全四巻からなります。一巻と二巻は純粋に構築的な作品として優れていると思います。しかし、それが三巻からおかしくなってくる。それが痛ましい。異国に転生してくる。それが痛ましい。異国に転生して日本に引き寄せられた若き女王は、まさに罪を負って地上に堕ちてきたかぐや姫です。三島は、源氏物語にいう「物語の祖」、竹取物語という貴種流離譚の最初にして最大のものを自分の小説に取り入れようとしていますよね。果敢な挑戦だと思うんですけれど、あまりうまくいっていない。小説世界を破綻させている。もちろんそれが魅力ではあるわけですが……。同じこの三巻のなかで、澁澤龍彥をモデルにした今西という登場人物にサド的な千年王国論の夢を語らせている。千年王国を遠い未来としてではなく、過去の貴種流離譚と結びつけて、物語として完成する。しかも虚構の物語の完成が、現実の作家の人生の完成と同時並行することになる。とてつもないプロジェクトですが、世界大戦がまさに物語の中間に位置するこの三巻において、小説としては失調してしまった。戦争を背景として、宮崎駿的なナウシカ（彷徨う少女）と高畑勲的なかぐや姫が一つにむすび合った作品が書かれてしまった。

赤坂　宮崎さん、ビックリだろうな（笑）。

安藤　すみません、こじつけが過ぎますね（笑）。

赤坂　それにしても禍々しいものとどのように対峙して、光と闇の二元論みたいなものと闘うのかという巨大なテーマは一緒なんでしょうね。

マレビトと『文化防衛論』

安藤　赤坂さんは『ナウシカ考』のなかでロレンスの『黙示録論』をもとに考察を進めています。このロレンスの『黙示録論』はフランスの哲学者ジル・ドゥルーズも深い関心を抱いていた作品です。黙示録には二つの側面が存在している。大地の生産の力、変身の力そのものをあらわす異教的な側面と、その力を「神の裁き」に集約してしまったキリスト教的な、千年王国的な側面。私は三島由紀夫の作品世界にも、当時その最大のライバルに躍り出た大江健三郎の作品世界にも、ロレンスが読み解いた黙示録がもつ二面性のようなものを感じ続けています。黙示録的な世界は反復によって天上の千年王国的な「裁き」の世界にも、大地の生産にして変身の世界にも、その姿を変えていくのではないか。三島由紀夫も大江健三郎も、世界を破壊し世界を再構築してしまう「反復」に魅せられていました。『文化防衛論』最大のテーマということも可能かもしれません。反復のうちにエロティシズムとアナーキズムが、オリジナルとコピーが一つに入り混じり、一つに融け合う。『豊饒の海』の反復もまた同様の構造と力が意図されていたはずです。

赤坂　三島の戦略として、『文化防衛論』にはこういう言葉があります。「天皇という絶対的媒体なしには、詩と政治とは、完全な対立状態に陥るか、政治による詩的領土の併呑に終るかしかなかった」。だから、絶対的な「没我の王制」としての天皇という存在をそこに置くことによって、詩と政治がある意味で交わる、婚姻を果たすという、そういうイメージはあったと思う。

安藤　没我って、まさにゼロですよね。「空」や「無」です。それは破滅の「空」でもなく、消滅の「無」でもない。豊饒の「空」であり、豊饒の「無」である。それが、三島由紀夫が最後に抱いていた希望かもしれません。『豊饒の海』の最終巻は、海はアナーキーであるという宣言からはじまります。アナーキーで豊饒な海からこそ森羅万象あらゆるものが産出されてくる。海は反復を呑み込み、反復を可能にする無限の「空」であり、無限の「無」である。そう読み直していくと日本文化の一つの原型、一つの可能性が見出されてくるようです。血みどろの母胎を、岡本太郎は縄文に見出せると考えた。三島由紀夫は、無形の母胎の魅力を熟知していた。だからそこへの没入には抗う。母胎ではなく、天皇というかたち、王というかたちを選ぶ。三島由紀夫が生き抜いた二律背反的な世界は宮崎駿にとっても無関係ではないはずです。私は宮崎駿も同じような問題をずっと抱え込んでいるように思われます。宮崎駿も前近代的である民俗学的な世界と、超近代的であるメカニックな世界、千年王国を可能にする超科学的な世界との間を揺れている。ナウシカには、まさにそうした二つの側面が兼ね備えられている。しかし、これは答えが出ない問いですよね。だけど、この日本列島に生まれた人間としては考えざるをえない問いでもある。

赤坂　『ナウシカ考』にはそこまで書いてないんですけど、漫画版の『風の谷のナウシカ』はマルクス主義との決別の書なんです。そこではアニメには盛り込むことができないような深刻なテーマがたくさん抱え込まれています。生命とは何かというような問いを解き放ってしまったときに、宮崎さん自身が当然ながらコントロールできず、その問いに翻弄されるんです。どこに行っちゃうんだという不安を覚えながら、宮崎さんは漫画版を描かれていたと思います。ある種のエロスとかアナーキーなものを解放しちゃったときにどういう世界が現われてくるのか、たぶん自分自身が戸惑いながら、思想的な実験のなかに足を踏み入んでしまったのだと思いますね。

安藤　三島由紀夫もそういう人として考えていったほうが良いのではないでしょうか。最後の一〇年間は本人もどこに行くのかわからなかったと思うんです。だから魅力的である。切実な問題を切実に追究していこうとした表現者だった。今年は三島の没後五〇年であり、元号も去年変わって、本当だったら、『文化防衛論』とは何だったのか、『英霊の聲』とは何だったのか、『豊饒の海』とは何だったのか、アクチュアルな現実と切り結ぶかたちで、もっともっと議論が起こってこないとマズいのではないかと思います。

赤坂　『英霊の聲』や『文化防衛論』は、六〇年代の左翼的な心情が共有されているなかでは異物でした。これ何なんだ？　わけわかんない。割腹自殺までしちゃうし。やめてくれよ、みたいな。距離がうまくとれなくて。僕なんかは困惑のなかで、ときどき『ゴジラ』と『英霊の聲』を重ねたりしながら付き合ってきましたけれども、右と左のイデオロギー的な対立とかが遠ざかってきて、はじめて三島由紀夫の『英霊の聲』と『文化防衛論』を読み直すことができる時代になってきたんじゃないか。

安藤　もしかしたら今がいちばんいいかもしれません。

赤坂　西洋的な文脈ではなくて、良いも悪いも天皇というものがどこかに見えない中心のようにあってつくられてきた日本の文化史の連続性がありますす。その連続性がもっている伝統の力みたいなものを、三島由紀夫は信じたかったんだと思う。そこに天皇とかいろんな混沌としたものがくっついてくるから、気味悪くてわれわれは逃げてきたんだけれども、でも、もう少しそれを脱色というか抽象化することによって対峙することができるようになってきたのかもしれない。

安藤　ゴジラもそうですし、巨神兵もそうです。天皇同様に外から訪れる力そのものを体現していますよね。

赤坂　海の彼方からやってくる。

安藤　折口信夫のいうマレビトそのものです。力というものは内側に閉じられているだけでは発生しません。外側に荒れ狂う力が、閉じられた壁を破壊し、外側と内側が通底したときにはじめて発生します。しかもその外の力による解体と再構築は繰り返される。反復が差異という力を生み、差異という力が反復を可能にする。今後、『文化防衛論』の読み直しとマレビト論の読み直しは並行してくるのではないでしょうか。

——二〇二〇・一・二九

三島由紀夫政治論文選（編・解題　友常勉）

わが世代の革命

二・二六事件について

橋川文三氏への公開状

北一輝論

「国を守る」とは何か

STAGE-LEFT IS RIGHT FROM AUDIENCE

「変革の思想」とは

「楯の会」のこと

性的変質から政治的変質へ

檄

わが世代の革命

　僕らは嘗《かつ》て在つたもの凡《すべ》てを肯定する。そこに僕らの革命がはじまるのだ。僕らの肯定は諦観ではない。僕らの肯定には親密な残酷さがある。——僕らの数へ切れない喪失が正当を主張するなら、嘗ての凡《あら》ゆる獲得も亦《また》正当である筈だ。なぜなら歴史に於ける蓋然《がいぜん》性の正義の主張は歴史の必然性の範疇《はんちう》をのがれることができないから。

　僕らはもう過渡期といふ言葉を信じはしない。一体その過渡期をよぎつてどこの彼岸《ひがん》へ僕らは達するといふのか。僕らは止められてゐる。僕らの刻々の態度決定はもはや単なる模索ではない。時空の凡ゆる制約が、僕らの目には可能性の仮装としかみえない。僕らの形成の全条件、僕らをがんじがらめにしてゐる凡ての歴史的条件、——そこに僕らはたえず僕らを無窮の星空へ放逐しようとする矛盾せる熱情を読むのである。決定されてゐるが故に僕らの可能性は無限であり、止められてゐるが故に僕らの飛翔は永遠である。嘗てあれほどまでに多くの詩人の懊悩《あうなう》の象徴であつた「帰郷」といふ言葉も、僕らには空しい文字だ。

　更に——。僕らは文学の所謂《いはゆる》「新らしさ」に大した関心を払はぬ心算《つもり》だ。第一次大戦後の欧羅巴《ヨーロッパ》は「新らしさ」への偏執狂的な時代を体験した。彼らが新らしいとして賞味したものは何だつたか。——僕らは考へてみる必要がある。優れた古典が僕らの感覚に与へる読む毎に新らしい刺戟と、第一次大戦後の「新らしい」文学の今日も僕らの感覚に対するあのザラザラした、人を困惑させる抵抗と、を区別しなければならない。理論は往々この二つを同様に扱ふやうな手品を敢《あへ》てするからだ。無関心に値ひする事物が、たゞその異常さによつてのみ関心を強ひることに成功した時、人は往々それを「新らしさ」と勘違ひするのである。人は馴れないいかもの料理に閉口しながら、いつまで経つてもそれに無関心にもなれず、さりとて馴れて了ふこともできない自分を、「旧《ふる》い人間だ」と思ひ込んで諦めてしまふのである。そしてかうした読者自身に対する「旧い」感じを与へがちな点に、あの種の「新らしい」文学のまやかしが潜むのではあるまいか。文学の真の新らしさは読者自身をも新らしくするものではあるまいか。文学の新らしさと読者の新らしさとは相携へて進むべきもののやうだ。読者自身に古さを感じさせるやうな新らしい文学は、やがては「古い」といふ一語の批評で葬り去られる復讐に会ふであらう。

新らしさが「発見」であるとするならば、発見ほど既存を強く意識させるものはない筈だ。発見は「既存」の革命であるが、それは既存そのものの本質的な変化ではなく、既存の現象的相対的変化に他ならない。既存の革命といふよりも、既存の意味の革命といふべきだ。それなら発見の意義はどこにあるのか。発見の刹那《せつな》に於て第一の既存は一旦異常な現存へ高められ、この現存を契機として第二の既存に接続する。発見の驚きは利那的な現存へのおどろきである。この極めて現在的な体験が、第二の既存に達した対象の上に有する意義。そこに僕らは発見の意義を見出す。現在的なるものが流動しつゝ、しかも現在的たることを止めずに、人間体験の裡《うち》に永遠化されイデヤ化される。その現在的なるものは単なる歴史的現在を超えた異例な創造的現在である。従つてそれは内的形成の過程を経た内的現在として把握される。内的形成とは何であらうか。僕らは自己の既存と対象の既存との一致を予定調和的に考へ、そこに発見の機構《メカニズム》を見るのだが、この内的形成をもメカニックに考へようとはしない。形成の全条件の内に存するあの「矛盾せる熱情」は、常に体験的なものとしてあらはれてくるからである。僕らは真の「新らしさ」を真の「発見」にのみかくて見出だした。そして僕らは又してもこの小論文の最初の一行へ還るであらう。

きはめて常識的な結論の反復を追ひかけて、読者は僕らがなぜ革命を云はうとするのか訝《いぶ》かるかもしれない。しかし手始めに僕らは、革命といふ概念の古さを修正しようとかかつてゐるのだ。十八世紀以来使ひ古されたこの陳腐な概念そのものに、革命を与へることからはじめるのだ。狂熱的な、アブサンのやうな革命といふ刺戟剤——ともすればこの種の嗜好《しかう》に傾く人間性のある一面の次元を高めようと思ふのだ。僕らは永遠への思慕を忘れかねて革命を欲求する。衝動のはげしさは革命の概念によつて盲目にされはしない。熱情の血との併有。信仰と懐疑との美はしい共在。僕らは革命のスツルム・ウント・ドランクを通じて、無風帯を留保しておくだらう。それは卑怯な態度とはいへない筈だ。一つの衝動が僕らを虜《とりこ》にしようとする時、僕らの本能はそれと対蹠的な場所を用意する。その衝動が烈しければ烈しいほど益々。勿論僕らは文学の本源であるあの盲目的衝動の烈しさについては知つてゐる。しかしそれを言葉を用ひて表現する時に必要な透徹した理性についても十分に知つてゐるのだ。それをディオニュゾースの徒はこんな風に説明するだらう。言葉の行使に当つてのこのやうな冷静さは、たえざる衝動の累積が齎《もた》らした結果が、表面理性の作用によるかの如くみえてゐるのにすぎない。要するにそれは衝動の累積による技術的訓練であり、何ら合理的過程を辿《たど》つて馴致《じゅんち》されたものではない、と。之《これ》に反駁《はんばく》してアポロの徒――あるひは理性宗の徒はかう解説するだらう。盲目的なるかにみえる衝動も、言葉を行使するに当つての理性と同一の源泉から生れたものであり、畢竟《ひつきやう》理性の詩的発現に他ならない。言葉の行使の熟練は屢々《しばしば》理性以外のものによつて招致されたかのやうな効果を上げる場合があるが、この誤解は純粋理性を窄《せま》く解する誤りから来てゐる、と。僕らはいづれの宗徒に与《くみ》するものでもない。しかしこのやうに云ふことは出来る。僕らは盲目的狂熱的であるまでに自己の衝動に忠誠を誓ふ必要はない。熱情に対して、より低い次元の侵入を警戒せねばならない。あらゆる批判と警戒の冷水《ひやみづ》も、真の陶冶されたる熱情を昂《たか》めこそすれ、決してもみ消してしまふものではない。むしろあらゆる冷血にも耐へうる熱情の強さに僕らは誇りを感じるべきだ、と。

　僕らは所謂「新らしさ」について警告を与へた。僕らの革命の理念は一体何なのか。又また「常識的な」言辞で僕らは読者諸君をおどろかせるであらう。それは「若さ」といふことだ、と。

　しかし思ふに、この「若さ」の立言こそは革命的なものである。芸術に於て最初にして最後の問題である年齢といふことを、東洋は独特な世界観で律して満足してゐた。絶対的なもののそばへ恐れげもなく接近する境地を理想とする東洋の芸術家達は、形成の過程を見ないで熟練の過程のみを見ようとした。その芸術観は平面的であり、立体的でない。真の目的観が稀薄であるところには、却《かへ》つて浅い目的主義が横行し易いのだ。我が国の芸術界は完成と未完成の二つしか評語を知らない。若い人の作物《さくぶつ》を見ると彼等は云ふのである。「これは未完成だ。他日の完成を期待しよう」から云ひながら若い人が他日完成する能力を持つてゐるかを疑はしい目附でせつかちに探し出さうとするのである。又万一若い人の作物が相当彼らのお眼鏡に叶ふと、「この作者は老成してゐる。小成に安んじてはならない」と思慮深さうに批評するのである。どちらにしろ彼等は若い人をそのまゝ認めようとはしない。かうした年齢蔑視の考へ方には古い儒教道徳の誤まつた解釈の残滓《ざんし》がある。彼等は年齢のもつ怖ろしい意味をまるで怖れない。もし神が例外を与へて三十年の歳月を一ヶ月で歩むことを僕らに許したとするならば、彼らは馬鹿々々しい讃嘆の仕方をするであらう。年齢といふものが彼等にはこはれかかつた危い橋であつて、一刻も速くそれを渡つてしまへるならそれに越したことはない。時に阻まれてぐづぐづ渡り出す若い人たちが、彼等にとつてはいつでも馬鹿げた代物なのだ。——それ故今まで多くの若い詩人たちが若さを揚言した時に、そこには何か薄命な響があつた。その人たちの考へた若さも亦悲劇的なものだつた。

　僕らはしかし最も活潑に形成の行はれるこの若年といふ場所に文学の本質的なものを見たいと思ふ。言語的表現以前に立返つて、文学の評価の基準を求めようと仮にする時、発見が即ち形成であり、創造が即ち発見である若年にそれを求めるのが当然ではなからうか。たえず高きを憧れる存在が同じくその存在にとつて本質的な他のものによつて掣《せい》肘《ちう》される時醸《かも》し出される緊張は、その存在から矛盾と衝突が取除かれ融和と協同のみが得られる所謂「完成」と之を比べる時、何れ劣らぬものをもつてゐるのではあるまいか。形成とは本質的なるものの分裂とその対立緊張による刻々の決闘である。結果たる勝敗を本質的なものとして固定的に考へるならそれは変様と過渡とにすぎぬが、併《しか》し真の普遍性と永遠性は後者のなかに見出だされるかもしれないのだ。独創性は真の普遍性の海のなかでしか発見されぬ真珠である。不変なるものは変様のうちにひそんでゐるかもしれない。僕らの若さはなるほど本質的なるものが分裂し互に制約する点にもともと悲劇的なものであるといへるし、若さそれ自身が不吉であるとさへ感ぜられる。しかし傍目《はため》には退屈なこの形成の過程は、それから生れ出る結果を俟《ま》つまでもなく、それがそのまま抽象されて評価に耐へうる筈だ。未完的完結の形に於てその刹那刹那に終止する否定しがたい意味が見られる筈だ。その外見上の未熟と不完全とにも不拘《かかはらず》、（壮年老年の文学が表現によつて定型化されるなら)、若年の文学は表現を掣肘せんとする凡ゆる時間的空間的因子によつて定型化されるであらう。いはゞそれはネガティヴな、これまた貴重な表現型式であるといはねばならない。若年の文学的作品はその言語的表現以前の評価の基準となりうべき、或るかけがへのない不吉な「確かさ」に満ちてゐるものなのだ。

かくて僕らは若年の権利を揚言する。「たゞ若年に可能性をのみ発掘しようとする努力に終るな。なぜなら我々の最も陥りやすい信仰の誤謬《ごびう》は、存在そのものを信仰してゐるつもりでその存在の可能性のみを信仰してゐることに存するのだから」かくの如く僕らは主張し警告することを憚《はばか》るまい。そしてこの時代の奔騰の前に、若年が或る兇悪な意志で見戍《みまも》られてゐることを知るであらう。新らしい時代を築かうとする若年には夭折の運命がある。神の国を後《あと》にした古事記の王子《みこ》たちは、凡て若くして刃に血ぬられた。彼等と共に矜《ほこ》り高くその道を歩むことを、恐らく僕らの運命も辞すまい。

[初出]「午前」一九四六年七月『決定版三島由紀夫全集』(新潮社、以下同)第二六巻

◉三島由紀夫政治論文選

二・二六事件について

二・二六事件を肯定するか否定するか、といふ質問をされたら、私は躊躇《ちうちよ》なく肯定する立場に立つ者であることは、

前々から明らかにしてゐるが、その判断は、日本の知識人においては、象徴的な意味を持つてゐる。すなはち、自由主義者も社会民主主義者も社会主義者も、いや、国家社会主義者ですら、「二・二六事件の否定」といふところに、自分たちの免罪符を求めてゐるからである。この事件を肯定したら、まことに厄介なことになるのだ。現在只今の政治事象についてすら、孤立した判断を下しつづけなければならぬ役割を負ふからである。

もつとも通俗的普遍的な二・二六事件観は、今にいたるまで、次のやうなジャーナリストの一行に要約される。

「二・二六事件によつて軍部ファッショへの道がひらかれ、日本は暗い谷間の時代に入りました」

二・二六事件は昭和史上最大の政治事件であるのみではない。昭和史上最大の「精神と政治の衝突」事件であつたのである。そして精神が敗れ、政治理念が勝つた。幕末以来つづいてきた「政治における精神的なるもの」の底流は、ここに最もラディカルな昂揚を示し、そして根絶やしにされたのである。

勝つたのは、一時的には西欧的立憲君主政体であり、つづいて、これを利用した国家社会主義（多くの転向者を含むところの）と軍国主義とのアマルガムであつた。私は皇道派と統制派の対立などといふ、言ひ古されたことを言つてゐるのではない。血みどろの日本主義の刀折れ矢尽きた最期が、私の目に映る二・二六事件の姿であり、北一輝の死は、このつひにコミットしえなかつた絶対否定主義の思想家の、巻添へにされた、アイロニカルな死にすぎなかつた。

二・二六事件を非難する者は、怨《うら》み深い戦時軍閥への怒りを、二・二六事件なるスケイプ・ゴートへ向けてゐるのだ。軍縮会議以来の軟弱な外交政策の責任者、英米崇拝家であり天皇の信頼を一身に受けてゐた腰抜け自由主義者幣《しで》原《はら》喜重郎の罪過は忘れられてゐる。この人こそ、昭和史上最大の「弱者の悪」を演じた人である。又、世界恐慌以来の金融政策・経済政策の相次ぐ失敗と破綻は看過されてゐる。誰がその責任をとつたのか。政党政治は腐敗し、選挙干渉は常態であり、農村は疲弊し、貧富の差は甚だしく、一人として、一死以て国を救はうとする大勇の政治家はなかつた。

戦争に負けるまで、さういふ政治家が一人もあらはれなかつたことこそ、二・二六事件の正しさを裏書きしてゐる。青年が正義感を爆発させなかつたらどうかしてゐる。

しかも、戦後に発掘された資料が明らかにしたところであるが、このやうな青年のやむにやまれぬ魂の奔騰、正義感の爆発は、つひに、国の最高の正義の容認するところとならなかつた。魂の交流はむざんに絶たれた。もつとも悲劇的なのは、この断絶が、死にいたるまで、青年将校たちに知られなかつたことである。そしてこの錯誤悲劇のトラーギッシェ・イロニーは、奉勅命令下達問題において頂点に達する。奉勅命令は握りつぶされてゐたのだつた。

二・二六事件は、戦術的に幾多のあやまりを犯してゐる。その最大のあやまりは、宮城包囲を敢《あ》へてしなかつたことである。北一輝がもし参加してゐたら、あくまでこれを敢行させたであらうし、左翼の革命理論から云へば、これはほとんど信じがたいほどの幼稚なあやまりである。しかしここにこそ、女子供を一人も殺さなかつた義軍の、もろい清純な美しさが溢《あふ》れてゐる。この「あやまり」によつて、二・二六事件はいつまでも美しく、その精神的価値を永遠に歴史に刻印してゐる。皮肉なことに、戦後二・二六事件の受刑者を大赦したのは、天皇ではなくて、この事件を民主主義的改革と認めた米占領軍であつた。

二・二六事件――〝日本主義〟血みどろの最期［初出］「週刊読売」一九六八年二月二三日『決定版三島由紀夫全集』第三四巻

橋川文三氏への公開状

「中央公論」九月号の「美の論理と政治の論理」（三島由紀夫「文化防衛論」に触れて）を拝読しました。いつもながら、貴兄の頭のよさには呆れます。それから、社会科学の領域で現下おそらくみごとな「文体」の保持者として唯一の人である貴兄の文章に、かはらぬ敬意を捧げます。このエッセイで、貴兄は私に「愚直」の勲章を下さり、賑《にぎ》やかすぎる尊攘の志士としての、何だか胡散《うさん》くさい人物の戯画を巧みに焙《あぶ》り出し、つまらぬ洒落《しやれ》だが、私を完全な「守《もり》の石松」に仕立ててしまはれました。それについては、私は感謝こそすれ、いささかも怨《うら》みに思ふ筋はありません。

ただ、いつも思ふことですが、貴兄の文体の冴《さ》えや頭脳の犀利《さいり》には、どこか、悪魔的なものがある。悪魔的といふより、どこか、悪魔に身を売つた趣があつて、はなはだ失礼な比喩かもしれないが、もつとも誠実な二重スパイの論理といふものは、かういふものではないかと思はれることがある。なぜなら、貴兄は、いつも敵の心臓をギュッと甘美に握ることを忘れず、さうして敵に甘美感を与へてゐる瞬間だけ、貴兄の完全な自由と安全性を確保してをられるやうに思はれるからです。もつともそれは、学問の客観性といふものの当然の要請かもしれませんから、単なる無頼の言とお聴き捨て下さい。

このエッセイで、私がもつともギャフンと参つたのは、第五章の二ページに亘《わた》る部分でした。貴兄はみごとに私のゴマカシと論理的欠陥を衝かれ、それを手づかみで読者の前にさし出されました。

「三島よ。第一に、お前の反共あるひは恐共の根拠が、文化概念としての天皇の保持する『文化の全体性』の防衛にあるなら、その論理はをかしいではないか。文化の全体性はすでに明治憲法体制の下で侵されてゐたではないか。いや、共産体制といはず、およそ近代国家の論理と、美の総攬者としての天皇は、根本的に相容れないものを含んでゐるではないか。第二に、天皇と軍隊の直結を求めることは、単に共産革命防止のための政策論としてなら有効だが、直結の瞬間に、文化概念としての天皇は、政治概念としての天皇にすりかはり、これが忽《たちま》ち文化の全体性の反措定になることは、すでに実験ずみではないか」

なるほど、かういふ論法の前には、私の弱点は明らかでありますしかし刑事は、犯人がごまかしを言つたり、論理の撞着を犯したりするとき、正にそのとき、犯人が本音を吐いてゐることを、職業的によく知つてゐます。同時に又、その瞬間に、訊問者も亦《また》、何ほどかの本音を供与せねばならぬことも。

結論を先に言つてしまへば、貴兄のこの二点の設問に、私はたしかにギャフンと参つたけれども、私自身が参つたといふ「責任」を感じなかつたことも事実なのです。なぜなら、正にこの二点こそ、私ではなくて、天皇その御方が、不断に問はれてきた論理的矛盾ではなかつたでせうか。この二点を問ひつめることこそ、現下の、又、将来の天皇制のあり方についての、根本的な問題提起ではないでせうか。

それといふのも、現在、「文化国家」の首長としての天皇は、平和憲法下、世界にも稀な無階級国家の象徴の地位を保持され「統治なき一君万民」を実現されてゐるやうに思はれるからです。この日本が一体、本質的に、「近代国家の論理」などといふものに忠実な国家形態を持つてゐると貴兄はお考へでせうか。近代国家の論理に忠実だつたのは、むしろ、あの破産した明治憲法体制ではなかつたでせうか。さういふと、あたかも私が、あのベレー帽をかぶつた糖尿病の護憲論者の一人だと思はれさうですが、私が現下日本の呪《のろ》ひ手《て》であることは、貴兄が夙《つと》に御明察のとほりです。

しかし私が、天皇なる伝統のエッセンスを援用しつつ、文化の空間的連続性をその全体性の一要件としてかかげて、その内容を「言論の自由」だと規定したたくらみに御留意ねがひたい。なぜなら、私はここで故意にアナクロニズムを犯してゐるからです。過去二千年に一度も実現されなかつたほどの、民主主義日本の「言論の自由」といふ、このもつとも尖端《せんたん》的な現象から、これに耐へて存立してゐる天皇といふものを逆証明し、そればかりでなく、現下の言論の自由が惹起してゐる無秩序を、むしろ天皇の本質として逆規定しようとしてゐるのです。かういふ現象は実は一度も起きなかつたことですから、私の証明方法は非歴史的あるひは超歴史的といへるでせう。国学者のユートピア的天皇像といへども、このやうな「言論の自由」を夢みることさへなかつたと思はれるからです。

ところが、私は、文化概念としての天皇、日本文化の一般意志なるものは、これを先験的に内包してゐたと考へる者であり、しかもその兆候を、美的テロリズムの系譜の中に発見しようといふのです。すなはち、言論の自由の至りつく文化的無秩序と、美的テロリズムの内包するアナーキズムとの接点を、天皇において見出さうといふのです。そして、文化と政治との接点が、こんな妙なところでおそらく瞬間的に結びつかうとするところに、天皇といふものの、比類のない性質を発見しようといふわけです。

では、現在はそれが結びついてゐるかといふと、不幸にして、あるひは幸ひにして、まだ結びつく兆候は見えません。誰もこのやうな「言論の自由」の招来した無秩序の底に天皇の御顔を見ようとする者はないからです。政治家や官僚は、一見天皇主義者を装へば装ふほど、言論統制の上に立つた国家権力機構の再建をしか夢みることはないでせう。かういふ非歴史的な手続で、私は言論の自由を通じて、文化概念としての天皇を再構成し、かつ歴史的に規定しようと試み、それが天皇制の創造機能であるとさへ考へますが、しかし、天皇及び天皇制の、おそらくもつとも危険な性質は、そのスタビリティーにではなく、フレキシビリティーに在ることは、貴兄もあるひは同感して下さるかもしれません。

貴兄が指摘された私の論理的欠陥の第一は、このフレキシビリティーにどこかで歯止めをかけたい、といふ私の欲求から生れたわけであります。この欲求の中にこそ、文化の意志が働らいてゐると私は信ずる者です。その歯止め、その辷《すべ》り止《ど》め、そのケヂメの最終地点が、「容共政権の成立時点」だ、と私は規定するわけです。つまり、幕末の国学以来、天皇を追ひかけて追ひかけて行つて、又スルリと逃げられて、なほ追ひかけて行つて、「もうこれ以上は」といふ地点をそこに設定するわけであります。そして第二点は、もとよりこのための技術的処置であり、予防策でありますが、私は必ずしも栄誉大権の復活によつて「政治的天皇」が復活するとは信じません。問題は実に簡単なことで、現在の天皇も保持してをられる文官への栄誉授与権を武官へも横辷りさせるだけのことであり、又、自衛隊法の細則に規定されてゐるとほり、天皇は儀仗《ぎぢやう》を受けられるのが当然でありながら、一部宮内官僚の配慮によつて、それすら忌避されてゐるのを正道に戻すだけのことではありませんか。

いはゆるシヴィリアン・コントロールとは政府が軍事に対して財布の紐を締めるといふだけの本旨にすぎないが、私は日本本来の姿は、文化（天皇）を以て軍事に栄誉を与へつつこれをコントロールすることであると考へます。以上お答へにはならぬかもしれませんが、冗《くど》く卑見を述べました。更に御批判をいただければ倖せに存じます。

［初出］「中央公論」一九六八年一〇月『決定版三島由紀夫全集』第三五巻

◉三島由紀夫政治論文選

北一輝論

――「日本改造法案大綱」を中心として

北一輝の「国体論及び純正社会主義」は、二十三歳のときに書かれたもので、書かれてたちまち発禁になつたが、その紛糾した論旨にもかかはらず、めざましい天才の書物である。彼の激しさ、そしてまた、青春の思考過程の中にある混乱と透徹、論理の展開の急激さと、これを支へる直観の繊細さその他は、私の知る限りではオットー・ワイニンゲルの天才に比べられる。

私は北一輝の思想に影響を受けたこともなければ、北一輝によつて何ものかに目覚めたこともない。ただ、私が興味をもつ昭和史の諸現象の背後にはいつも奇聳《きしよう》な峰のやうに北一輝の支那服を着た痩軀が佇《たたず》んでゐた。それは不吉な映像でもあるが、また一種悲劇的な日本の革命家の理想像でもあつた。錦旗革命といふことが言はれたときに、すでに日本の国家主義運動は、一つの計画性をもつたのである。西南戦争以来、日本の国家主義運動は茫漠たる大アジア主義と感情の激越、純粋と非論理的天皇崇拝と、やみくもな行動意欲によつて特徴づけられてゐた。そして、ヨーロッパ・ファシズムとは違つて、反資本主義の性格を露骨に現はし、すべて日本の西欧化・近代化が提示した物質主義に対する反措定としての意味を担つてゐた。それは、あたかもつひに現実社会の運動とかかはることのなかつたキリスト教の清教徒主義の代替物であるかのごとくであつた。唯物論に対抗するに精神主義をもつてし、西欧的近代化に対抗するに農本主義をもつてし、すべての西欧文明に対抗するのにはなはだ無前提のアジア主義をもつてし、理性に対抗するに感情を、権力に対抗するに赤誠を、革命に対抗するに暗殺をもつてしたのである。日本の志士の系列は、明治維新以来、その有効性を自らおとしめてゐた。何らかの有効な政治的結果を招来し、何らかの有効な統治の未来を予言させるやうなものが、唯物弁証法の描く未来社会の映像を否定するに足りなかつたのである。今のことばでいふと、反体制的な言行が、体制の中に融け入つてしまふことを何よりも恐れたのは、左翼よりもむしろ右翼であつた。

ある一つの行動の目的と有効性とは、行動の純粋性に反比例するといふ考へ方がとられた。その論理的な結果は、われわれの行動が無目的であり、無効であればあるほど純正に近づくことになり、それは政治運動の域を脱して、日本的心情の結晶としての純粋行為の模索になるのである。暗殺も一人一殺の形においては、その純粋行為の発現と考へられ、その罪は自決によつて清められた。しかし、集団的な改革運動といふものが、左翼の運動がさかんになるに従つて、人々の心の中に思ひ描かれてくるにつれて、戦術と方法論、目的と有効性、その権力奪取の方式は、いつかは考へられねばならなかつた。それは次のやうな方法をもつて可能になるであらう。すなはち自分の純粋行為と右側の価値の根源である天皇の純粋性とを直結して、その間のものをすべて不純と考へ、天皇親政の実を上げることによつて、そこにいたる過程的、中間的なものをすべて無視し、いはば天皇制下の直接民主主義形態に似たものを過激に追ひ求めることであつた。一つの行為を道徳の最終価値と直結させること、その直結方式こそは左翼革命との相違点と考へられたから、左翼革命の過程的、戦術的方法からなるたけ違ふものが求められねばならなかつた。いはばそれは一人一殺主義の集団化としての理論構成であつたともいへよう。この結果生ずる逆現象は、向からの端に天皇を置き、こちらの端に純粋行為を置けば、その中間にはどんな違ふ思想体系の影響をとり入れても、それが正当化されるといふことになるだらう。そして、極力奪取の方式が少なくとも民主的な方法によることがまつたく不可能な戦前の日本では、左右いづれも暴力的な方法によらざるをえない以上、その権力の奪取の態様自体がお互ひに見分けのつかないほど似てきてしまふのである。当時は左翼から右翼運動に入つたものもあり、右翼から左翼運動に入つたものもたくさんあつた。街頭連絡、いはゆるレポやビラ貼り戦術その他、左翼戦術は、左翼から右翼にもたらされて大いに利用された。明治末年に書かれた北一輝の「純正社会主義」が、このやうな時代の背景に生々と浮かびだしてきたのである。

しかしながら、直接行動の正当性は北一輝の「日本改造法案大綱」を待つまでもなく、日本の戦前の政治体制の中でさまざまな形で用意されてゐたのである。その一つは、統帥権の独立であり、その一つは、戒厳令であつた。北一輝もその「改造法案大綱」の中で、戒厳令を利用して三年間の憲法停止を行なひ、その期間に一種の軍政下の国家改革を考へてゐるが、これの理論的のみならず道徳的根拠は、統帥権の独立の中に秘められてゐた。統帥権論争は、いはば北一輝の方法論を青年将校の心情と道徳の論理をもつて埋づめようとするものであつたとも言へるのである。そもそも統帥権独立の規定は、明治以後の政府が民政党と政友会の頻繁な政権交替に軍の主導権が左右されることを防ぐために、軍の中立性を保持する規定として定められたものであるが、実際の効用は、後の歴史が証明したやうに軍の専横と不協力、遂には軍による政権の実質的把握の根拠にまでなつたのである。ところが皮肉なことに、その統帥権の独立といふテーマは青年将校にとつては反権力主義の象徴として、一つの心情と道徳の源として受けとられ、天皇への愛と天皇からの恩義を、一般市民とは違つたエリート意識に置く根拠にされたのである。いはば、それはもはや失はれた「君臣水魚の交り」の戦場における心情的な比喩とも思はれた。二・二六事件と北一輝との、あの最後の悲劇的結びつきは、北一輝が、革命を起こすべき技術的な要件と考へた、その戒厳令及び統帥権の独立が、すべて青年将校達によつて心情的、道徳的基礎として受けとられたこと関係があり、またそれは、北一輝が天皇制に対する冷えた目をもつてゐたのと、青年将校が熱いロマンティックな夢を抱いてゐたのと照応するものである。

私は以前にも述べたが、北一輝が「日本改造法案大綱」で述べたことは、新憲法でその七割方が皮肉にも実現されたといふ説をもつてゐる。その「国民の天皇」といふ巻一は、華族制の廃止と普通選挙と、国民自由の回復を声高に歌ひ、国民の自由を拘束する治安警察法や新聞紙条例や出版法の廃止を主張し、また皇室財産の国家下付を規定してゐる。これらはすべて新憲法によつて実現されたものである。また私有財産の限度も、日本国民一家の所有しうべき財産の限度を一百万円とする、と機械的に規定したが、実質的には戦後の社会主義税法により相続税の負担その他が、おのづから彼の目的を実現してしまつた。また大資本の国家統一については、北一輝自身が注をつけて、大資本の国家的統一による国家経営は、米国のトラスト、ドイツのカルテルをさらに合理的にして、国家はその主体たるものであるといふ、国家社会主義の方法を設けたが、新憲法以後の日本の資本主義は、すでに修正資本主義の段階に入つて、資本主義自体が内的な改革を成就してゐたのである。ことに巻五の「労働者の権利」は、今読んでも驚くばかりの進歩的な規定であつて、労働時間の八時間制、また労働者の利益配当が純益の二分の一を配当されるべしといふ、社会主義的な規定とか、労働者の経営及び収支決算参加、その他の条項及び幼年労働の禁止や婦人労働についても、社会主義国の最も先端的な労働法規定を定めてゐる。しかし、北一輝の「改造法案」からただ一つ新憲法が完全に遮断したものこそ、巻八の「国家の権利」である。この巻八の「国家の権利」を読むたびに、私は戦後の日本が国家と呼びうるかどうか、新憲法が描いてゐるイメージとしての国は、果たして国家と呼びうるかどうかといふことに対して、いまさら疑問なきをえない。北一輝は、国家としての当然の要請として徴兵制を維持し、また、兵営または軍艦内においては、階級的表章以外の物質的生活の階級を廃止するといふことをもつて、軍隊の悪弊を打破し、また真の国民兵役の確立のために当然の、現代のヨーロッパ諸国と少しも違はない義務を課してゐる。そしてまた、開戦の積極的な権利を国家主権の本旨としてゐるところは、十九世紀的な国家観のそのままの祖述であつて、これは何も北一輝一人の独創ではない。

私は、北一輝を予言者、あるひは思想家として評価し、北一輝の中にあつたデモニッシュな国家改造の熱意が、ある冷厳な性格に支へられてゐたことを、いつも面白く思ふのである。彼はその点ではいつも人間離れがしてゐた。中国革命の犠牲者の遺児を養子として愛した心情には、やさしい志士の心情があふれてをり、また彼の遺書も、その血の違ふ自分の子に対して切々と志を伝へようとしてゐるのはわかるのであるが、北一輝の心の中には革命家としてのファナチシズムと冷たさが鬩《せめ》ぎあつてゐたやうに思はれる。二・二六事件によつて青年将校に裏切られたことも、北一輝は初めから覚悟してゐたことかもしれない。日蓮宗の予言による決行日時の決定や、さまざまな神秘主義のひらめきは、フランス革命当時のジャコバン党員が、フリー・メーソンのご託宣を仰ぐためにスコットランドの本部に参詣したのと大して変りはない。革命には神秘主義がつきものであり、人間の心情の中で、あるパッションを呼び起こす最も激しい内的衝動は、同時に現実打破と現実拒否の冷厳な、ある場合には冷酷きはまる精神と同居してゐるのである。北一輝の天皇に対する態度にはみぢんも温さも人情味もなかつたと思はれる。その一点で青年将校との心情の疎隔ができたことは感じられるが、「純正社会主義」の中で現代の天皇制を、東洋の土人部落で行なはれる土偶の崇拝と同一視してゐる点は、北一輝が天皇その方にどのやうな心情をもつてゐるかを、そこはかとなく推測させるのである。彼は絶対の価値といふものに対して冷酷であつた。また自分の行なふ純粋な革命行動といふものに対しても、自ら冷たい目をもつてゐたと思はれる。それならば彼は、まつたくの戦術的な人間だけであつたのだらうか。北一輝の家に呼ばれる青年将校達は、いつも大変なご馳走を饗応され、その場で、きみこそは、日本の将来を背負ふ代表的青年だ、とおだてられ、軍隊内部でこき使はれてゐる小隊長の身分が、一時的にも明日の日本を背負ふ偉才であるといふ快い幻想を与へられた。北一輝は革命家として、あるひはまた煽動家として抜群であつた。彼は青年の心の中に権力意志と純粋な情熱とが混沌《こんとん》未分のまま眠つてゐることを洞察してゐた。彼は、じつは純粋性といふものの愚かな側面と、純粋行為の追及がいつかは権力追求に終る行方を、だれよりもよく知つてゐた。そして、戦術的にはその権力意志と純粋性との齟齬《そご》が宮城包囲の放棄といふやうな、いかにも愚かな無為無策に終つたときがあつても、北一輝は自分に戦術的な助言を求められることもなく、ただ軍部の権力主義者達の罠《わな》にはまつて、直接の関係がないにもかかはらず、彼らと行動を共にして自らも死刑になつたのである。そのとき北一輝は、一言も弁解を言はず、自分らが青年を思想的に感化した以上、一緒に死ぬのは当然ですといつてゐたやうである。そして、いよいよ死刑の直前に、多くの被告が「天皇陛下万歳」を唱へてゐたのに、北だけは、それを「やめておきませう」と言つたことがはなはだ印象が深い。また、北は「座つて処刑されるのですか、西欧のやうに立つて縛られるよりは、よろしいですな」と言つて死刑の座に就いたと伝へられてゐる。

私は、北一輝をどうしても小説の人物と考へることはできない。私が小説の人物と考へるには、ドストエフスキーとは違つて、一人の人物の性格がある矛盾を生みながらも統一されてゐなければならないのであるが、私は北一輝になほ生々とした混沌を認めるからである。そして北一輝の冷血が、もし革命の成功の場合にどのやうなおそるべき結果をもたらしたかといふことを思ひみると、そこに異常な戦慄と興奮を感ぜずにはゐられない。なぜならば、革命の情熱がその現れにおいて人間的冷酷と残虐の極致の形をとることは、ごく小さい規模で現代の学生運動にも繰返されてゐるからであり、日大騒動の場合のリンチの凄惨さは、このやうな革命の夢と人間の冷血との不思議な調和と融合を描いてゐる。北一輝は、私に、よりよき未来及びよりよき社会といふものの追求が何らかの悪魔性なしには行なはれないといふ不断の生々しい教訓を与へるのである。北一輝の憲法、その「日本改造法案大綱」は、いはば当時のはなはだ窮屈な天皇制国家の中における人間主義の叫びであつたやうに思はれるが、この人間主義の叫びは、常に血にまみれてゐた。ところが戦後われわれに与へられた人間主義は、このやうな血痕を拭ひ去り、いかにもものやはらかな動物愛護協会的な人間主義でしかなかつた。私は人間主義が再び血の叫びをあげることを期待し、また恐れた。そして、それを恐れるときにはいつも北一輝が頭にあつたのである。遠くチェ・ゲバラの姿を思ひ見るまでもなく、革命家は、北一輝のやうに青年将校に裏切られ、信頼する部下に裏切られなければならない。裏切られるといふことは、何かを改革しようとすることの、ほとんど楯《たて》の両面である。なぜならその革命の理想像を現実が絶えず裏切つていく過程に於て、人間の裏切りは、そのやうな現実の裏切りの一つの態様にすぎないからである。革命は厳しいビジョンと現実との争ひであるが、その争ひの過程に身を投じた人間は、ほんたうの意味の人間の信頼と繋《つな》がりといふものの夢からは、覚めてゐなければならないからである。一方では、信頼と同志的結合に生きた人間は、理論的指導と戦術的指導とを退けて、自ら最も愚かな結果に陥ることをものともせず、銃を持つて立上り、死刑場への道を真つ直ぐに歩むべきなのであつた。もし、北一輝に悲劇があるとすれば、覚めてゐたことであり、覚めてゐたことそのことが、場合によつては行動の原動力になるといふことであり、これこそ歴史と人間精神の皮肉である。そしてもし、どこかに覚めてゐる者がゐなければ、人間の最も陶酔に充ちた行動、人間の最も盲目的行動も行なはれないといふことは、文学と人間の問題について深い示唆を与へる。その覚めてゐる人間のゐる場所がどこかにあるのだ。もし、時代が嵐に包まれ、血が嵐を呼び、もし、世間全部が理性を没却したと見えるならば、それはどこかに理性が存在してゐることの、これ以上はない確かな証明でしかないのである。

［初出］「三田文学」一九六九年七月『決定版三島由紀夫全集』第三五巻

◉三島由紀夫政治論文選

「国を守る」とは何か

私は何とか政治に参加したくないものだと考へつづけてきた。戦時中軍の言論弾圧がはなはだしくなつたころ、私は少年で何ら直接の被害は受けなかつたが、あとから事情を知つて、職業的文士はさぞ辛《つら》かつたらうと同情した。一方には谷崎潤一郎氏のやうに、発禁処分を受けても傲然たる芸術家の矜持を持して、美的世界を一歩も踏出さなかつた人もをり、一方には岸田国士氏のやうに、自ら敵地に踏込んで、自分の一身で洪水を受けとめようと考へた人もゐた。しかし私に言はせれば、結果的にはどちらも成功しなかつた。谷崎氏の文学世界はあまりに時代と歴史の運命から超然としてゐるのが、かへつて不自然であり、岸田氏の失敗はもとよりである。それぞれ結局別の形で自分の文学を歪《ゆが》められたのである。報道班員にされた作家もたくさんあつた。しかし人が戦争をしてゐるところへ行つて、小説用のメモをつけてゐるといふのは、いかに決死的であつても、私には何だかをかしな行為に思はれる。報道写真家の客観性といふものに、今でも私は説明しがたい疑惑を抱いてゐる。それぞれの作家の事情はあつたらうが、要するに、同じ立場に置かれたら、私は谷崎氏にもなりたくなく、いはんや岸田氏にもなりたくなく、報道班員には死んでもなりたくないと考へたのである。当時をからうじて生き抜いた先輩の作家は、こんな私の考へを甘いと言つて笑ふにちがひない。

　ともあれ私は自分独自の方法をとらうと決心した。何もこの太平無事の世の中に、そんな決心をする必要はなからうと人は言ふだらうが、私は私なりの直観で決心の必要を感じたのである。ひよつとすると、こんな私の決心は一九六〇年の安保闘争を見物した時からかもしれない。あの議事堂前のプラカードの氾濫に、私は「民主主義」といふ言葉一つをとつても、言葉とその概念内容の乖離《くわいり》、言葉の多義性のほしいままな濫用、ある観念のために言葉が自在に瀆《けが》され犠牲に供される状況を見たのである。文士として当然のことながら、私は日本語を守らねばならぬと感じた。私は不遜にも、自分の文学作品のなかに閉ぢ込めた日本語しか信用しないことにした。牧畜業者が自分の牧場の中の牛しか信用しないやうに。

　それで終れば文士は太平無事である。ところが言葉といふものは自家中毒を起す。私は次第に言葉を以て言葉を守るといふ方法上の矛盾に気づきはじめ、戦前の文士が最初に陥つた陥穽《かんせい》はこれではないかと感じたのである。そのころ私はすでに剣道に親しみだしてゐた。そして剣とは何かといふことを、折りふし考へるやうになつた。もし私が日本語のもつとも壊れやすい微妙な美を守らうとしてゐるのなら、それを守るものは自ら執る剣であるべきであり、またそのお返しに、剣のもつとも見捨てられた本質を開顕すべく、言葉を使つたらよからうと思つたのである。これが私の文武両道論のはじまりであるが、こんな素朴な考へをも思想と呼ぶことができるなら、私もまた、思想とは単なる思考活動ではなく、全身的な人間の決断の行為であると考へる者の一人となつたと言へよう。

肉体と精神、肉体と芸術行為の問題が、それより以前から、深く私の心をとらへてゐた。もし芸術行為を、ある無形の源泉から何ものかを汲み取つて、形あるものにする行為だと考へれば、肉体はこの行為に携はる重要な媒体であるから、媒体が弱くて不健康であれば、パイプが詰つて、できた形を歪めることになる。人が芸術家の個性と呼んでゐるものは、大てい詰つたパイプのことなのだ。私はこれがきらひだつた。剣道をはじめ各種の運動競技で体を鍛へるうちに、私のパイプの詰りが除かれ、肉体が健全な機能を発揮して、源泉から汲み取つたものを、漉《こ》さず、歪めず、忠実に供給しはじめたやうに思はれた。そのとき私は自分の源泉から、超個人的なもの、すなはち「日本」が自然に流露してくるのを感じた。

一九六九年の今、私が政治に参加しないといふ方法論はほぼ整つた。私は精神の戦ひにだけ私の剣を使ひたい。しかしその戦ひに際しては、谷崎氏の道も、岸田氏の道も、報道班員作家の道も、歩まないですむ準備ができたのである。私はこれを私なりの小さな発明だと自負してゐる。

日本とは何か？　思へば日本ほど若々しい自意識にみち、日本ほど自分は何者かとたえず問ひ詰めてゐる国家はない。今やふたたびその問ひが激しくなり、詰問の調子を帯びて来てゐる。

しかし私は、一九六〇年代は平和三義の偽善があばかれて行つた時代であり、一九七〇年代はあらゆるナショナリズムの偽善があばかれて行く時代だと考へる。日本は何か、といふ最終的な答へは、左右の疑似ナショナリズムが完全に剝離《はくり》したあとでなければ出ないだらう。

安保賛成も反共も、それ自体では、日本精神と何のかかはりもないことは、沖縄即時奪還も米軍基地反対も、それ自体では、日本精神とかかはりのない点で同じである。そしてまたそのすべてが、どこかで日本的心情と馴れ合ひ、ナショナリズムを錦の御旗にしてゐる点でも同格である。「反共」の一語をとつても、私はニューヨークで、トロツキスト転向者の、祖国喪失者の反共屋をたくさん見たのである。私は自民党の生きる道は、真のリベラリズムと国際連合中心の国際協調主義への復帰であり、先進工業国における共産党の生きる道は、すつきりしたインターナショナリズムへの復帰しかないと考へる。真にナショナルなものは、そのいづれにも本質的に欠けてゐるのである。

真にナショナルなものとは何か。それは現状維持の秩序

1970年10月19日、最後の行動を共にした楯の会会員たちと

派にも、現状破壊の変革派にも、どちらにも与《くみ》しないものだと思はれる。現状維持といふのは、つねに醜悪な思想であり、また、現状破壊といふのは、つねに飢ゑ渇いた貧しい思想である。自己の権力ないし体制を維持しようとするのも、破壊してこれに取つて代らうとするのも、同じ権力意志のちがつたあらはれにすぎぬ。権力意志を止揚した地点で、秩序と変革の双方にかかはり、文化にとつてもつとも大切な秩序と、政治にとつてもつとも緊要な変革とを、つねに内包し保証したナショナルな歴史的表象として、われわれは「天皇」を持つてゐる。実は「天皇」しか持つてゐないのである。中共の「文化」大革命に決定的に欠けてゐる要因はこれであり、かれらは高度な文化の母胎として必要な秩序を、強引な権力主義的な政治的秩序で代行するといふ、方法上の誤りを犯した。文化に積極的にかかはらうとしない自由主義諸国は、この誤りを犯す心配はない代りに、文化の衰弱と死に直面し、共産主義諸国は、正に文化と政治を接着し、文化に積極的にかかはらうとする姿勢において、すでに文化を殺してゐる。われわれの一九七〇年代は、その幕が上がる前から、消炭のやうな福祉国家と、放火犯のやうな社会主義国家と、二つの岐路に迷つてゐる。それに困つたことに、いくらでも迷ふ暇があるほど、われわれは富んでしまつたのだ。真にナショナルな選択は、そ

のいづれにも幻滅したあとでなくては来ないだらう。

明治維新が、尊王、攘夷、佐幕、開国の、それぞれ別方向のイデオロギーを紛糾させて、紛糾しきつた収拾のつかない混乱の中から、からうじて呱々《ここ》の声をあげたやうに、一九七〇年代は、未曾有のイデオロギー混乱時代をもたらし、そのなかでまた、数々の仮面がはがれ落ちてゆくであらう。

すでにその兆はいたるところに見えてゐる。最近私は一人の学生にこんな質問をした。

「君がもし、米軍基地闘争で日本人学生が米兵に殺される現場に居合はせたらどうするか？」

青年はしばらく考へたのち答へたが、それは透徹した答へであつた。

「ただちに米兵を殺し、自分はその場で自刃します」

これはきはめて比喩的な問答であるから、そのつもりできいてもらひたい。

この簡潔な答へは、複雑な論理の組合せから成立つてゐる。すなはち、第一に、彼が米兵を殺すのは、日本人としてのナショナルな衝動からである。第二に、しかし、彼は、いかにナショナルな衝動による殺人といへども、殺人の責任は直ちに自ら引受けて、自刃すべきだ、と考へる。これは法と秩序を重んずる人間的倫理による決断である。第三に、この自刃は、拒否による自己証明の意味を持つてゐる。なぜなら、基地反対闘争に参加してゐる群衆は、まづ彼の殺人に喝采し、かれらのイデオロギーの勝利を叫び、彼の殺人行為をかれらのイデオロギーに包みこまうとするであらう。しかし彼はただちに自刃することによつて、自分は全学連学生の思想に共鳴して米兵を殺したのではなく、日本人としてさうしたのだ、といふことを、かれら群衆の保護を拒否しつつ、自己証明するのである。第四に、この自刃は、包括的な命名判断（ベネンヌンクスウルタイル）を成立させる。すなはちその場のデモの群衆すべてを、ただの日本人として包括し、かれらを日本人と名付ける他はないものへ転換させるであらうからである。

いかに比喩とはいひながら、私は過激な比喩を使ひすぎたであらうか。しかし私が、精神の戦ひにのみ剣を使ふとはさういふ意味である。

仮面はがれる時代――「国を守る」とは何か［初出］「朝日新聞」（夕刊）一九六九年一一月三日『決定版三島由紀夫全集』第三五巻

STAGE-LEFT IS RIGHT FROM AUDIENCE

十年前の東京では、左翼と右翼の分れ目ははつきりしてゐた。平和憲法を守れ、といふスローガンを人生の何ものよりも大切にし、政府のやることはすべて戦争へ一歩一歩国民を狩り立てることだと主張し、子供に戦車や軍用機の玩具を買つてやることを拒否し、横文字の本をよく読みこなし、岩波書店と何らかの関係があり、すこし甲高いなめらかな声で話し、にこやかで紳士的で、いささか植物的で、暴力には一ぺんで砕かれてしまふやうな肉体、ひどく肥つてゐるか、ひどく痩せてゐるかした肉体を持ち、眼鏡をかけ、ベレエ帽をかぶり、その両わきから白髪が耳の上に垂れ、軽井沢に小さい別荘を持ち、決して冷静を失はないやうに見える紳士は、みな左翼だつた。これに反して、憲法改正の必要を唱へ、四角い顔で岩乗な肉体を持ち、下卑たかすれた太い声で話し、頭がわるくて論理的な話ができず、すぐ激昂し、流行おくれの不恰好《ぶかつかう》な背広を着、横文字が読めず、涙もろいかと思ふと暴力的であり、あんまり笑はず、先輩と会ふときはめて丁寧なお辞儀をし、サムラヒの映画を好み、空手か剣道か柔道をやつてをり、あんまり金がなく、天皇や国旗を罵倒《ばたう》する人間を許しておけないと考へる男は、右翼であつた。

一九六九年の東京では、左翼と右翼のこんなわかりやすい区別はなくなつたやうに思はれる。

三派全学連に代表される新左翼の興隆が、右に述べた「左翼的人間」のイメージを粉砕したのが、その一つの大きな理由である。右の如き左翼人は、多くは国立大学の教授たちで、一流新聞や一流出版社の論説欄を支配し、政府から月給をもらひながら、一方ではその反政府的論説によつて、左派のジャーナリズムから稿料を支払はれ、しかも大学の中では、封建的君主そのままで、権力主義を押し通してゐた。これが新左翼の攻撃するところとなり、そのもつとも喜劇的な一例としては、次のやうなのがある。或る有名な左派の政治学者は、戦後二十年、ファシズムと軍国主義以上に悪いものはないと主張する政治学で人気を得てゐたが、新左翼の学生に研究室を荒らされ、頭をポカリとなぐられたとき、「ファシストもこれほど暴虐でなかつた。軍閥でさへ研究室まで荒さなかつた」と叫んだ。二十年間彼が描きつづけた悪魔以上の悪魔が、他ならぬ彼の学説上の弟子の間から現はれたといふわけだ。

日本民族の独立を主張し、アメリカ軍基地に反対し、安保条約に反対し、沖縄を即事返還せよ、と叫ぶ者は、外国の常識では、ナショナリストで右翼であらう。ところが日本では、彼は左翼で共産主義者なのである。十八番《おはこ》のナショナリズムをすつかり左翼に奪はれてしまつた伝統的右翼の或る一派は、アメリカの原子力空母エンタープライズ号の寄港反対の左翼デモに対抗するため、左手にアメリカの国旗を、右手に日本の国旗を持つて勇んで出かけた。これではまるでオペラの舞台のマダム・バタフライの子供である。

経済復興で自信のついた日本では、ナショナリズムをちらつかせないと人気が湧かないので、実は国際協調主義とリベラリズムを本質とする政府与党の自民党も、ナショナリズムの仮面をかぶつてゐる。

私は暴力の支配する大学に招かれて、ラジカル・レフティストの学生たちと論争したが、かれらは誇張した言語表現では伝統的支那風であり、人民裁判方式の愛好者たる点では現代共産中国風であり、日本の伝統否定ではインターナショナリストであり、テロリズム肯定では日本のサムラヒ風右翼風であり、論理愛好癖では西欧風であり、しかもすべて共産主義者を以て自認してゐた。

日本のヤクザ映画と称する特殊な映画は、伝統的アウトローの世界を描き、古い日本的メンタリティーを押し売りし、感傷主義とヒロイズム、暴力肯定と非論理性において、もつとも右翼的日本的心情主義に愬《うった》へるものとして、左翼文化人が頭から軽蔑してきたものであるが、その日本型ジョン・ウェインは学生たちのアイドルになり、左派の学生は暴力デモに出かける前夜、必ずこの種の映画を見に行つて、熱情を心に充填するのである。

次第次第に日本では、誰が右翼、誰が左翼と簡単にレッテルを貼ることがむづかしくなつてきた。イデオロギーの相互循環作用が起り、極端な右と極端な左が近づくかと思ふと、現在穏健な議会主義的革命を主張してゐる偽善的な日本共産党が、大学問題などで、政府自民党と利害を等しくするやうになつたりしてゐる。新らしい大学立法は、共産党系の教授が、何ら良心の苛責《かしやく》なく、すべてを政府権力のせゐにして、警察機動隊を学内に導入して、うるさい新左翼を追つ払ふ口実に使はれてゐる。

　かういふややこしいイデオロギーの循環作用は、日本で百数十年前に起つた現象とよく似てゐる。明治維新前の日本には、四つのイデオロギーが、四つ巴《どもゑ》になつてゐた。すなはち、佐幕、開国、尊王、攘夷である。外国の植民地主義に抗して、近代的統一国家を独力で創らうと苦悶してゐたこの混乱期の日本では、すべての人間が、佐幕開国か、尊王攘夷かに分れて論争し、時には殺し合つてゐた。そのうちに循環作用がはじまつた。四つのイデオロギーは、順列組合せをはじめた。尊王開国、佐幕攘夷、尊王佐幕、（さすがに開国攘夷だけはなかつたが）、などといふ各派があらはれ、しかもこの各派を、短期間に廻りあるく人間まであらはれた。そして明治維新の大変革によつて成立した新政府は、はつきり「尊王開国」のイデオロギーをかかげて、統一国家を形成したのである。

　この百余年前に起つた循環作用と、現代日本のイデオロギー循環作用は、いろいろな点でよく似てゐる。もし歴史が似た経過を辿《たど》るとすれば、現代日本も、今や大変革の前夜と云へよう。しかし日本の歴史が証明するところによると、日本といふ国は決して内発的な革命を敢行しない国であつて、必ず日本に起るのは、外発的な革命、すなはち外国の軍事的政治的経済的思想的な衝撃力によつて、やむをえず起された革命なのである。

三島由紀夫文学館所蔵の和文生原稿をテキストとしたもの。
“Okinawa and Madame Butterfly's offspring”の題名で抄訳が
《The New York Times》（一九六九年一一月二九日）に掲載
『決定版三島由紀夫全集』第三五巻

「変革の思想」とは

——道理の実現

石川達三氏の「拒絶反応としての学生運動」と、井上清氏の「全人民的激動の予震」を読み、前者は文学者の鋭い直観が問題の本質を射当ててゐるのに感服し、石川氏の感受性が若々しい柔軟さを保つてゐるのにおどろき、後者は、いはば公式的な反代々木系全学連の弁護論であるが、井上氏の情熱と誠実に敬服した。私がここへ出て行つて、私見を述べる場所はないやうに思はれる。すべては語り尽されてゐる。

しかし石川氏の論文について言ふなら、分析そのものは鋭く、「太宰治の持っていたような、一種の自己崩壊への願望」を認め、些事《さじ》の不満の集積が引き起した「競合脱線」は、「政治権力の片手間仕事で解決できるものではない」といふ認識は正しいが、全体として、わからぬものをわからうとする立場の中立性が問題である。なぜなら全共闘運動は、このやうな認識者の中立性の基盤を押しゆるがすためにはじめられたやうなものだからであり、彼らは自他の決意を要求してゐるのであつて、理解を要求してゐるのではないからだ。いはんや、「文化の重圧にめげない強靭さの養成」を、彼らへの解決策や救済方法として持ち出すのは見当はづれであり、学生の拒絶反応は当然、救済の拒絶をも含んでゐる。私はトーマス・マンの「魔の山」の「神の国と胡乱《うろん》な救済」といふしたたかな論争の場面を想ひ起すのである。また、石川氏が文学者でありながら、「高度の文化国家」その他、「文化」の概念規定がはなはだあいまい且つ非主体的であることに、疑問を呈せざるをえない。

一方、井上氏の論文も、多くの問題を含んでゐる。学生の勇気を弁護するあまり、その勇気の証明を黙秘権の行使に置くのは、論理的矛盾である。なぜなら、死を賭けるべき黙秘を、「黙秘権」として基本的人権と接着せしめた法体系こそ、思想の相対化によつて柔構造社会を成立せしめた張本人であり、その権利を利用することは、すでにそのやうな法体系を容認することでこそあれ、何ら勇気の証明にはならぬからである。また、個別的改良的要求を網羅した七項目要求が、受けいれられぬままに、次第に全体制の変革要求にまで高まつて行つたのは、拒絶されることによつてさう強ひられて行つたといふよりも、むしろ変革の論理自体がオートマティックに自己拡張したのだ、といふはうが事実に沿つてゐる。

われわれに興味があるのは、そのやうな論理の無限の自己拡張と並行して、「われわれの内なる東大の抹殺」といふ自己否定が進行して行つた過程であり、そこにこそ東大全共闘のもつとも特色あるドラマがひそんでゐる。しかし「革命が勝利した後に書かれる歴史」で、つねに先駆者が正当に評価されるといふ主張は楽天的すぎ、ロシアのスラヴ派のテロリストがその後いかに評価されたかでもわかる。全体制の重圧といふ意識にしても、その重圧はごく敏感な一部インテリにしか触知されず、その重圧の意識に全民衆を目ざめさせることができれば、高い意識大衆が形成されるにちがひないけれども、全共闘運動自体にそのやうな努力を拒絶させるものがあり、それればかりか、重圧の意識を自明の前提として出発したところに、状況判断の甘さと独善性があつたことは否定できない。

学生を革命主体とする先駆性理論は、このやうな「重圧の意識」の普及の可能性如何《いかん》にかかつてゐた筈なのである。しかし大衆は、むしろ学生の心情には共鳴したけれども、自分の身にふりかかつてゐる筈の「重圧の意識」には共鳴しなかつたのである。

今や日米共同コミュニケ以後、退潮する社会党に代つて、自民党が最大の護憲勢力になるであらうといふ幾多の予兆が見られる。

昨年十月十一月、あれだけの戒厳令すれすれの警備体制を敷き、三、四年前なら予防検束と叩かれた筈の完璧な予防措置を張りめぐらし、しかも警察の巧みなキャンペーンによつて地域住民の協力を得、ゲリラ隊は商店街のおやぢからバケツで水をぶつかけられ、新聞はこぞつて暴力に反対し、……現憲法下でこれだけの鎮圧効果を納め得ることに確信を抱いた政府が、何で火中の栗を拾ふやうな改憲の大事業にとりかかることがあらう、と私は考へた。

　さらに日米共同コミュニケによつて、現憲法の維持は、国際的国内的に新たなメリットを得たのである。すなはち国内的には、今後も穏和な左翼勢力に平和憲法の飴玉《あめだま》をしやぶらせつづけて面子《メンツ》を立ててやる一方、過激派には現憲法にもこれだけの危機収拾能力のあることを思ひ知らせ、国際的には、無制限にアメリカの全アジア軍事戦略体制にコミットさせられる危険に対して、平和憲法を格好の歯止めに使ひ、一方では安保体制堅持を謳《うた》ひながら、一方では平和憲法護持を受け身のナショナリズムの根拠にするといふメリットが生じたのである。これはいはば吉田茂方式の継承であり、早急な改憲は、現憲法がアメリカによつて強ひられた憲法であるより以上に、さらにアメリカの軍事的要請に沿うた憲法を招来するにすぎないといふ恫喝《どうかつ》ほど、利き目のあるものはあるまい。改憲サボタージュは、完全に自民党の体質になつた。

　空文化されればされるほど政治的利用価値が生じてきた、といふところに、新憲法のふしぎな魔力があり、戦後の偽善はすべてここに発したといつても過言ではない。完全に遵奉《じゅんぽう》することの不可能な成文法の存在は、道義的頽廃《たいはい》を惹《ひ》き起す。それは戦後のヤミ食糧取締法と同じことである。


　現代日本における変革の論理が、本質的に道義的革命になくてはならぬと感じてゐる点では、私と全共闘との間には、一脈相通ずるところがあるかもしれない。全共闘は改憲を目標にかかげてゐないが、今のところ、改憲の可能性は、右からのクーデターと、左からの暴力革命と、いづれかに拠《よ》るほかはなく、いづれもきはめて可能性の稀薄なことは周知のとほりである。

　私が憲法を問題にするのは、そこに国家の問題が鮮明にあらはれてゐるからであり、しかも現憲法は、国家への忠節に肩すかしを食はせて、未実現の人類共通の理想へのみ忠誠を誓はせるやうにできてをり、国家と忠誠とを別次元に属する形で併記してゐる。

　国家とは何ぞや、忠誠とは何ぞや、といふ問ひからはじめなければ、変革の論理は実質を欠くことにならう。

　私見によれば、祭政一致的な国家が二つに分離して、統治的国家（行政権の主体）と祭祀的国家（国民精神の主体）に分れ、後者が前者の背後に影のごとく揺曳《えうえい》してゐるのが現代の日本である。近代政治学が問題にする国家とは、前者にほかならない。ところで自由世界の未来の国家像は、ますます統治国家がその統治機能を、自治体、民間団体、企業等へ移譲し、国家自身は管理国家としてマネージメントのみに専念し、言論やセックスの自由は最大限に容認し、いはばもつとも稀薄な国家がもつとも良い国家と呼ばれることにならう。そこでは時間的連続性は問題にされず、通信連絡、情報、交易の世界化国際化による空間的ひろがりが重んじられる。スポーツや学術をはじめ、多くの領域で世界国家的イメージが準備される。事実このやうな管理国家は世界連邦たるべきものの胎児なのである。これを支配する原理は、ヒューマニズム、理性、人類愛などであり、非理性的ないし反理性的なものはきびしく排除されるロゴスとしての国家である。

一方、祭祀的国家はふだんは目に見えない。ここでは象徴行為としての祭祀が、国家の永遠の時間的連続性を保障し、歴史・伝統・文化などが継承され、反理性的なもの、情感的情緒的なものの源泉が保持され、文化はここにのみ根を見いだし、真のエロティシズムはここにのみ存在する。このエートスとパトスの国家の首長が天皇である。ここでは濃厚な国家がもつとも良い国家なのである。

さて統治国家を遠心力とすれば祭祀国家は求心力であり、前者を空間的国家とすれば、後者は時間的国家であり、私の理想とする国家はこのやうな二元性の調和、緊張をはらんだ生ける均衡にほかならない。

私はこの二種の国家をつきつけて、国民にどちらの国家に忠誠を誓ふか、決断を迫るべきであると思ふ。いふまでもなく真にナショナルな自立の思想の根拠は、祭祀的国家のみにあり、統治的国家は国際協調主義と世界連邦の方向の線上にあるものである。

そしてその忠誠の選択に基づいて、自衛隊を二分したらよいのである。このことは現憲法下でも法理的に可能である。

現自衛隊に対する国民の最終的な疑惑は、表面上、最高指揮権は内閣総理大臣にあるけれども、最終的な指揮権はアメリカ大統領にあるのではないかといふ疑惑であらう。航空自衛隊の編成装備、英語による指令等を見た者は、一抹の不安を禁じえないであらう。

そこでまづ、航空自衛隊現勢力の九割、海上自衛隊の七割、陸上自衛隊の一割をもつて「国連警察予備軍」を編成する。なぜ予備軍かといへば、現憲法下では海外派兵がむづかしいからである。日本国連警察予備軍は統治国家としての日本に属し、安保条約によつて集団安全保障体制にリンクし、制服も独自の制服を持ち、主任務は対直接侵略にあり、根本理念は国際主義的であり、将兵の身分は国連事務局における日本人職員に準ずる。

第二に、残余の兵力、すなはち陸上自衛隊現勢力の九割、海上自衛隊の三割、航空自衛隊の一割は「国土防衛軍」を構成する。国土防衛軍の根本理念は、祭祀国家の長としての天皇への忠誠にあり、絶対自立の軍隊であつて、いかなる外国とも軍事条約を結ばない。国連警察予備軍は状況に応じて、国連から核兵器の管理を委任されることもあるが、国土防衛軍の装備は在来兵器に限られる。主任務は対間接侵略にあり、治安出動も国土防衛軍の仕事である。なほ国土防衛軍は相当数の民兵を包含し、わが「楯《たて》の会」はこのためのパイオニヤである。

国連警察予備軍は、高度の技術的軍隊で、新兵器の開発、技術の習得はここで行はれ、その成員は、軍人であると同時に技師である。これに反して、国土防衛軍は、魂の軍隊といふ色彩が強く、そのモラルは徹頭徹尾武士的なものである。

そしてこの二つの軍隊を、共に指揮系統として内閣総理大臣が統括するが、その最終的忠誠の対象が異なるところから、種々の礼式の相違があらはれるであらう。

私がこの構想をあるイギリス人の友人に話したところ「あまりに論理的すぎて、実現の見込みは、うすい」と答へられた。論理的かどうかは知らないが、私としては考へに考へた末であり、かつ、一場の夢物語であることも承知である。しかし日本の防衛のあるべき姿を考へれば考へるほど、私にはほかの解決は思ひ当らない。もちろんこれは憲法の制約を考慮に入れた上のことで、憲法を変へるとなれば、また話は別である。

日本にとつてもつとも緊急に変革を要するものは防衛の問題であり、しかもそこにいかにして自立の思想を盛り込むかといふ問題である。日本に変革の必須な問題は多々あらうが、これを除外して変革を考へることは空論であり、共産党ですら、核兵器に一言も触れぬ狡猾《かうくわつ》さをもつて、武装中立を謳《うた》つてゐる。日本の防衛と自立の永遠のジレンマのもとである核兵器が、国内戦に使へないといふ特質を持つてゐるところに目をつけて、この特質を逆手にとつて、絶対自立の軍隊を建軍することがまづ急務であり、自衛隊をただあいまいに安保条約に接着させておくことは危険なのだ。中共はすでにIRBMの戦略配置を終つたと伝へられ、日本はその射程距離内にはひるのである。

私の変革方式は、変革の雛型《ひながた》をまづ自分の力で自分の周辺に作ることだ。雛型であるから、まだ実用に役立たなくても仕方がない。しかし自立の思想を肉体化し現実化して、これを通じて、何が正しいかを顕現することだ。言論がすべて相対化され、どんな過激な言論も、砂地にしみ入る水のやうに、どこかへむなしく消えてゆくといふ焦躁感から、全共闘の「言葉への不信」がはじまつたことは認めるが、その全共闘自身が、いつか自分の言葉に自分でだまされるやうになつた。言葉に対する不信が、そもそも自分の言葉を持たぬ者、ただの一度も言葉に信念の根拠を置かなかつた者から、発せられたことがまちがひだつたのだ。

相対化され現象化されるのは、言論のみではなく、行動ですらさうだ、といふところに気づくのがおそかつたのはこのためである。現代社会では、一定の効果と一定のメリットが評価され、それが抽出されてしまふと、たちまちうしろへ投げ捨てられてしまふ。政治は場当りの効果主義の集積である。

政治の見地からは、アメリカ大使館のバルコニーに赤旗を下げるのは、たしかに何事かだ。なぜならそれは必ず報道され、報道されたことは一定の効果と価値を生み出すからだ。しかしこの「何事か」の積み重ねは、いくら積み重ねても同じ次元の積み重ねにすぎず、そこから別次元の変革への飛躍は生れない。かうしていつか政治と同次元の世界へ融解されてしまふくらゐなら、彼らの非難する議会改良主義者のはうがずつとうまくやるのである。

私は文士としてまづ言葉を信ずる。しかし何らかの政治的有効性において信ずるのではない。私にとつての変革とは、言葉と同じ高度の次元の、決して現象化され相対化されぬ現実を創り出すことでなければならない。そのための行動とは、死を決した最終的な行動しかなく、それまでの行動類似のものはすべて訓練であり、世阿弥《ぜあみ》の言ふ「稽古は強かれ」の「稽古」にほかならない。

変革とは一つのプランに向つて着々と進むことではなく、一つの叫びを叫びつづけることだ、といふ考へが、私の場合には牢固としてゐる。前述の自衛隊二分論は、相対的解決策としての変革にすぎぬが、その中にも私の叫びの貫流してゐることを、聞く人は聞くであらう。

かつてアメリカ占領軍は剣道を禁止し、竹刀競技の形で半ば復活したのちも、懸声をきびしく禁じた。この着眼は卓抜なものである。あれはただの懸声ではなく、日本人の魂の叫びだつたからである。彼らはこれをおそれ、その叫びの伝播と、その叫びの触発するものをおそれた。しかしこの叫びを忌避して、日本人にとつての真の変革の原理はありえない。近代日本知識人が剣道のあの裂帛《れつぱく》の叫びを嫌悪するのは、あれによつて彼らの後生大事《ごしやうだいじ》にしてゐる近代ヒューマニズムと理性の体系にひびのはひるのをおそれるからだ。あの叫びにこそ、彼らの臆病な安住の家をこはしにかかる斧《をの》の音をきくからだ。

変革とは、このやうな叫びを、死にいたるまで叫びつづけることである。その結果が死であつても構はぬ。死は現象には属さないからだ。うまずたゆまず、魂の叫びをあげ、それを現象への融解から救ひ上げ、精神の最終証明として後世にのこすことだ。言葉は形であり、行動も形でなければならぬ。文化とは形であり、形こそすべてなのだ、と信ずる点で、私は古代ギリシア人と同じである。

道理の実現――「変革の思想」とは［初出］「読売新聞」（夕刊）一九七〇年一月一九、二一、二三日『決定版三島由紀夫全集』第三六巻

◉三島由紀夫政治論文選

「楯の会」のこと

私が組織した「楯の会」は、会員が百名に満たない、そして武器も持たない、世界で一等小さな軍隊である。毎年補充しながら、百名でとどめておくつもりであるから、私はまづ百人隊長以上に出世することはあるまい。

無給である。しかし夏冬各一着の制服制帽と、戦闘服と軍靴が支給される。この軍服はド・ゴールの軍服をデザインした唯一の日本人デザイナー五十嵐九十九《つくも》氏のデザインに成る道ゆく人が目を見張るほど派手なものだ。

「楯の会」は白絹地に赤で徽章《きしやう》を染め抜いた簡素な旗を持つてゐる。徽章は私がデザインした。日本の古い兜《かぶと》を二種類組み合はせたものだ。同じしるしは、制帽にも、又、釦《ボタン》にもついてゐる。

「楯の会」の会員になるには、大学生であることが望ましい。理由は、若くて、暇があるからで、それだけのことだ。社会人は勤めを勝手に一ヶ月休むことはできまい。それといふのも、会員になるには、陸上自衛隊で一ヶ月の軍事訓練を受け、その一ヶ月を落伍せずに勤め上げることが要求されるからである。

会員になると、月一回の例会に出、又十名一単位の班の活動に従事したりした末、一年後にはふたたび自衛隊に短期間入つて、Refresher Course を受ける。今、会員は十一月三日に国立劇場の屋上で行はれるパレードの練習に忙しい。

「楯の会」はつねに Stand by の軍隊である。いつ Let's go になるかわからない。永久に Let's go は来ないかもしれない。しかし明日にも来るかもしれない。

それまで「楯の会」は、表立つて何もしない。街頭の Demonstration もやらない。プラカードも持たない。モロトフ・カクテルも投げない。石も投げない。何かへの反対運動もやらない。講演会もひらかない。最後のギリギリの戦ひ以外の何ものにも参加しない。

それは、武器なき、鍛へ上げられた筋肉を持つた、世界最小の、怠け者の、精神的な軍隊である。人々はわれわれを「玩具《おもちや》の兵隊さん」と呼んで嗤《わら》つてゐる。

*

百人隊長の私は、会員たちと自衛隊に行つてゐる間こそ、朝六時の起床喇叭《らつぱ》と共に起き、あるひは朝三時の非常呼集で起されて、会員たちと共に五キロの駈足をするけれど、ふだんは甚だしい寝坊で、午後一時に起きてそれから朝食を摂《と》る。

それといふのも、市民生活における私は、いつ果てるともしれぬ長い長い小説を書いてゐるからである。深夜、私は言葉を一つ一つ選び、薬剤師のやうに、微妙な秤《はかり》にかけた末、調合してゐる。朝になつてやつと寝床に入ることができるのだ。

私は、私の「楯の会」の運動と、私の文学の質との間に、たえず均衡が保たれねばならぬことを知つてゐる。もし均衡が破れたら、「楯の会」が芸術家の道楽に堕するか、それとも私が政治家になつてしまふか、どちらかだ。言葉の微妙な機能を知れば知るほど、私は芸術家といふものが、現実に対して、猫のやうに絶対に無責任であることを知るにいたつた。芸術家としての私にとつては、世界が融けたアイスクリームのやうに融けてしまはうと、別に私の責任ではない。融けない前のアイスクリームの美味は私がつけたのだ。……しかし私は、「楯の会」については全責任を負うてゐる。それは自分で引受けたものだ。会員が皆死んで私が生き残ることはないだらう。

私は又、この小さな運動をはじめてみて、運動のモラルは金に帰着することを知つた。「楯の会」について、私は誰からも一銭も補助を受けたことはない。資金はすべて私の印税から出てゐる。百名以上に会員をふやせない経済上の理由はそこにある。

今年の五月、たまたま私はRadical Leftistの学生たちの集会へ呼ばれて、そこでスリリングな論争をやつた。それが本になり、ベストセラーになつた。論争の相手の学生たちと私とは、印税を折半にする約束をした。そこで彼らは、多分ヘルメットとモロトフ・カクテルを買ひ、私は「楯の会」の夏服を誂《あつら》へた。みんなはこれを、わるくない取引だと言つてゐる。

＊

私は日本の戦後の偽善にあきあきしてゐた。私は決して平和主義を偽善だとは云はないが、日本の平和憲法が左右双方からの政治的口実に使はれた結果、日本ほど、平和主義が偽善の代名詞になつた国はないと信じてゐる。この国でもつとも危険のない、人に尊敬される生き方は、やや左翼で、平和主義者で、暴力否定論者であることであつた。

それ自体としては、別に非難すべきことではない。しかし、かうして知識人のConformityが極まるにつれ、私は知識人とは、あらゆるconformityに疑問を抱いて、むしろ危険な生き方をするべき者ではないかと考へた。一方、知識人たち、サロン・ソシアリストたちの社会的影響力は、ばかばかしい形にひろがつた。母親たちは子供に兵器の玩具を与へるなと叫び、小学校では、列を作つて番号をかけるのは軍国主義的だといふので、子供たちはぶらぶらと国会議員のやうに集合するのだつた。

それならお前は知識人として、言論による運動をすればよいではないか、と或る人は言ふであらう。しかし私は文士として、日本ではあらゆる言葉が軽くなり、プラスチックの大理石のやうに半透明の贋物《にせもの》になり、一つの概念が別の概念を隠すために用ひられ、どこへでも逃げ隠れのできるアリバイとして使はれるやうになつたのを、いやといふほど見てきた。あらゆる言葉には偽善がしみ入つてゐた、ピックルスに酢がしみ込むやうに。文士として私の信ずる言葉は、文学作品の中の、完全無欠な仮構《フィクション》の中の言葉だけであり、前にも述べたやうに、私は文学といふものが、戦ひや責任と一切無縁な世界だと信ずる者だ。これは日本文学のうち、優雅の伝統を特に私が愛するからであらう。行動のための言葉がすべて汚《けが》れてしまつたとすれば、もう一つの日本の伝統、尚武とサムラヒの伝統を復活するには、言葉なしで、無言で、あらゆる誤解を甘受して行動しなければならぬ。Self-justification は卑しい、といふサムラヒ的な考へが、私の中にはもともとひそんでゐた。

*

私は或る内面的な力に押されて、剣道をはじめた。もう十三年もつづけてゐる。竹の刀を使ふこの武士の模擬行動から、言葉を介さずに、私は古い武士の魂のよみがへりを感じた。

経済的繁栄と共に、日本人の大半は商人になり、武士は衰へ死んでゐた。自分の信念を守るために命を賭けるといふ考へは、Old-fashioned になつてゐた。思想は身の安全を保証してくれるお守りのやうなものになつてゐた。思想を守るには命を賭けねばならぬ、といふことに知識人たちがやつと気付いたのは、（気付いたところですでに遅かつたが）、自分たちの大人しい追随者だと思つてゐた学生たちが俄《には》かに怖ろしい暴力をふるつて立向つて来てからであつた。

*

今の学生の叛乱は、ソクラテスらのソフィストが若者をアゴラに閉ぢ込めたため、アゴラ自体が叛乱を起した、といふ感じがする。しかし私は、若者はギュムナシオーンとアゴラを半ばづつ往復しなければならぬと信ずる者であり、学生ばかりでなく、あらゆる知識人がさうすべきだ、と考へる者だ。言論を以て言論を守るとは、方法上の矛盾であり、思想を守るのは自らの肉体と武技を以てすべきだ、と考へる者だ。

かうして私は自然に、軍事学上の「間接侵略」といふ観念に到達したのである。間接侵略とは、表面的には外国勢力に操られた国内のイデオロギー戦のことだが、本質的には、（少くとも日本にとつては）日本といふ国のIdentityを犯さうとする者と、守らうとする者の戦ひだと解せられる。しかもそれは複雑微妙な様相を持ち、時にはナショナリズムの仮面をかぶつた人民戦争を惹《ひ》き起し、正規軍に対する不正規軍の戦ひになる。

ところで日本では、十九世紀の近代化以来、不正規軍といふ考へが完全に消失し、正規軍思想が軍の主流を占め、この伝統は戦後の自衛隊にまで及んでゐる。日本人は十九世紀以来、民兵の構想を持つたことがなく、あの第二次世界大戦に於てすら、国民義勇兵法案が議会を通過したのは降伏わづか二ヶ月前であつた。日本人は不正規戦といふ二十世紀の新らしい戦争形態に対して、ほとんど正規戦の戦術しか持たなかつた。

しかし私の民兵の構想は、話をする人毎に嗤はれた。日本ではそんなものはできつこないといふのである。そこで私は自分一人で作つてみせると広言した。それが「楯の会」の起りである。

＊

一九六七年春、四十二歳の私は、特に私のために二ヶ月の自衛隊体験入隊を許してもらつて、士官候補生として陸上自衛隊に入隊した。仲間はみな二十二、三歳の若者だつた。かれらと共に、私はできるだけ同じ条件で、駈け、歩き、レインジャー訓練まで受けた。これは私にとつてかなり辛《つら》い体験だつたが、どうにかやり抜いた。

四十二歳の男にできることが、二十歳の若者にできない筈はない。私は自分の体験から割り出して、全く軍事訓練を受けたことのない若者が、一ヶ月でどうやら小隊指揮ができるやうになるための、合理的なレッスン・プランを専門家を招いて半年にわたつて研究し、完成した。

一九六八年春、最初の実験として、二十数名の学生を率ゐて、富士の裾野《すその》の兵営へゆき、一ヶ月の訓練をはじめたときには、軍の人たちは甚だ懐疑的だつた。戦後の教育で、規律的なこと、肉体的に辛いことを一切避けてきた青年たちが、一ヶ月もこんなギュウギュウ詰めの訓練に耐へられるわけはないと思つてゐたのである。

ところが彼らはちやんとこれをやりとげ、四十五キロの行軍のあげく、二キロ駈けつづけ、陣地攻撃を展開する戦闘訓練に、なかなか立派な小隊長ぶりを見せた。そして一ヶ月がすぎて、いよいよ教官の将校や下士官たちと別れるとき、涙を泛《うか》べて握手をし、別れを惜しんだ。

以後、春休み、夏休みの各一ヶ月の半ばを、新らしい学生会員と共に兵営生活を送り、彼らと共に駈け、かれらのもつとも辛い訓練に参加するのが、私の新らしい生活習慣になつた。そしてその会を、一九六八年秋、「楯の会」と名附けたのである。

＊

ヨーロッパ諸国では想像のつかないことであるが、わづか一ヶ月でも軍事訓練を受けた民間青年といふものは、自衛隊退職者を除き、日本では「楯の会」のほかには一人もゐないのである。従つてわづか百人でも、その軍事的価値は、相対的に高い。いざといふ場合は、その一人一人がどうにかかうにか五十人づつを率ゐることができ、後方業務、警備、あるひは遊撃、情報活動に従事することができるからである。

しかし目下の私は日本に消えかけてゐる武士の魂の焰を、かき立てるためにこれをやつてゐるのだ。

最後に、いかにも「楯の会」らしいと思はれたこの夏の挿話を語らう。

この夏も三十人近い学生を連れて、私は富士の裾野の兵営に行つてゐた。その日ははげしい戦闘訓練があり、みんな炎天の下でよく動いた。兵営にかへつて、夕食と入浴ののち、私の部屋に四、五人の学生が集まつた。野には紫いろの稲妻が映えて、遠雷がきこえ、今年はじめての蟋蟀《こほろぎ》の声が窓下にしてゐた。小隊指揮のむづかしさについて、みんなが語り合つたのち、一人の京都から来た学生が、美しい袋に入れた横笛をとり出した。それは雅楽に使ふ古代楽器で、今これを習つてゐる人はきはめて少ない。その学生は一年ほど前からこれを習ひはじめ、京都郊外の古い寺であひびきをするときは、自分が先に行つて笛を吹いてゐて、あとから来た女に、笛の音《ね》で自分のありかを知らせるのださうだ。学生は笛を吹き出した。美しい哀切な古曲で、露のしとどに降りた秋の野を思はせる音楽であつた。雅楽は、十一世紀に書かれた「源氏物語」の背景に奏でられた音楽であり、主人公光源氏はこの音楽に合はせて「青海波《せいがいは》」を舞つたのだつた。私はこの笛の音を、心を奪はれてきながら、今目《ま》のあたりに、戦後の日本が一度も実現しなかつたもの、すなはち優雅と武士の伝統の幸福な一致が、(わづかな時間ではあつたが)、完全に成就されたのを感じた。それこそ私が永年心に求めて来たものだつた。

[初出]「楯の会」結成一周年記念パンフレット・一九六九年一一月『決定版三島由紀夫全集』第三五巻

◉三島由紀夫政治論文選

性的変質から政治的変質へ

――ヴィスコンティ「地獄に堕ちた勇者ども」をめぐつて

久々に傑作といへる映画を見た。生涯忘れがたい映画作品の一つにならう。

この荘重にして暗鬱、耽美《たんび》的にして醜怪、形容を絶するやうな高度の映画作品を見たあとでは、大ていの映画は歯ごたへのないものになつてしまふにちがひない。

ヴィスコンティは「夏の嵐」とほぼ同じ手法で、オペラ的演出の瑰麗《くわいれい》を極めたものを示すが、あれがイタリー・オペラなら、これはドイツ・オペラであり、ワグナー的巨大とワグナー的官能性が、圧倒的に表現されてゐる。ワグネリアンは狂喜するに相違ない。日本でこれに匹敵するものを探すなら、わづかに市川崑の「雪之丞変化」があるだけであらう。

冒頭の人物紹介は、落着いた悠々たるペースで進められ、この部分に「古き良きドイツ」が集約的に描写されてゐる。それは厚味のある伝統的な文化(生活様式)の、視覚的音楽的な表現であり、立派な家長ヨアヒムを中心に、ブッデンブロークスの、頽廃《たいはい》以前の一族の生活のやうなものが、簡潔に、きはめてよい趣味を以て、堂々と展開される。

雪中の二人の不吉な客、アシェンバッハとフリードリッヒの紹介によつて、また、マーチンの女装の唄によつて、さらに、国会炎上のニュースによつて、最初の不協和音が介入して来る。晩餐の描写は、なほ、予感を内に孕《はら》みながら、イプセン劇のやうな正統派の室内劇の力強い劇的対立を、ほとんど教範的に示す。

ふつうの劇的常識では、かうした性格、状況、野心、嫉妬、競争、権力、愛、その他の十分すぎるほど十分な設定は、劇的対立をレールに乗せ、心理劇や性格悲劇の十分な展開を予想させるのである。なぜなら一定の高度の教養と富と文化的環境の設定は、教養ある悲劇をしか連想させないからである。もしある文化が滅びるなら、永い時間をかけて、その内的必然によつて瓦解する筈である。……

おつとどつこい、さうは行かない。深夜突然、生《なま》の暴力が、この一族をまるでヤクザ一家の悲劇のやうな、色も香もない、実も蓋《ふた》もない、直接的暴力悲劇の結末へ一気に運んでしまふのである。ここがこの映画の最初の狙ひであり、文化も教養も地位も、富ですら何の助けにもならず、生《なま》の、生粋の暴力の前に一瞬にして崩壊してしまふのだ。

かくてこの劇を推進させる本当の力がはじめて露呈される。それこそはナチスである。文化と文明の画布を、何のためらひもなく、一ト突きで破つて突き出された「鉄拳」である。まるであるべきでないものがあり、起るべきでないことが起るといふ、この苛烈なコントラストに、ナチスの真の特徴があつた。もし美しい座敷のまん中で糞をひることが公然と行なはれるにいたれば、全教養体系はあつけなく崩壊するのだ。

この崩壊による挽歌は、ただ一度奏でられる。それは雨上りの路上を楽隊入りで粛々と行く老ヨアヒムの葬列である。この場面は実に忘れがたい。

鉄鋼王国の再編成が行はれ、親衛隊の突撃隊に対する憎悪の伏線が引かれたのち、マーチンの私生活の描写に入るが、ここがおそらくこの映画の唯一のダレ場であらう。第一、冒頭でマーチンのトランスヴェスティティズムが紹介されてゐるので、この隠れ家の描写は、却《かへ》つてはぐらかされて難解になる。少女暴行と娼婦との情交との、はつきりした関連もよくつかめない。

しかし、ここまで来て、演出家の意図は明確になる。ヴィスコンティはおそらく、政治的変質と、性的変質のパラレリズムを狙つたのである。マーチンの性的変質とそのやるせない胸のときめきは、やがては彼が陥ることになる政治的変質の兆候であり暗喩である。ドイツ的世界ではすべてが体系化され、一つ一つの病的観念は、病的な政治行為と照応する。かつて私は、ドイツには、あらゆる種類のパーバージョンの数に対応する数の哲学体系が存在する、と書いたことがある。しかも性と政治とのこのやうな対応は、もう一つの、もつと怖ろしい逆説を秘めてゐる。すなはち、この映画だけを見ても、圧倒的な病的政治学の力の下で、むしろ人間性は性的変質者によつて代表されてゐるのであり、幼女姦のマーチンも、男色の突撃隊も、その性的変質に於てはじめて真に人間的であるのに反して、どこから見ても変質のカケラもない金髪の人間獣アシェンバッハ（このヘルムート・グリームといふ俳優はすばらしい）の冷徹な「健全さ」が、もつとも悪魔的な機能を果して、ナチスの悪と美と「健康」を代表してゐるのである。真に怖ろしいものはこちらにあるのだ。

　さて一九三四年六月三十日の有名な「血の粛清」がいよいよ画面にあらはれる。私事ながら、この「血の粛清」の政治的必然性は、拙作「わが友ヒットラー」に詳しいが、もちろんヴィースゼーの一夜については、私の戯曲はセリフで暗示するにとどめてある。それを一つのショウに仕立てて、この映画の本筋とは関係ないところに、このやうな血のバレエ・シーンを置いたヴィスコンティの企らみの深遠さは、推し量るすべもないが、るいるいと重なる白い裸体が血の網目を着てゐる描写には、一種のしつこい耽美主義が溢《あふ》れてゐる。快楽と乱酔のしののめ時、湖畔で遠い自動車の爆音をきく、女装の半裸の青年の一カットは、いふにいはれぬ暗い抒情を、アルコールを含んだ脱脂綿のやうに含んでゐる。よかれあしかれ、（その青春がどんな形の青春であらうと）、このとき青春の虐殺の予兆がひびいて来るのである。

　マーチンの母子相姦のシーンもさることながら、大団円のフリードリッヒとソフィーの結婚式と死のワグナー的場面のカットの積み重ねには、ふたたび冒頭の悠々たるタッチがあらはれ、同じ邸が隈《くま》なくハーケンクロイツの旗で飾られて、娼婦やならず者の参列者の中へ、不気味な死化粧の白面のソフィーが、フリードリッヒと手を携へて階段を下りてくる。親衛隊員となつたマーチンが母に対する復讐を完成し、完全な精神的凌辱《りようじよく》と死を与へるこの場面のものものしさ、絶妙の運びののろさ、それ自体みじめに戯画化されながら、戯画化の絶頂で異様な壮麗さに転化してゆく演出は、へんな言ひ方だが、非常に「よい趣味」なのである。すべてが人間性の冒瀆《ぼうとく》に飾られたこの終局で、ヴィスコンティは、序景の、直接的暴力によつて瞬時に破壊された悲劇の埋め合せを企らむのだ。それがもう少しで諷刺に堕することなく、あくまで正攻法で堂々と押して、しかも感傷や荘重さや英雄主義を注意ぶかく排除し、いはば「みじめさの気高さ」とでもいふべきものをにじみ出させ、表情一つ動かさぬマーチンの最後のナチス的敬礼をすら、一つの節度を以つて造型する、……かういふ「良い趣味」は、この映画のスタイルの基本である。参列の娼婦やならずものの描写の抑へ方を見よ。そこには野卑すらが一つの静謐《せいひつ》に参与してゐる。

ヴィスコンティがこの映画で狙つたものが、今さらナチス批判やナチスの非人間性の告発であるといふことは疑はしい。二十世紀はナチスを持ち、さらに幸ひなことには、ナチスの滅亡を持つたことで、ものしづかな教養体験と楽天的な進歩主義の夢からさめて、人間の獣性と悪と直接的暴力に直面する機会を得たのである。これなしには、人間はもう少しのところで人間性を信じすぎるところだつた。古代の悲劇があれほど直截《ちよくせつ》に警告してゐたところのものに、ナチスがなければ、人々はよもや二十世紀になつて対面するとは思つてゐなかつたのである。その無慈悲、その冷血、その犯罪の合法化、その悪の体系化、その死のエステティック、……そこからわれわれは、侮蔑といふものの劇化の機縁を得たのだつた。夙《と》つくの昔に滅びてもう復讐してくる怖れのない政治体制を批判することなど、どんな臆病者でもできることで、ヴィスコンティだつて、自分の臆病を証明するためにわざわざこんな長大な映画を作つたわけではあるまい。しかしこの映画はいかにナチスに多くを負つてゐることであらう。ナチスがあつたおかげで、われわれはあらゆる悪をナチスに押しつけ、われわれの描くありとあらゆる破倫・非行・悪徳・罪・暴力の幻をナチスに投影することができるのである。この巨大なスケイプ・ゴートを、現代の映画演出家がはふつておくわけはない。悪を描く免罪符としてのナチスの効用に隠れて、自分の悪の嗜慾《しよく》をほしいままに追究することができるのだ。果然、「地獄に堕ちた勇者ども」は、そのワグナー趣味において、そのドイツ風グロテスクにおいて、その女装好きにおいて、その神経の狂熱において、その重厚さにおいて、その肉体的加害にまさる心理的加害の交響楽的圧力において、その肉体讃美において、その劇的な容赦なさにおいて、その過剰において、そのひとりひとりが悲劇と死を自分の上へ招き寄せる執拗さにおいて、そのものものしさにおいて、その肉感性において、その儀式好き式典好きにおいて、その乱酔において、その重苦しい目ざめに見る曇つた朝空のやうな、心ををののかせる暗鬱なリリシズムにおいて、……正にミイラ取りがミイラになるほど、ナチスの時代の「嫌悪に充ちた美」を再現してゐるのである。

［初出］「映画芸術」一九七〇年四月『決定版三島由紀夫全集』第三六巻

檄

◉三島由紀夫政治論文選

われわれ楯《たて》の会は、自衛隊によつて育てられ、いはば自衛隊はわれわれの父でもあり、兄でもある。その恩義に報いるに、このやうな忘恩的行為に出たのは何故であるか。かへりみれば、私は四年、学生は三年、隊内で準自衛官としての待遇を受け、一片の打算もない教育を受け、又われわれも心から自衛隊を愛し、もはや隊の柵外の日本にはない「真の日本」をここに夢み、ここでこそ終戦後つひに知らなかつた男の涙を知つた。ここで流したわれわれの汗は純一であり、憂国の精神を相共にする同志として共に富士の原野を馳駆《ちく》した。このことには一点の疑ひもない。われわれにとつて自衛隊は故郷であり、生ぬるい現代日本で凜《りん》烈《れつ》の気を呼吸できる唯一の場所であつた。教官、助教諸氏から受けた愛情は測り知れない。しかもなほ、敢《あへ》てこの挙に出たのは何故であるか。たとへ強弁と云はれようとも、自衛隊を愛するが故であると私は断言する。

　われわれは戦後の日本が、経済的繁栄にうつつを抜かし、国の大本《おほもと》を忘れ、国民精神を失ひ、本を正さずして末に走り、そのばしのぎと偽善に陥り、自ら魂の空白状態へ落ち込んでゆくのを見た。政治は矛盾の糊塗、自己の保身、権力慾、偽善にのみ捧げられ、国家百年の大計は外国に委《ゆだ》ね、敗戦の汚辱は払拭されずにただごまかされ、日本人自ら日本の歴史と伝統を瀆《けが》してゆくのを、歯嚙みをしながら見てゐなければならなかつた。われわれは今や自衛隊にのみ、真の日本、真の日本人、真の武士の魂が残されてゐるのを夢みた。しかも法理論的には、自衛隊は違憲であることは明白であり、国の根本問題である防衛が、御都合主義の法的解釈によつてごまかされ、軍の名を用ひない軍として、日本人の魂の腐敗、道義の頽廃《たいはい》の根本原因をなして来てゐるのを見た。もつとも名誉を重んずべき軍が、もつとも悪質の欺瞞の下に放置されて来たのである。自衛隊は敗戦後の国家の不名誉な十字架を負ひつづけて来た。自衛隊は国軍たりえず、建軍の本義を与へられず、警察の物理的に巨大なものとしての地位しか与へられず、その忠誠の対象も明確にされなかつた。われわれは戦後のあまりに永い日本の眠りに憤つた。自衛隊が目ざめる時こそ、日本が目ざめる時だと信じた。自衛隊が自ら目ざめることなしに、この眠れる日本が目ざめることはないのを信じた。憲法改正によつて、自衛隊が建軍の本義に立ち、真の国軍となる日のために、国民として微力の限りを尽すこと以上に大いなる責務はない、と信じた。

　四年前、私はひとり志を抱いて自衛隊に入り、その翌年には楯の会を結成した。楯の会の根本理念は、ひとへに自衛隊が目ざめる時、自衛隊を国軍、名誉ある国軍とするために、命を捨てようといふ決心にあつた。憲法改正がもはや議会制度下ではむづかしければ、治安出動こそその唯一の好機であり、われわれは治安出動の前衛となつて命を捨て、国軍の礎石たらんとした。国体を守るのは軍隊であり、政体を守るのは警察である。政体を警察力を以て守りきれない段階に来て、はじめて軍隊の出動によつて国体が明らかになり、軍は建軍の本義を回復するであらう。日本の軍隊の建軍の本義とは、「天皇を中心とする日本の歴史・文化・伝統を守る」ことにしか存在しないのである。国のねぢ曲つた大本を正すといふ使命のため、われわれは少数乍《なが》ら訓練を受け、挺身しようとしてゐたのである。

　しかるに昨昭和四十四年十月二十一日に何が起つたか。総理訪米前の大詰ともいふべきこのデモは、圧倒的な警察力の下に不発に終つた。その状況を新宿で見て、私は、「これで憲法は変らない」と痛恨した。その日に何が起つたか。政府は極左勢力の限界を見極め、戒厳令にも等しい警察の規制に対する一般民衆の反応を見極め、敢て「憲法改正」といふ火中の栗を拾はずとも、事態を収拾しうる自信を得たのである。治安出動は不用になつた。政府は政体維持のためには、何ら憲法と抵触しない警察力だけで乗り切る自信を得、国の根本問題に対して頬つかぶりをつづける自信を得た。これで、左派勢力には憲法護持の飴玉《あめだま》をしやぶらせつづけ、名を捨てて実をとる方策を固め、自ら、護憲を標榜することの利点を得たのである。名を捨てて、実をとる――　政治家にとつてはそれでよからう。しかし自衛隊にとつては、致命傷であることに、政治家は気づかない筈はない。そこでふたたび、前にもまさる偽善と隠蔽、うれしがらせとごまかしがはじまつた。

銘記せよ！　実はこの昭和四十四年十月二十一日といふ日は、自衛隊にとつては悲劇の日だつた。創立以来二十年に亘《わた》つて、憲法改正を待ちこがれてきた自衛隊にとつて、決定的にその希望が裏切られ、憲法改正は政治的プログラムから除外され、相共に議会主義政党を主張する自民党と共産党が、非議会主義的方法の可能性を晴れ晴れと払拭した日だつた。論理的に正に、この日を堺にして、それまで憲法の私生児であつた自衛隊は、「護憲の軍隊」として認知されたのである。これ以上のパラドックスがあらうか。

われわれはこの日以後の自衛隊に一刻一刻注視した。われわれが夢みてゐたやうに、もし自衛隊に武士の魂が残つてゐるならば、どうしてこの事態を黙視しえよう。自らを否定するものを守るとは、何たる論理的矛盾であらう。男であれば、男の矜《ほこ》りがどうしてこれを容認しえよう。我慢に我慢を重ねても、守るべき最後の一線をこえれば、決然起《た》ち上るのが男であり武士である。われわれはひたすら耳をすました。しかし自衛隊のどこからも、「自らを否定する憲法を守れ」といふ屈辱的な命令に対する、男子の声はきこえては来なかつた。かくなる上は、自らの力を自覚して、国の論理の歪《ゆが》みを正すほかに道はないことがわかつてゐるのに、自衛隊は声を奪はれたカナリヤのやうに黙つたままだつた。

われわれは悲しみ、怒り、つひには憤激した。諸官は任務を与へられなければ何もできぬといふ。しかし諸官に与へられる任務は、悲しいかな、最終的には日本からは来ないのだ。シヴィリアン・コントロールが民主的軍隊の本姿である、といふ。しかし英米のシヴィリアン・コントロールは、軍政に関する財政上のコントロールである。日本のやうに人事権まで奪はれて去勢され、変節常なき政治家に操られ、党利党略に利用されることではない。

この上、政治家のうれしがらせに乗り、より深い自己欺瞞と自己冒瀆《ぼうとく》の道を歩まうとする自衛隊は魂が腐つたのか。武士の魂はどこへ行つたのだ。魂の死んだ巨大な武器庫になつて、どこへ行かうとするのか。繊維交渉に当つては、自民党を売国奴呼ばはりした繊維業者もあつたのに、国家百年の大計にかかはる核停条約は、あたかもかつての五・五・三の不平等条約の再現であることが明らかであるにもかかはらず、抗議して腹を切るジェネラル一人、自衛隊からは出なかつた。

沖縄返還とは何か？　本土の防衛責任とは何か？　アメリカは真の日本の自主的軍隊が日本の国土を守ることを喜ばないのは自明である。あと二年の内に自主性を回復せねば、左派のいふ如く、自衛隊は永遠にアメリカの傭兵として終るであらう。

われわれは四年待つた。最後の一年は熱烈に待つた。もう待てぬ。自ら冒瀆する者を待つわけには行かぬ。しかしあと三十分、最後の三十分待たう。共に起つて義のために共に死ぬのだ。日本を日本の真姿に戻して、そこで死ぬのだ。生命尊重のみで、魂は死んでもよいのか。生命以上の価値なくして何の軍隊だ。今こそわれわれは生命尊重以上の価値の所在を諸君の目に見せてやる。それは自由でも民主主義でもない。日本だ。われわれの愛する歴史と伝統の国、日本だ。これを骨抜きにしてしまつた憲法に体をぶつけて死ぬ奴はゐないのか。もしゐれば、今からでも共に起ち、共に死なう。われわれは至純の魂を持つ諸君が、一個の男子、真の武士として蘇へることを熱望するあまり、この挙に出たのである。

［初出］楯の会ちらし・一九七〇年一一月二五日『決定版三島由紀夫全集』第三六巻

◉解題

三島由紀夫の政治と革命

友常勉

一九四六年七月に発表された「わが世代の革命」において、三島は「僕らは嘗て在つたもの凡てを肯定する。そこに僕らの革命がはじまるのだ」と記した。「僕らの数へ切れない喪失が正当を主張するなら、嘗ての凡ゆる獲得も亦正当である筈だ。なぜなら歴史に於ける蓋然性の正義の主張は歴史の必然性の範疇を逃れることができないから」。

歴史における蓋然性の正義を主張することは、論理的蓋然性をもって、生のあらゆる可能性を抑圧することである。だが、たとえ結果が必敗であるとしても、必敗に終わるとは限らない。否、生の可能性は刹那的な瞬間にあるのであって、結末において判断されるものではない。ブランショやバタイユなどのファシズムの時代の思想的財産を継承した戦後フランス思想のように、三島もまた戦前日本の精神運動の革命性を継承することを宣言しているのである。それは何よりも言葉の力をもって主体が物理的身体の制約を乗り越えていくことであった。

「二・二六事件について」（一九六八年）はその態度をあますところなく伝える。「二・二六事件を肯定するか否定するか、といふ質問をされたら、私は躊躇なく肯定する立場に立つ者であることは、前々から明らかにしてゐるが、その判断は、日本の知識人においては、象徴的な意味を持つてゐる」。二・二六事件から軍部ファシズムの道のりが始まったとし、敗戦によって負の歴史が清算されたとする戦後民主主義の歴史観との対決を鮮明にして、三島は書く。「二・二六事件は昭和史上最大の政治事件であるのみではない。昭和史上最大の「精神と政治の衝突」事件であつたのである。そして精神が敗れ、政治理念が勝つた」。それは幕末以来のラディカルな尊王思想の根絶を意味した。だが精神を実現するためには、政治的統治の技術が必要であり、軍事の思想が必要である。したがって三島の分析は次のような二・二六事件の総括を導き出す。「二・二六事件は、戦術的に幾多のあやまりを犯してゐる。その最大のあやまりは、宮城包囲を敢へてしなかつたことである。北一輝がもし参加してゐたら、あくまでこれを敢行させたであらうし、左翼の革命理論から云へば、これはほとんど信じがたいほどの幼稚なあやまりである」。しかしこの「あやまり」はまた、三島にとって、革命と美学の理想を体現してもいた。「…ここにこそ、女子供を一人も殺さなかつた義軍の、もろい清純な美しさが溢れてゐる」。言うまでもなく、三島の二・二六事件論には、皇道派を見捨てた昭和天皇を讒言し、呪詛した磯部浅一の『獄中手記』が響いている。

二・二六事件への評価を通じて、三島が対決したのは戦後思想だけではない。それはファシズムとの自己区別を含んでいた。アーロン・モーアにしたがって、ファシズムは次のように定義することが可能である。「ファシズムとは、社会の革命的変容や動員を可能にするために近代的要素と反近代的要素を結合するようなイデオロギーならびに権力の様式が、全世界的な規模で、さまざまな国民・国家の文脈に翻訳されたものである」[*1]。ただしアーロンが急いで脚注で付け加えているように、ファシズムを構成する「反近代的要素」のうち、民族再生神話はとりわけ重要である。しかも、近代の民族解放革命あるいは共産主義運動が、支配階級を出自に持つ古典的なエリートである「志士たち」や知識人によって担われてきたことを想起するならば、革命とはなにがしか民族の運命を引き受ける主体の存在を前提とする。革命とファシズムの両者において、民族性は通底している。ただしファシズムとの関係について、三島は「新ファッシズム論」（一九五四年）において、戦前日本の右翼は天皇主義者であったこと、そしてファシズムとは――コミュニズムとならんで――技術的な政治の産物であり、「自然発生的な天皇制」とは相いれない、と断じていた。さらにまたニヒリズムとファシズムとの関係を指摘したあとで、ニヒリズムが絶対主義の政治を招くこと、しかし「美」がその陥穽からわれわれを「相対主義的」に救済する象徴となるのだと論じていた。すなわち、日本文学の古典の美学や決起将校たちの「もろい清純な美しさ」は、政治を技術化しないための歯止めになっていたのである。こうした論理にもとづいて、しかも自らを文士であり芸術家として自任する三島は、自らの思想はファシズムではないと主張しえたのである。

　だが、政治理念を圧倒する文化＝精神性という三島の主張は、精神の純粋性を技術的政治から守りきれるといえるのか。「橋川文三氏への公開状」（一九六八年）は、三島の「文化防衛論」をめぐって、この点を衝いた橋川文三への反論である。橋川の三島批判は二点ある。すなわち「第一に…文化の全体性はすでに明治憲法体制の下で侵されてゐたではないか。…第二に、天皇と軍隊の直結を求めることは、…直結の瞬間に、文化概念としての天皇制は、政治概念としての天皇にすりかわ」る、と。橋川に対する三島の反論はこうである。むしろ戦後憲法のもとで「文化国家」の主張としての天皇が、象徴的存在であるからこそ、「統治なき一君万民」というありかたを体現しているというのである。それは近代国家のなかの「論理的矛盾」であり、民主主義日本の「言論の自由」によって逆規定される「無秩序」である。しかもこの矛盾的かつ無秩序的存在は、「文化概念としての天皇制」「日本文化の一般意志」のうちに、「先験的に」内包されていたとし、それを「美的テロリズムの系譜の中に発見」しようというのである。「言論の自由の至りつく文化的無秩序と、美的テロリズムの内包するアナーキズムとの接点を、天皇において見出」そうというのである。それが可能になれば、「文化と政治との接点」が生まれる。それが実現されるポイントは「容共政権の成立時点」であり、現実的かつ技術的には、現天皇の武官に対する栄誉授与権を認めることにある。すなわち軍隊との象徴的結合である。

　橋川との論争が示しているのは、三島の復古主義が時計の針を戻すことにではなく、戦後日本国家の条件の下での存続の可能性を追求することにあったことである。さらに三島の文化論が伝統主義というよりは、西洋の古典世界の憧憬も否定しない、複製文化とそのアウラにもとづいていることも表している。同時に考えさせられるのは、三島の思想的実践を鋭利かつ具体的なもの――

例えば「美的テロリズムの系譜」という表現——へと強化していったのは、橋川との論争のように、同時代の知識人との知的交渉にあったのではないかということである。論争を栄養分にして成長していく知的リゾームがそこにはある。

ところで三島の政治思想の探求は政治学の玄人の仕事であった。それは革命のプランを追求していたからである。「北一輝論——「日本改造法案大綱」を中心として」（一九六九年）は、そうした三島の思惟のなかで必要不可欠であった、日本の国家主義の歴史的総括であり、北一輝はその総括の到達点に位置する。そもそも近代日本のアジア主義は「…西欧文明に対抗するのにはなはだ無前提のアジア主義をもつてし、理性に対抗するに感情を、権力に対抗するに赤誠を、革命に対抗するに暗殺をもつてした」。この志士の系譜は明治維新以来、その「有効性を自らおとしめてきた」。その結果、無自覚・無効であればあるほど純粋で純正に近づくこととなった。こうした条件のもとで、「権力奪取の方式が少なくとも民主的な方法によることがまつたく不可能な戦前の日本」において、直接行動の正当性を損なうことなく権力奪取の様態を考えることが、「日本改造法案」の工夫であった。それは統帥権の独立と戒厳令の積極的利用として案出されている。「大綱」では戒厳令を利用して三年間の憲法停止と、その期間内の軍政下の国家改革プログラムを想定している。この理論に加えて、統帥権の独立には道徳的根拠が与えられていた。統帥権論争が示すように、もともとは軍の中立性を保持する規定であったものが、やがて軍による政権の実質的な掌握の根拠となった。だが、北に親炙していた青年将校にとっては、これは反権力の象徴、「一つの心情と道徳の源」「天皇への愛と天皇からの忠義」の根拠となった。北の天皇制論は冷めたものであったが、その論理体系の道徳的根拠は、青年将校のロマンチシズムを増幅した。そして北一輝の継承者でもある三島が評価するのも、その道徳的心情にあった。

三島は北の最期を美しく語り、印象深く北の横顔を我々に残している。死刑宣告に対して「一言も弁解を言わず、自分らが青年を思想的に感化した以上、一緒に死ぬのは当然ですといつてゐたようである。そして、いよいよ死刑の直前に、多くの被告が「天皇陛下万歳」を唱へてゐたのに、北だけは、それを「やめておきませう」と言つた…」。私たちは、北の最後に対して抱いていた三島の羨望をもここに聞き取ることができる。「信頼と同志的結合に生きた人間は、理論的指導と戦術的指導とを退けて、自ら最も愚かな結果に陥ることをものともせず、銃を持つて立上り、死刑場への道を真つ直ぐに歩むべきなのであつた」。そこには、「血が嵐を呼」ぶ時代のなかで、冷めた理性が存在している証しがあるというのである。

三島の政治実践が文学的営為、とりわけ美学とどうかかわるかを知ることができるのは、「「国を守る」とは何か」（一九六九年）である。朝日新聞夕刊に掲載されたこの論考——きわめて扇動的で効果的な美文——によれば、文士として「日本語を守らねばならぬ」と決心し、「自分の文学作品に閉ぢ込めた日本語しか信用しないことにした」のは六〇年安保闘争を見物した時からかもしれないという。「民主主義」という言葉が、内容のない空疎なものになっていく政治的現実に対するこの誠実な態度は、しかし、やがて自家中毒を引き起こすことになった。そこで「言葉を以て言葉を守るといふ方法上の矛盾」に気づくのである。同時に「肉体と精神、肉体と芸術行為の問題が、…深く私の心をとらへてゐた」。「もし芸術行為を、ある無形の源泉から何ものかを汲み取つて、形あるものにする行為だと考へれば、肉体はこの行為に携はる重要な媒体である」。この直観にしたがい、剣道をはじめとした鍛錬によって、「「日本」が自然に流露してくるのを感じた」。そして記す。「一九六九年の今、私が政治に参加しないといふ方法論はほぼ整つた。私は精神の戦ひにだけ私の剣を使ひたい」。この精神の戦いに形を与えるために、三島は学生とのやりとりのエピソードを付け加えている。三島は学生に、米軍基地闘争で日本人学生が米兵に殺されたらどうするか、と問う。学生は「透徹した答へ」を返す。「ただちに米兵を殺し、自分はその場で自刃します」。この行為には、ナショナリズムと、殺人行為に対する自己責任と、しかしその行為を他のイデオロギーに回収されないための自己証明がある。そして「包括的な命名判断（ペネンヌンクスウルタイル）を成立させる。すなはちその場のデモの群衆すべてを、ただの日本人として包括し、かれらを日本人と名付ける他はないものへと転換させる」。贅言を尽くさない一つの言語行為によって、〈日本人〉という集団＝形を構成する効果をもつ戦い。「精神の戦ひにのみ剣を使ふ」とは、われわれを不断に〈日本人〉という袋小路へと集団化しようとする三島の企みなのであった。

東大全共闘との対話集会と、一九七〇年一一月二五日のあいだに書かれた「変革の思想」とは」（一九七〇年）は、先の「精神の戦ひ」に先取されていた道徳的根拠によって支えられる国家理解と自衛隊改革案である。三島が全共闘に反応したのはその「自己否定」のスローガンによる。「全共闘運動は、…自他の決意を要求してゐるのであつて、理解を要求してゐるのではない」ことにある。それは「救済の拒絶」をも含んでいる。しかしその全共闘運動のラディカリズムも、戦後憲法のもとでは「変革の論理」たりえない。それは国家の在り方を問わないからである。三島の分析は以下のようなものである。

> 日米共同コミュニケによつて、現憲法の維持は、国際的国内的に新たなメリットを得たのである。すなはち国内的には、今後も穏和な左翼勢力に平和憲法の飴玉をしやぶらせつづけて面子を立ててやる一方、過激派には現憲法にもこれだけの危機収拾能力のあることを思ひ知らせ、国際的には、無制限にアメリカの全アジア軍事戦略体制にコミットさせられる危険に対して、平和憲法を格好の歯止めに使ひ、一方では安保体制堅持を謳ひながら、一方では平和憲法護持を受け身のナショナリズムの根拠にするといふメリットが生じたのである。

全共闘は改憲を問題にせず、自民党もまた可能性において当時最大の護憲勢力であった。平和憲法であるがゆえに左翼勢力を満足させ、同時にアメリカの冷戦体制下の軍事戦略と安保体制維持、そして受け身のナショナリズムの根拠となる戦後憲法。それはその空文化ゆえに「戦後の偽善」の端緒にして「道義的退廃」の原因となる。全共闘は三島からすれば「道義的革命」を求めている点で、自分との共通点があった。しかし憲法を問題にしないかぎり、その暴力革命は国家を問題にしない。現憲法は「未実現の人類共通の理想へのみ忠誠を誓はせ…国家と忠誠とを別次元に属する形で併記してゐる」のである。それは〈日本〉の去勢であり、無効化を意味している。このような憲法と国家に対する認識のもとで、三島は一般的な次元で国家を統治的国家と祭祀的国家に区分する。管理国家としてマネージメントに専念する前者に対して、後者は「反理性的なもの、情感的情緒的なものの源泉」であり、「文化はここにのみ根をみいだし、真のエロティシズムはここにのみ存する。このエートスとパトスの国家の首長が天皇である」。そして、「私の理想とする国家はこのやうな二元性の調和、緊張をはらんだ生ける均衡にほかならない」として、天皇への忠誠を問うことを国民に迫る。「私はこの二種の国家をつきつけて、国民にどちらの国家に忠誠を誓ふか、決断を迫るべきであると思ふ」。その忠誠の決断にしたがって、自衛隊を二分する。現自衛隊のうち航空自衛隊と海上自衛隊の大半を「国連警察予備軍」として、集団安保体制にリンクさせ、直接侵略を主任務とし、国際主義・国連職員としての軍隊とする。そして残余の自衛隊の大半を「国土防衛軍」として、「祭祀国家の長としての天皇への忠誠」を根本理念とし、絶対自立の軍隊とする。三島の私兵組織「楯の会」は「このためのパイオニヤである」。国連警察予備隊は高度技術的軍隊であり、国土防衛軍は武士的なものをモラルにした「魂の軍隊」である。

こうして三島の思想と行動は、言葉への信頼の回復と民族的国土防衛への忠誠的行動の〈言行一致〉の遂行を求めた。「私は文士としてまづ言葉を信ずる。しかし何らかの政治的有効性において信ずるのではない。私にとつての変革とは、言葉と同じ高度の次元の、決して現象化され相対化されぬ現実を創り出すことでなければならない」。この言葉への信と、その信と同次元の絶対的現実は、「死を決した最終的な行動」によってしか担保されない。「それまでの行動類似のものはすべて訓練であり、世阿弥の言ふ「稽古は強かれ」の「稽古」にほかならない」。いわば心情＝習性としての言葉と行動の一致の水準である。だがまたこの心性は剣道の「日本人の魂の叫び」としての「裂帛の叫び」である。それは変革という狂気の時間を生きる、言語以前の表現であるといってもいいだろう。

> 変革とは、このやうな叫びを、死にいたるまで叫びつづけることである。その結果が死であつても構はぬ。…言葉は形であり、行動も形でなければならぬ。文化とは形であり、形こそすべてなのだ、と信ずる点で、私は古代ギリシア人と同じである。

言葉の本質を叫びの次元でとらえる点で、三島のこの議論は国学者・歌人の香川景樹とほぼ同じである。*2 だが、言葉の意味を知的に理解することよりも、その形式＝フレームにおいて受容することは、美学的啓蒙主義であり、そこでは他者とつながるための根源的な平等性が担保されている。[*3] 翻って三島の民族主義的な「魂の叫び」は、あくまで民族主義的な共同性内部に限定されているが、そこには根源的平等性が保障されている。叫ぶ言葉の次元にアクセスすることは誰でも可能であり、そこに文化階級や経済階級の差別はないからである。しかも、三島の変革の論理には、階級的に開かれた共同性がある。その意味で、三島の変革の論理は、言葉による理解と伝達を放棄した全共闘に対する重要な批判を意味している――言葉の次元での理解を放棄したのは新左翼運動全体にもいえることであり、それが内ゲバや粛清の論理を促したからである。

もっとも三島には、秀逸な左翼・新左翼運動論である、「STAGE LEFT IS RIGHT FROM AUDIENCE」があり（ニューヨーク・タイムズ一九六九年一一月二九日に掲載）、全共闘運動に対しても冷めた目をもっていたことがわかる。沖縄闘争のピーク時に書かれたこの短文では、例えば岩波文化人の左翼と、非論理的で野卑な庶民である右翼という古典的な分類が、一九六九年の日本では崩壊していることから始めている。例証されているのは、研究室の占拠と破壊に感情的に反応した丸山眞男と全共闘との対比、あるいは反米を叫ぶのがナショナリストではなく左翼であり、それに対抗してアメリカ国旗と日の丸を掲げてデモをしたのが右翼であること、全共闘の学生たちに人気を博した東映任侠映画のことなどである。三島によれば、しかしこうしたイデオロギーの「順列組合せ」は幕末にもあった。佐幕、開国、尊王、攘夷は相互に合従連衡を繰り返し、最終的に明治国家は「尊王開国」に落ちついたからである。常に言葉に責任を持たなかったこの歴史的な言説状況は、「内発的な革命を敢行しない国」であり、「必ず日本に起るのは、外発的な革命」「やむをえず起された革命」しか期待できない日本の歴史を証明している。

これに対して、言葉に誠実に、心情的な平等性と共感を構築しようとする三島の思想実践は「楯の会」に結実した。文学作品上の思想的な転回の契機は一九六六年の「英霊の聲」であるが、同年三島は剣道を始め、その翌年に陸上自衛隊体験入学、そしてその体験を踏まえて、一九六八年に「楯の会」を結成した。「「楯の会」のこと」（一九六九年）のなかで三島は書いている。「私は知識人とは、あらゆるconformityに疑問を抱いて、むしろ危険な生き方をするべき者ではないかと考へた」。危険に生きること、すなわち惰性的な生き方を拒否するために、まず自身の物理的身体に試練を与え、それによって身体-行動と一致する言葉の新しい次元を手に入れ、同時に伝統的な美的共同体を形成した。富士の裾野で自衛隊員たちとおこなった激しい戦闘訓練のあとのある邂逅を書き留めている。夕食と入浴ののち、「楯の会」の学生たちとの歓談のさなか、一人の学生が横笛を取り出し、雅楽の古曲を奏でた。三島は「源氏物語」で光源氏がそれに合わせて舞った「青海波」を想起しつつこう記す。「私はこの笛の音を、心を奪はれて聞きながら、今目のあたりに、戦後の日本が一度も実現しなかったもの、すなはち優雅と武士の幸福な一致が、…完全に成就されたのを感じた」。

言葉の形式の形而上学的な存在論を通じて共同性を構築することの紐帯のありようは、本質的に秘儀的《エソテリック》である。革命への飛躍を可能にするこの秘儀的紐帯は、オウム真理教の麻原彰晃がチベット仏教の秘儀的な概念であるマハムードラ mahāmudrā を用いて、仏身との神秘的合一を説き、信徒たちの即身成仏を促したその実践に重なる。その前史に北一輝と皇道派の決起将校たちを置き、三島由紀夫と「楯の会」から麻原彰晃とオウム真理教までを、革命をめざす秘儀的な思想運動の系譜の中に位置付けることが可能ではないかと私は考える。思想史のジャンルにあてはめるならば、それはファシズムである。

「性的変質から政治的変質へ――ヴィスコンティ「地獄に堕ちた勇者ども」をめぐって」は、映画評だが、一九七〇年一一月二五日が近づく頃、三島の革命と美学的愛好が狂気の領域に入っていることがうかがえる。ナチズムによって人類は「人間の獣性と悪と直接的暴力に直面する」ことができたことに触れているが、この小文が繰り返しているのは、むしろその獣性への賛美であり、ニーチェ的な「よい趣味」――すなわちそこでこそ生が輝く――としての精神的凌辱の異様な壮麗さであり、儀式好き、乱酔、暗鬱なリリシズムである。そうした過剰な肉感的な暴力の美しさは、文化の滅びとは「永い時間をかけて、その内的必然性によつて瓦解する筈である」という思い込みを破壊する。なぜならそして文化的日常は「生の、生粋の暴力」、一突きの「鉄拳」によって簡単に崩壊させられてしまうからである。「もし美しい座敷のまん中で糞をひることが公然と行なはれるにいたれば、全教養体系はあっけなく崩壊するのだ」。三島にとって、こうした「嫌悪に充ちた美」というテロリズムは、抒情的な民族再生の革命の本質的な属性であった。決起の日、自衛隊市ヶ谷駐屯地で撒かれた「楯の会ちらし」(「檄」)において、三島は「共に起って義のために共に死ぬ」ことを訴え、「至純の魂」を自衛隊員にむかってぶつけた。だが同時に、切腹と介錯による、「よい趣味」にもとづく精神的凌辱の極致によって、その壮麗な美を演じることも、予定ずみだったはずである。

注

*1 アーロン・S・モーア、『「大東亜」を建設する』、人文書院、二〇一九年、一七頁。

*2 酒井直樹、『過去の声 一八世紀日本の言説における言語の地位』、酒井直樹監訳、以文社、二〇〇二年、頁。

*3 ジャック・ランシエール、『哲学者とその貧者たち』、松葉祥一他訳、航思社、二〇一九年。また、Gayatri Chakravorty Spivak, An Aesthetic Education in the Era of Globalization, Harvard University Press, 2013, Introduction. を参照。

(日本思想史)

◉インタビュー

保阪正康

三島由紀夫の自裁死が問うもの
――楯の会事件と日本の近代

――保阪さんは一九八〇年に『三島由紀夫と楯の会事件』（現在、ちくま文庫）を書かれ、昨年、出された『続 昭和の怪物 七つの謎』（講談社現代新書）でも三島由紀夫について一章をさいています。三島由紀夫とは何だったのでしょう。

私は歴史をみるとき補助線という視点から見ています。敗戦というのも補助線です。三島も補助線をひきました。ひとりの男が補助線をひいたというのは珍しいことです。三島が死んだ頃、エスペランチストの由井忠之進は佐藤首相がアメリカの要請をうけてベトナムに行くのに抗議して官邸前で焼身自殺をしましたが、それもひとりの人間が補助線をひいた例です。文章を書くこと、思想を訴えること、行動を起こすことも補助線をひくことです。

――では三島がひいた補助線とはなんだったでしょう。

三島が自決するまでの数年間は新しい左翼がそれまでの既成左翼を超えて行こうとして大きな衝撃を与えた時代でした。その一番は暴力です。わたしは新左翼には批判的で距離も置くのですが、かれらは六〇年安保闘争の暴力を大きく超えました。越えるというのは相当な勇気とある意味での自己変革が必要なんです。ただしかれらはそれで歴史を前進させることなく崩壊していきました。三島は新しい左翼が既成左翼の枠組をこえていくのを右側から見たんですね。だからもしかしたらこいつら俺の味方じゃないかと考えていた。だから、東大全共闘との討論で「天皇と一言言ったらいっしょにやる」といった。それは三島が自分でひいた補助線なんだと思います。彼は擬似的な軍隊をつくってその指導者として腹を切って死にます。そこには戦争のミニチュア版が完結しているんです。彼は左翼と右翼に対して自分の命よりも大事なものがある、おまえたちは革命が必要だといっているけど本当に命を賭けているのかを問うという補助線のひきかたもしたんです。でも五〇年を経てみたら、三島の補助線がそのように受けとめられることはありませんでした。

――なぜ暴力が補助線なのでしょうか。

戦後民主主義は暴力に免疫力をもてませんでした。暴力はすべてダメということにされてしまいましたが、暴力にもピンからキリまであって、暴力によってしか変えることができないものがあるかもしれない。それを三島は提示したんです。誰かを殺めるというかたちで暴力を駆使したらそれは別の次元になるけど自分を殺めて暴力を見せたのが日本人にとって衝撃だった。新左翼は暴力にふみだすことで戦後民主主義の欠陥を示しましたが、それ以上ではなかった。三島は暴力が理念や理想と一体のものであるということを示しました。

――先にあげた二冊には楯の会の阿部勉との親交を書かれています。

わたしは一九七二年に『死なう団事件』という本を書きました。そのあと、「光クラブ事件」や農村青年社事件の本も書きましたが、これらは歴史の年表には一行だけでしるされている事件です。その一行の背後には何人も何十人もの人生があって、それを一冊に書き残さなければと考えたんです。わたしは高校時代、勉強しないで、本ばかり読んでいたのですが、そのうち、年譜をみることの面白さに気づいていきました。年譜というのは客観的かと思っていたら、よく見てると本によって年号も違うしとりあげる人物も違う。つくる人の思想的な枠組でつくられているということがわかってきたんです。たいしたことでもないことが大げさにされて、一行になっていたりするんですよ。左翼がつくった年表もひどいし、右翼はもっとひどい。逆に一行でしか書かれていないことの向こうにある人生を描こうと思って、それらを書いたんです。

『死なう団事件』を書いたあと、五・一五事件のことを書きます。事件の際に撒かれた檄文があるのですが、その最後に「農民有志」ということばがはいっています。この「農民有志」という語に興味を持ち、そこに表わされた農本主義を調べようと思いました。そこで茨城の愛郷塾の橘孝三郎にいきあたりました。大正の理想主義者であった橘がどうしてテロリズムにいったかが興味があった。そのあと、水戸の自宅に一年半くらい月一回か二回は通いました。橘はものの組み立て方とか考え方とかもふくめて本当にいろいろなことを教えてくれました。そこには右派系のさまざまな人が来ましたけれど、彼は一切、私に紹介しなかった。そこは偉いなと思います。彼のところには午後一時から四時までいて帰されるんですが、その帰り道でいつも三、四人と青年たちとすれ違いました。それが楯の会の元会員たちで、そこに阿部もいたんです。彼らは橘について農本主義と天皇論を勉強していました。

——そうして阿部と出会うんですね。

橘を徹底して取材して、その証言をもとに『五・一五事件　橘孝三郎と愛郷塾の軌跡』を出した後、阿部から電話がありました。橘が昭和の初めにだしていた「土とま心」を復刊したいので原稿を書いて欲しいということでした。そこでわたしは二・二六事件の磯部浅一について書きました。彼とはよく酒をのみましたが、暗黙の了解としてお互いの思想の批判はしないということがあった。でも彼になぜ右翼になったのかと聞いたことがあります。かれの親は教師で秋田の日教組で、小さいときから日教組になじんだ空気で育ったというんです。ただなんとなく反発はあったけど親に反発があったわけでなかった。早稲田にきて左翼に反発があって右翼になったと教えてくれました。そういう話をしているうちに彼の気持ちが分かってきました。そこであなたは作家になれとすすめたことがあります。

楯の会事件の時にそこに選ばれなかったということが彼の人生を規定したと思います。だから彼には死を急ぐところがあるように見受けました。古本屋をやったりしても酒を離せなかった。そうして肝臓癌になります。そのあと高田馬場で飲んだのが最後です。門弟がひとりいました。息子が今度結婚するんで絶対出てくださいという。その結婚式の少し前に彼は死んだように思うけど、式には出て約束は果たしましたが、最後に飲んだ時に「今生のわかれです」といいました。その時は今日の別れと思ったけど、今生とは思わなかった。もったいない人材でした。文学者タイプの感性の鋭い人でしたね。

——『三島由紀夫と楯の会事件』にも阿部の力があったのでしょうか。

彼からは楯の会がいまどうしているかとかは教えてもらいました。この本を書いたのはこの事件を論じるために、事実はこうだという共通の議論の基盤をつくるためです。ですから解釈とか思想は出さずに事件に至るまでの事実を辿ることに徹しました。

——三島事件ではなく楯の会事件と呼んでいますね。

三島事件と呼ぶと楯の会は三島の私兵になります。でも楯の会事件とよぶとミニチュア版の軍隊組織が動いて三島はその神輿にのっていたということになる。わたしは阿部を知っているから楯の会事件と呼びたいんです。でもこの事件は三島事件として文学のなかに閉じ込められいていく気がします。文学者の自己表現ということになれば非合法だけど合法の枠で理解することができますからね。そうして文学にとりこまれることによって事件の衝撃が減殺されていくように思います。

――『続　昭和の怪物　七つの謎』では三島の死を自裁死として論じています。

自裁死という言葉と自罰死という言葉があると思っています。自裁死というのは自分の生きてきた人生を自分で裁くということです。それに対して西部邁は自分で自分を罰したんです。光クラブの山崎は自罰死、藤村操は自裁死、芥川も自裁死です。

裁くと罰はどう違うのか。裁くというのは裁判所のような集団化したところに自分を置いて、自分を裁判長のようにして自己を見つめる。逆に自罰死というのはそういうのを否定して、自分の人生にむきあって自分を罰することです。自裁死、自罰死で近代を考えたらこの五人が選ばれてきましたが、この五人は皆、東大です。そこはとても重要です。東大というのは官僚を育てるところですが五人は官僚ではない。東大で自我を突出させたものは近代を否定することになるんです。三島は、自分を裁くことで日本の左翼、右翼、日本の近代そのものを否定したのではないか。これは近代日本が何の意味もない空間だったのではないかということを示しているのではないでしょうか。

――ではその空虚な近代に代わるものはなんでしょう。

橋川文三、谷川雁など、三島と同世代の思想家たちは共同体というものに強い意志をもっていました。それは都会に育ったからとか、田舎に育ったからということではない。江戸時代の二百数十年に培われた共同体の日本的な情念とか価値観とか思想とかはそう簡単には消えないんです。

三島も都市育ちで共同体に縁がないといいながら彼の作品は共同体に対する願望にあふれています。楯の会は共同体への彼の幻影でもあるのです。阿部が楯の会には東京のヤツはいないですよと言っていました。共同体的な土着のものを三島はどこかで見抜いたのです。三島が磯部浅一が好きだというのは磯部が共同体とつながっているからでしょう。三島は共同体的なものをもっていないかわりに、そこに羨望をもっていたと私は考えているんです。

近代日本では軍隊と天皇が共同体を昇華しました。彼はそこに崇高なものを見たんでしょう。わたしはそれらをすべて崇高だとは思いませんが。

――二〇二〇・二・二五

◉インタビュー

中島岳志

なぜ森田必勝なのか

——三島由紀夫との距離からみえてくるもの

青年たちとの協働

——中島さんは三島事件で三島よりも楯の会に関心をもっておられるとのことですが。

　僕がいちばん関心をもっているのは森田必勝です。『わが思想と行動』として彼の日記が遺稿集として出版されていますが、これを読んだとき、狂信的な右翼というよりも、若き日には亡き母への強烈な恋慕の念が書き連ねられていることが強く印象付けられました。最初は浅沼稲次郎が好きだったり、その後とは逆に左派的なマインドを持っていたんです。高校時代には、「どこかでお母さんの声が、必勝、あと十分だからがんばりなさい、と聞こえてきたよ」という記述があったり、お母さんお母さんと何度も書いています。強い孤独感と共に、お母さんに包まれたいという思いが非常に強い人なんです。この発想が何故に天皇というところへと昇華していくのかという問題が、私にはいわゆる戦前期の超国家主義の問題とパラレルに見えました。それが戦後のなかで森田必勝という人に同じような構造としてあらわれているとしたら、それはなにかというのが僕にとってのいちばんの関心事です。

——森田にとって三島由紀夫とは何だったのでしょう。

　森田と三島のあいだにはギャップ、距離があります。そこに関心があります。楯の会結成から自決にいたる過程は三島の思想に基づいたものとみられていますが、それに還元できないのではないか。三島のところに「論争ジャーナル」の人たちがやって来て、そこに彼は純真なる青年を見ます。三島は自分が中年になってきたことを気にかけ、純粋なる青年という世界から遠ざかっていることを自覚します。そのころ三島は文壇の中核的な存在になってきて、その立場との距離とのなかで苦悩しました。三島は「青年について」という有名な文章を「論争ジャーナル」に寄せています。そこでは三島は「私は生身の青年はきらいだった」けれども、「考えてみると、私は青年を忌避しつつ、ひたすら本当の青年の出現を待ってゐたのかもしれない」と書いていました。これが「論争ジャーナル」の中辻（和彦）とか万代（潔）といった若者が来たとき、彼が率直に揺れ動いた気持ちだったんですね。それで「論争ジャーナル」に書いたり、あるいは日本学生同盟の若者たちが来たりというようになって、青年が彼のまわりに集まりはじめる。そこで出会った若者の純真さと、彼が当時取り組んでいた二・二六事件の青年将校の武の純粋さが重なってくるんですね。彼が二・二六について論じているところで僕がおもしろいとずっと思ってきたのは、二・二六事件は、戦術的な「あやまり」こそ重要だと書いていることです。つまり成功を予定していないということですね。もし本当にクーデターを成功させようとするならば、宮城、つまり皇居を包囲する戦略をとるべきである。しかしそれをやらなかった。そのことによって、市民を巻き添えにしていない。女性や子供を一人も殺していない。政治的成功そのものを目指さない。これは彼が平行して書いていた『豊穣の海』の神風連の乱もそうでした。そこに功利とか合理みたいなものを超えた脆い清純な美しさが溢れている、と三島は書いているんですね。「この「あやまり」によって、二・二六事件はいつまでも美しく、その精神的価値を永遠に歴史に刻印してゐる」。つまり彼にとっては、二・二六事件は、政治的に成功しないことで、美しさを獲得しているわけですよね。同時代的には失敗に終わっても、歴史的には成功している。負けることによって、未来に大切なものを投機している。この論理を探りながら、目の前に出て来た青年たちのなかに純粋さと美しさを見はじめる。そこで三島と青年たちの協働がはじまりました。

一方で、持丸博《もちまるひろし》のような「論争ジャーナル」のメンバーは、別の角度から三島に接近しています。「論争ジャーナル」は、戦後民主主義は行き過ぎていて、それに対抗する保守的な対抗原理としての雑誌が必要であるということからはじまった雑誌で、左翼思想から距離をとっていた有名人の三島に接近した。ここから三島との接点ができてくるんですけど、両者は求めていたものがかなり違っていたのです。しかし「楯の会」を作るプロセスで濃密な関係が生まれ、そこに日学同の森田必勝も加わり、一種の運命共同体が生まれていった。

なかでも森田と三島の関係は非常に重要です。繰り返しになりますが、森田は、母に抱かれたいという自殺願望と裏腹の胎児回帰願望ような、絶対的なものを求め恋慕している人です。それが三島の思想と呼応しあって、一種究極的な、拙著『超国家主義』で書いたような、絶対的な世界を森田は希求しはじめる。そこに三島が呼応するかたちだったと思うんですね。森田の引力に、三島が引っ張られた。だから、森田がいなければ、三島事件は起こっていないと僕は思っているんです。

みんな三島の文学とか自意識とかから事件を解こうとしますけど、むしろ楯の会、日学同、「論争ジャーナル」に集った学生たちの内的な問題から解いていったほうが、この事件を理解する本筋なんじゃないかというのが僕の考えなんです。

三島の生活感のなさ

――三島は自衛隊訓練にも参加しています。

三島は自衛隊に不満がありました。「お前たちはサラリーマンか」というようなことも言ってますけれど、戦後民主主義に飼い馴らされた自衛隊を精神教育しないといけない、武士にしないといけないという発想が非常に強い。彼自身は、若者を訓練すると同時に、自衛隊を改革していくつもりでした。本当の軍、現代にあらわれた武士として立ち上がっていくような義の集団をつくろうとしたわけですね。そこに真の日本を見出した。

これは保阪正康さんも書いていらしたことですが、三島はなぜかあれほど二・二六に言及しておきながら、五・一五にはほとんど反応していない。僕はむしろ五・一五や血盟団のことを書いてきたんですけども、二・二六と決定的に違うのは、五・一五の異議申し立てというのが、「貧しさ」という生活の論理なんですよね。なぜこんなに格差があるのか、なぜ俺たちは一君万民という国体が存在するにもかかわらず、こんなに不平等なのか。天皇の大御心に包まれているはずなのに、何でこんなに不幸なのか。そんな生活上の不満や苦悩を募らせた若者たちが、「君側の奸」と見なした財閥や政治家を暗殺したのが血盟団事件、五・一五事件でした。しかし三島はこの論理にまったく関心を持ちませんでした。

つまり、三島の最も特筆すべきところは、生活感のなさなのです。もっと言うと、生活を拒否、拒絶している人だと思うんです。生きていくこと、生活することとって、あらゆることにおいて妥協したり、打算的であったり、今日食うためにやりたくないことをやったりという連続なわけですよね。しかし、三島はあるところからそういうものに徹底的に背を向けようとした。その象徴が西馬込にある彼の家だと思うんですよね。まったく生活感のない洋式によって建てられた家。妻の存在も妻との関係も生々しくない。彼は生きることから生活を排除しようとして、そこに純粋な美、あるいは武士、生活を超えた義を、戦後民主主義に対置させたいというのがあったと思います。だから五・一五の論理に全然関心を持っていないんですよ。

　この感覚は、蓮田善明とよく似ています。井口時男さんは『蓮田善明　戦争と文学』で伊東静雄との別れのシーンを描いています。伊東が大阪で学校の先生をしていて、蓮田が東京から熊本を経て出征していくというとき、大阪駅で会い、そこで蓮田に万歳をしたりする。けれども、伊東はのちに蓮田が隊長を射殺したあとに自殺したことをひどく嫌がっていて、「一人で死にゃあいいのに」と語ったそうです。

　井口さんはここに、伊東の生活への態度を見ています。妻子を抱えた中学教師である伊東静雄は、生活者として戦中戦後を過ごしました。生きていくためには様々な状況と折り合いをつけていかなければならない。純粋さをつらぬくことはできない。これが生活をすることなのだと考えていた。けれども、蓮田は観念で生きていた。ここのずれというのが二人の文学者のあいだにあります。その蓮田は三島を発見した人ですし、三島に同じ人間の気質、観念性を感じたわけですよね。三島も蓮田に見出されたことをずっと重要だと思っていた。この二人の関係はパラレルで、二人は生活をともに拒絶しています。蓮田にはすごい葛藤がありました。お子さんがいて、愛する妻がいた。妻への手紙を読むと家族愛に溢れていことがわかります。けれども、ある決断をもって家族を拒絶するんです。戦争にいって熊本へ帰ってきて家族に囲まれていると幸せだった。しかしその家族からあえて離れます。そうしなければ自分は生きられない人間なんだと考えたのです。蓮田と三島の生活感のなさというのは大変よく似ていると思うんですね。この全体というのをうまくとらえたいな、と思っています。

――二・二六では北一輝が影響を与えましたが。

　三島は北一輝を評価しながらも嫌っています。北一輝は天皇を利用しようとして、天皇を道具主義的に見ている側面があります。この国において革命を起こすためには、天皇を使って一君万民の論理を起動させなければいけない。明治維新はまさに天皇を使った一種の革命です。天皇によって武士階級といった階級社会を崩壊させ、四民平等を一君万民のロジックを立ち上げた。天皇の国民から、国民の天皇というものになっていく。これが北一輝の発想で、天皇は最後に乗り越えられる対象となります。北一輝のもともとの名前は北輝次郎ですけども、自分で改名しています。それは、北でいちばん輝く北極星を意図に置いた名前です。北極星というのはつねに王であり、東アジアでは、北側に館を建てて南を見下ろすかたちで王宮をつくるんですけども、それは、北極星を背にしているということです。天の動かぬ一点によって権力は位置づけられているというのが、正統性の根拠なのです。つまり、北一輝は自分が北極星だと言っているわけですよ。だから北一輝にとって天皇は自分によって乗り越えられるものでした。二・二六がうまくいかなかったあと、北一輝は俳句を詠んでいますよね。「若殿に兜とられて負け戦」。若殿というのは昭和天皇のことです。あんな若殿に兜とられちゃって負けちゃったものよ、というわけです。この北一輝の発想は三島にとって受け入れられないものです。天皇の道具主義的な利用。二・二六の純真さのなかには北一輝の天皇に対する功利性があった。だから『豊穣の海』で北一輝は描かれません。それが三島的な発想だったんだと思うんです。

——だから『奔馬』では神風連をモデルにしたということですね。

神風連は、「うけい」という神様のお告げによって、ただ突っ込んでいくという反乱です。成功するとか軍事的にどういう戦略をとるとか、怪我した人たちをどう補助するとか一切考えていなくて、ただ突っ込んでいくんですね。三島は、そのなかにある武士の精神、功利性を超えて、神のお告げがあったからやるというところに共感したんだと思うんです。

超国家主義と人類補完計画

——三島には生活感がないとのことでしたが、楯の会はどうだったのでしょう。

森田における母の問題というのがあります。母に抱かれたいという究極のロマン主義が底流にあり、その延長上に天皇への恋慕の念が生まれ、天皇のために戦後日本と刺し違えるという発想が森田にはあったと思うんですね。その感覚と三島は、似ているようでたぶん違います。

三島の場合、母に包まれたいというようなナイーブな問いではないですね。そういうものこそが彼にとって生活だったのです。とてもおもしろいのは、彼は他者の生活全般をすべて否定しているのではないことです。例えば、楯の会で結婚する人がいれば、「よかったね！　仲人をやるよ」と言って祝うんですね。しかしそのあと、彼らを市ヶ谷に突入するメンバーから外していくんです。多くの人は生活を抱きしめる。その人たちの生活を守ることこそが武士であるという矜持が三島の発想でした。森田はその態度にロマン主義的希求からアプローチした。もちろん政治的実現性には何の意味もない。大切なのは「義」を示すこと。政治的に失敗することで「美しさ」を獲得し、未来への投機を行うこと。これが大切でした。

森田の抱えていた感覚は、例えば、アニメ「新世紀エヴァンゲリオン」の世界とすごく近いんです。母の喪失からくる心の傷を埋めるために、宇宙全体に溶け込んでいく。人類補完計画という、すべてが一つのスープに溶け合っていくような、自己と他者の区別のない世界に向かっていく。不完全な人間のクライマックスです。森田の発想はこれに非常に近い。この感覚は、戦前の超国家主義者と連続していますが、三島はそれとは異質な人だという感じがするんです。三島事件を立体的にとらえるためには、どうしたらいいのか。みんな森田でなく三島から見過ぎている。

――楯の会と三島のあいだに葛藤がありました。例えば「論争ジャーナル」以来のメンバーだった持丸博は事件前に会を離れています。

持丸さんは結婚したので、そこで割れるんですよ。社会のなかで左翼に対する批判と保守運動をやっていきたいといって別れるんです。それは三島の世界観と持丸さんの違いだったんだと思います。持丸さんは生活の中で実践することを重んじた。三島は生活と決別しなきゃいけないと思っている。

森田は生活を拒絶すること、捨てることができました。森田にとって大事なことは、亡くなった母に対する恋慕であり、結婚もしていないから、生活を捨てることができる。森田・三島の二人はまったく違うところから来て、死に向かっていったっていうのが三島事件だった。あの事件は三島事件のように見えるけれど、一方で、僕には森田事件だと見えるんですよね。

全共闘、天皇

――三島と全共闘との関係はどうお考えでしょうか。

よく引かれるように全共闘に対して、三島は「天皇と言ってくれたら私は手をつなげる」と言いました。でもそんなに簡単なものではありません。三島は全共闘が嫌いです。頭でっかちで、空理空論を展開するからです。しかし、六八～六九年の東大闘争では、命を張って主張し、行動した。そこに自衛隊以上のなにかを感じました。しかし実際行ってみると、空理空論をみんなが振り回している。理屈よりも行動するものなんだ、というのが三島の発想だったわけですね。だから彼が「やられた！」と言ったのは、よど号事件です。よど号のように、理想を振り回す以上に、北朝鮮というユートピアに向けて刀を持って乗り込んでいく行動のなかに彼は武士を見ます。全共闘の一部も、三島が亡くなったあと、「やられた」と言いました。自分たちがやるべきことを三島がやってしまっていて、自分たちは行動すらできないと考えました。両者は相互補完的な関係にあるようで、しかし決定的な違いがあります。理論を捨ててこそ、なにか生の実相があらわれてくるというのが三島です。左翼学生は理のために命を捨てるという感覚でした。そこが違ったんでしょうね。

——三島あるいは森田にとっての天皇とは何だったのでしょう。

三島は、「なぜ人間宣言をしたんだ、そんなこと、みんなわかっているのに」と嘆きます。三島が考えていたのは人間の物語性です。つまり、天皇が人間であるというのは生活の論理なんです。そういうものが存在しているのは勿論わかっているけれども、それをあえて言うことで失われてしまうなにかがある。天皇と私たちの関係は一種の物語であり、そうであるかのように振る舞うということの関係性で成り立っているものです。そこで「私、人間です」と言われてしまったら元も子もないじゃないか、というのが三島の発想です。それよりも、天皇のために命を捨てていくというあり方です。天皇がどう思おうとひたすら熱い握り飯を握り差し出すシーンを『豊穣の海』で書いていますけど、右翼用語で言うと「恋闕《れんけつ》」というものですね。天皇が人間的にどうあるかということ自体は、三島はほとんど問うていません。問うてはいけなかったと思います。三島にとって、それを守ろうとする僕たち自身の精神の問題だったのでしょう。

橋川文三と江藤淳の位相

——戦後史、あるいは近代史のなかで、三島事件＝森田事件はどういうふうに位置付けられるのでしょうか。

これは二人の視点から見ることができます。

一人は、橋川文三です。よく、橋川と三島の関係は微妙だといわれています。三島は橋川文三を読んで、橋川は自分のことを唯一わかってくれる人間だという感覚をもって、自らの評伝を依頼しました。橋川はそれに応えます。だけども『文化防衛論』が出たあとに、橋川は三島に対する、「美の論理と政治の論理」という批判的な文章を書きました。端的に言うと、あなたの言っていることは実現できない。そういうものは近代のなかで負けてきた問題である。政治的な実効性はないと言うんです。これによって三島は橋川に批判されたんだという議論がありますが、私はこれを橋川の最大の賛辞だと思っているんです。僕たちが夢見ている世界はつねに負ける。日本浪漫派もそうだし、西郷隆盛もそうだし、二・二六もそうだった。近代の功利的人間に対して、そうではない人間のあり方があるのではないかと考え、時代に抗おうとした人たちはつねに政治的に負け続けていく。なぜなら、政治的に勝とうと思えば功利的でなければならないからです。そうやって三島も、おそらく負けるだろう。政治的実効性から遠ざかっている三島の姿があるというのは、橋川の賛辞だと思うんです。負けるもののなかにこそ、なにか私たちが近代に対して言うべき価値がある。だから、これから三島は死んでいくんだろうなという予兆を、橋川は鋭敏にかぎ取っていた。三島が死んだ日、橋川は新聞に「神風連から相沢（三郎）に至る「狂」の伝統のワクにそのまま収まらない」として、「朝日平吾あるいは中岡良一などと同じように考えたい」と語っています。そういうような、つねに負けていく人間のエートスのなかにある近代に対する抵抗を読み取っている。この二人はそれを二人だけで分かち合っていた。たった一人、三島だけが「あの文章は俺に対する賛辞だ」とわかったのではないか。これが、近代全体から見たときの、三島の位相だと思うんですね。

もう一人は江藤淳です。三島事件の約一年前に書いた『「ごっこ」の世界が終わったとき」という文章があります。これは戦後の日本はすべて「ごっこ」であると論じた評論です。アメリカがすべての決定権を持ち、日本人は主体的な決断など一切していない。すべてアメリカに対して上目使いである。しかし、二年後に沖縄返還が迫っているので、ごっこは終わる。ようやく日本人が主体的を取り戻せるのだという内容なんですけど、そのなかに「楯の会」に言及した一説が出てきます。彼らは基本的に「自主防衛ごっこ」をやっているにすぎず、「いわば「ごっこ」のなかでさらに「ごっこ」に憂身をやつしているようなもの」と述べています。いくら主体性を持ってやろうとしても、すべてがごっこのなかに回収されてしまうというその本質を突かなければなんの意味がないのだ、と。それはなにかというと、アメリカだというのが、江藤の議論です。これも痛烈な問題で、三島事件の一種の空回りっていうのに江藤は鋭く迫っていると私は思います。江藤自身は三島の死に対して非常に冷淡です。そんなことをやったところで戦後は覆しようもないものであるし、的外れであると江藤は考えました。

この二つが三島事件の位相としてとても重要だと思っています。三島は負けるからこそ成功している、意味がある、という橋川に対して、それは的外れであるという江藤の考えがある。両方、重要な部分を突いています。僕はその二つから三島事件の位相を考えています。

——二〇二〇・一・二一

◉インタビュー

いかに三島が死んだのかではなく、いかに三島が生きているのかを撮りたかった

豊島圭介

――豊島さんが監督された『三島由紀夫VS東大全共闘　50年目の真実』は当時のフィルムに全共闘、楯の会、そして瀬戸内寂聴、内田樹、橋爪大三郎、平野啓一郎、小熊英二氏など一三人のインタビューをはさんで、一九六九年五月一三日の討論を現代的に甦らせたものです。

この映画を撮るにあたって考えたことはなんでしょう。

この作品をつくるために三島の評伝や評論を何冊も読んだのですけど、どれもフォーカスを三島の死に当てていました。もうすでに千人の人が三島の死について研究し、独自の答えを出しているのなら、いまさら三島の死について語っても千分の一の解釈にしかならないし、死の謎は絶対に解けないとも思えましたので、この映画ではこの謎に向かい合うことはやめることにしました。いかに三島が死んだのか、なぜ死んだのかではなく、いかに三島が生きているのかということにどうしたらフォーカスできるかをこの作品の出発点におきました。

当事者のみなさんに話を聞きに行きましたが、誰もが五〇年経った今もなおエネルギッシュで興味深い方たちでした。そこでふと気づいたのが、この人たちは五十年前にあの九〇〇番教室で三島由紀夫に出会ってしまった人たちだということです。あの芥正彦さんも今あれだけ反逆の精神を失わずいるのは、もしかしたらこのとき三島に出会ったからではないか。そうだとすればあの討論は彼の人生やアイデンティティまで規定するものすごく重要な邂逅だった。討論の司会をしていた木村

『三島由紀夫 VS 東大全共闘 50 年目の真実』©新潮社

修さんは、いまだに三島の死の謎を研究している。楯の会の方たちはもちろん三島とともに生き続けています。つまりこの映画は三島と出会ってしまったことによって、その後の人生を規定づけられてしまった人たちを撮るドキュメントなんです。そのことがわかったときに、なおのこと、「いかに三島が生きていたか」がよりクローズアップされてきました。この討論を多角的にいろんな角度から見ることによって、三島がどうやって生きてきたのか、逆にわかる。それがおもしろいと思いました。

映画が完成して、インタビューした当事者の方たちにも観てもらったのですが、劇場を出てきたみなさんが一様に上気して、「どうもありがとう。こんなふうに記録に残してくれて」と好意的にとらえてくださった。たぶん、五〇年ぶりにあのときの三島に出会い直したのだと思いました。みなさんを上気させたのは生きている三島にもう一回会えた、肉声をもう一回聴けた、という高揚感だったのではないでしょうか。この映画は、生きている三島を五〇年後に再現する作業だったともいえます。

――映画を撮り終えて何が印象的ですか。

平野啓一郎さんが、「社会を変革するのには、ともかく言葉が必要である。ここには言葉が存在したのだ」ということをおっしゃっていて、それがこの討論の最重要事項だったと思います。「言葉で物事を突き詰めていく先に言葉では表現できない何かを求める」というのが僕ら映画監督の仕事だと思うのですが、それをするにしても、まずは言葉がすべてです。そしてあの壇上には熱と言葉があったということが、非常に大きなメッセージだと僕は思っています。ちゃんと敬意をもって言葉を発して、相手にそれを届けようとするということが、あの場では完全にできていた。

この映画を撮る前に仮想敵として考えていたのは「SNS上の匿名の罵り合い」です。いまやそれが討論であり、議論であると勘違いされている。そうではない、醜くくない世界がここにあるのだというのが、僕が構成を考える上での出発点でした。SNS上の議論の話自体は映画の構成からなくなっていくのですが、あの壇上には敬意をもった言葉を交換し合う、立場の違う人たちがいたのだということが重要です。その有り様を今われわれは目撃することができる。僕らはあの当時のように熱い人間にはなれないかもしれないですが、ただ、あの討論を目撃することで今の自分の言葉のあり方とか、伝え方とか、議論の仕方とか、考えるきっかけに絶対なるはずです。

――印象に残った三島の言葉は。

「安田講堂で全学連の諸君がたてこもったときに、天皇という言葉をひと言彼らが言えば、私は喜んで一緒にとじこもったであろう」、という有名なひと言が出発でありキモでした。あの真意がなかなかつかめずにいましたが、識者のみなさんにインタビューしていくなかでそれが意味するものの像がきれいに結ばれていきました。そして平野さんがおっしゃっている、「現実を批判的に計る物差しとして天皇」という、想像もつかなかった結論にたどり着きました。また「平凡パンチ」の椎根和さんは剣道で三島の弟子になるわけですが、一九六九年の一月一九日の安田講堂の攻防戦の日も、碑文谷で、稽古していた。そのときテレビを見ながら、稽古のあとの上気した三島が、「こいつらがひと言天皇といえば俺は共闘するんだけどな」と呟いたそうです。この話は編集でうまく入る場所がなくて使えなかったんだけれども、あの言葉は東大でそのとき突発的に思いついた何かではなくて、すでに準備していたということもおもしろかったです。

――映画のあとで三島がどう見えてきましたか。

実際三島と出会ってしまった人たちの話を聞き、死んでなお三島の研究をするほどまで影響されてしまった人の姿などを見るにつけ、三島があらゆる方面に対して真剣に向き合っている様が見えてきました。内田樹さんが映画の中でおっしゃるように、全共闘の学生に対しては揚げ足をとらずに九〇〇番教室にいた千人を説得しようとする。後ろに控えている楯の会の青年たちとは真剣に憂国を語り行動しようとする。「平凡パンチ」の椎根さんには好き勝手な悪口を紙面に書かせる。すごいなと思います。いくつもの顔があって、しかもそのすべてが本気です。まるで三島はプリズムのようだというのが、今回映画を編集してみてわかったことです。だから、とらえどころがないというか、何面体かわからない三島という人物が、すべての面に対して輝きを放っている。これが人を虜にする魅力でした。最初に想定した「いかに三島が生きているのか」という問いに対しては、それが一つの答えなのかなと考えています。三島はなぜ死んだかという話に落とし込んでしまうと、その輝きの一面しか見えなくなってしまうのではないかというのが、この映画をつくって一番強く感じたことです。

――二〇二〇・二・三

◉論考

海を眺める老人

大澤真幸

1

三島由紀夫の最高傑作『金閣寺』(一九五六年)は、主人公・溝口が金閣寺に放火するまでの過程を自伝的な告白のスタイルで書いた小説である。「私」で指示されている溝口は、金閣寺の若い僧侶である。「私」には、生まれついての重度の「吃《ども》り」があった。この小説は、現実の金閣寺放火事件に取材してはいるが、その内容は、実際の事件とほとんど関係がない。事件は着想の発火点になっているだけで、小説の実質は、三島の純粋な創作だ。

この小説は三島の代表作だが、一点だけ、彼の他の作品とはまったく異なる、極端に例外的な特徴をもつ。主人公の性格である。三島の書いたものの中に、これほどまでに暗く、うじうじしていて、極端に内向的で、外見的にも醜い人物が主人公になる作品はない。三島の小説の主人公たちは、屈折した欲望を抱いていたり、ときに犯罪者であったり、悪に手を染めたりはするのだが、『金閣寺』の溝口のようにみじめで醜い人物はいない。全員がカッコよく、スマートで、そして威厳をもっている。溝口は、率直に言えば、三島が最も嫌ったタイプに属する。ネクラで、頭でっかちに懊悩し、コミュニケーション能力に乏しく、きわめて貧乏くさい。三島が太宰治を嫌ったことはよく知られているが、三島の眼には、太宰は、まさに溝口タイプの人物に見えていたはずだ。

三島は、それゆえ、自らが最も嫌うような人物を造形し、その人物に自分を同一化し、告白のスタイルで『金閣寺』を書いたことになる(もっとも、この作品は一人称で書かれた小説としては破格で、事態を客観的に記述する文章が大半を占めているので、読者は、一人称小説であることを忘れそうになるほどなのだが)。『金閣寺』は、いわば「吃音者の告白」である。ここで詳しく根拠を提示しないが、私の考えでは、『金閣寺』は、『仮面の告白』(一九四九年)の独特の反復である。内容や筋にはほとんど重なるものはない。『仮面の告白』は、ほんとうに自伝的な要素のある作品で、主人公の「私」は、現実の三島と深く結びついている。『金閣寺』は、純粋な虚構で、主人公の「私」は、三島が嫌悪するような人物だ。このような対照性にもかかわらず、『金閣寺』は、『仮面の告白』のヴァージョンアップした再生として読むことができる。

2

さて、その『金閣寺』の主題は何か。「美」である。溝口にとって、金閣寺は、「美」そのものの物化された姿である。美しい花はあるが、美などというものはない、というのは小林秀雄の言ったことだが、溝口（三島）にとっては、美は存在する。それ自体究極的に美しい金閣寺として、である。やがて溝口は、独特の哲学をもつようになる。金閣寺は、燃やされるべきである。金閣寺は、炎上することによって、美として真に完成するのだ。こうして、溝口は、実際に、金閣寺に火を放つ。

ありがちな誤読を斥けておこう。放火によって、溝口は、金閣寺を否定しているわけではない。逆である。金閣寺を美として成就させるためには、放火する必要があったのだ。小説の中で、溝口が、彼の双子的な分身であり、かつ論争相手――否定的な媒介（それを否定し克服することで弁証法的な結論へと至るための媒介）――でもある友人の柏木に、美は「僕にとっては怨敵《おんてき》なんだ」と叫ぶ場面がある。ここで「怨敵」と言われているのは、美（である金閣）がその真実に到達するためには、攻撃的に破壊される必要があるからだ。

溝口を放火という行動へと導く美学は、プラトン的なイデア論をベースにして考えると理解可能なものになる。プラトンによれば、物が何かであるのは、その物が何かのイデアを分有しているから、イデアのコピーだからである。たとえば個々の馬は、「馬」のイデアを分有しており、それぞれの人間はみな「人間」のイデアを分有している。イデアとは、そのものの本質のようなものだが、個々の事物は、その本質を不完全なかたちで分けもつことで何かになりえている。われわれが見たり、触れたり、等々の仕方で経験している物はすべて、いわばイデアのかすれたコピーだと思えばよい。そして、イデアそれ自体は――「イデア」という語の原義は「見られるもの」であるにもかかわらず――、見ることも、触れることもできない。

現実の金閣寺についても同じである。人が見ている金閣寺は、美のイデアの不完全な写しである。金閣寺を、己の本性であるところの美のイデアの域に至らせるにはどうしたらよいのか。ここからが、プラトンにはまったくない溝口（三島）に固有の美学になるのだが、金閣寺を燃やし、破壊し尽くすことによって、金閣寺をイデアとすることができる。厳密に言えば、金閣寺を燃やすというその行動において、金閣寺はイデアとしてたち現れる。どうして溝口にはそのように感じられるのか。そこに働いている論理を、（溝口の主観的な観点からではなく）われわれの客観的な観点から、比喩を用いて説明すれば次のようになる。今、何かを覆っているように見えるヴェールがあったとする。それを見ると、われわれはこう思わずにはいられない。ヴェールの向こう側には、何か貴重なもの、宝物があるに違いない、と。ただし、このようにして宝物（イデア）の存在が暗示されるのは、人が、ヴェールを引き裂き、その向こう側を見ようと渇望している限りにおいてである。このヴェールを引き裂く行為に対応しているのが、金閣寺を燃やし、破壊する行動だ。

ヴェールの比喩を、ここで恣意的に用いたわけではない。『金閣寺』に即した必然性がある。溝口は金閣寺の建物の中でも、とりわけ究竟頂に強い執着をもっていた。究竟頂とは、金閣寺の最上階のことだ。火を放ったあと、溝口は突然、「この火に包まれて究竟頂で死のう」との考えを得る。彼は、煙に追われながら、狭い階段を駆け上がり、究竟頂の扉を開けようとした。しかし、扉には鍵がかかっており、開かない。扉を叩いても、扉に体ごとぶつかっても、扉はどうしても開かない。この扉こそ、「ヴェール」である。

戸の彼方にはわずか三間四尺七寸四方の小部屋しかない筈だった。そして私はこのとき痛切に夢みたのだが、今はあらかた剝落してこそおれ、この小部屋には隈なく金箔が貼りつめられている筈だった。戸を叩きながら、私がどんなにその眩ゆい小部屋に憧れていたかは、説明することができない。ともかくそこに達すればいいのだ、と私は思っていた。その金色の小部屋にさえ達すればいい……。

究竟頂の小部屋にほんとうは何が入っているのかわからない。しかし、溝口が扉を叩き、中に入ろうとしている限りにおいて、その小部屋は眩ゆい金色の空間であり、金閣の金閣たる所以を具現した場所になる。究竟頂を美の極点にしているのは、扉を破ろうする溝口の行動である。当然、扉は最後まで開かない。この究竟頂の扉を壊そうとする行為は、「放火」という行動の意味を凝縮して体現している。

3

この「金閣寺」が、後年——十四年後に——天皇になる。このことを洞察するのは、それほど難しいことではない。

三島は、自らが理想とする天皇を、「文化概念としての天皇」と呼んだ。これは「政治概念（統治概念）としての天皇」のアンチテーゼである。しかし、こんな抽象的な表現では、三島がほんとうに求めていたものはわからない。三島は、死の前年に行われた東大全共闘との討論の中で、もっと率直に、具体的なイメージがわくように「文化概念としての天皇」について語っている。そこで、三島は、文化概念としての天皇は、日本武尊だという。

（天皇には即位できず）白鳥と化して死んだ日本武尊だ、と。

『古事記』によれば、日本武尊は、父である景行天皇に命じられ、西・東の敵を討ち滅ぼすための遠征に出る。景行天皇は、息子の日本武尊の異能を恐れており、ほんとうは息子が遠征の途上で死ぬことを密かに望んでいた。日本武尊は、父の願いに反して、かんたんには討死せず、めざましい軍功を挙げるが、最後に、山の神に惑わされ、故郷の大和を偲びながら崩御する。このとき、日本武尊は、大きな白鳥となって大和に向けて飛び立ったとされている。この白鳥こそ、文化概念としての天皇にあたる、と三島は熱弁している。

すぐにわかるだろう。白鳥は、（天皇の）イデアの比喩である。『金閣寺』の溝口は、金閣寺を超越的なイデアへと変貌させようとした。三島は、のちに、同じ論理を実行に移し、天皇をイデアに転換しようとしたのだ。それが、あの失敗したクーデターである。

三島があのとき、バルコニーで語ったこと、檄文に書いたことは凡庸である。自衛隊を違憲化している憲法を改正せよ、とか、天皇を中心とする日本の文化を守れ、とか、はいくらでも他の誰かが主張してきたことだし、今でも主張されている。右翼の常識に属することで、これらを理解するのに三島の文学は要らない。

三島の行動を突出したものにしたのは――それがよい意味でなのか悪い意味でなのかは別にしてほかに類を見ないものにしたのは――、割腹自殺である。自分の主張が受け入れられないことに失望して単に自殺したのではなく、三島は、華々しく割腹自殺した。破壊され、流血にまみれたのは、ボディビルディングによって鍛え抜かれた三島の鉄の肉体だ。すると、ただちに理解できるはずだ。割腹自殺は、金閣寺の放火に対応させうる行動である。

クーデターにおいて三島が明示的に語ったり書いたりした政治的主張には、深い思想的な含みはない。だが、あの政治行動をより基礎的なところから規定していたのが、『金閣寺』に由来する美学だったらどうか。その美学は精妙で、妖しい魅力をもっている。

すると問うべきことは、次のようになる。金閣寺が天皇に変換されることに必然性はあったのか？　少なくとも『金閣寺』を書いているときには、三島は、天皇のことを考えてはいなかった、と私は見ている。三島は、天皇の隠喩的な代理物として金閣寺を描いたわけではなかっただろう。だが実際には、金閣寺は最終的に天皇に置き換わる。この変換に必然性はあったのか？　最後には、それは天皇にならざるをえなかったのだろうか？

この点についての私の結論は次のようになる。金閣寺が天皇になる論理的な必然性はない。つまり、究極の対象が天皇でなければならない、論理的な必然性はないだろう。しかし、三島が置かれた社会的・歴史的状況、文化的な背景を前提にした場合には、三島の美学の最終的な対象として、天皇が選ばれることには、かなり高い蓋然性があった。金閣寺から天皇へという推移には、論理的な必然性はなかったとはいえ、状況的には蓋然性があった。

すると、次に問うべきはこうだ。三島由紀夫の文学には、この筋しかないのだろうか？　結局、三島のあの洗練された美学は

「天皇」へと収斂していくことを、われわれはおおむね認めなければならないのだろうか？　三島の文学には別の筋はなかったのか？

4

三島の親友でもあった文芸批評家の奥野健男は、『三島由紀夫伝説』（一九九三年）で、三島の作品には、二種類のイメージの系列がある、と論じている。二種類とは、「火・血」のイメージと「海」のイメージである。作品ごとに、どちらかのイメージが中心になるが、どちらか一方のみが支配することはまれで、たいてい両方のイメージがひとつの作品の中に登場する。

放火が主題になっている『金閣寺』は、もちろん、「火・血」のイメージを中心においた作品である。奥野によれば、火と血は結びつきが強く、ほとんど等価である。たとえば『愛の渇き』（一九五〇年）のクライマックスのシーンで、主人公の杉本悦子は、火祭りの夜に、愛する男の背中に爪を食い込ませ、血を滲ませながら陶酔する。火＝血だとすれば、『金閣寺』における放火が、後のクーデターにおいては切腹に転換した、という先に述べたことの意味もよりわかりやすくなるだろう。もちろん、「憂国」（一九六一年）の異様な切腹シーンが、ここで連想されるはずだ。「海」のイメージが最もわかりやすく前面に出されている作品は『潮騒』（一九五四年）である。海が重要な意味をもつ後期の作品としては、たとえば『午後の曳航』（一九六三年）をあげることができる。そして何より、一九六五年から書き始め、死の直前に擱筆した、三島の最長の作品『豊饒の海』が、そのタイトルによって、「海」のイメージを喚起している。もっとも、後で述べるが、「豊饒の海」にはアイロニーが含まれている。が、ともかく、「海」が意識されていることはまちがいない。

しかし、繰り返すが、それぞれの作品がどちらかの系列のイメージに特化しているわけではない。しばしば、ひとつの作品の中で、両方のイメージが提示され、それぞれ重要な役割を果たしている。たとえば、『潮騒』の最も有名な場面は、裸の新治が、裸の初江の呼びかけに応じて、焚火を飛び越して行き、初江を抱きしめるところであろう。『金閣寺』で、溝口が放火を決断するのは、寺を抜け出し旅をして、日本海をひとりで眺めているときである。彼はもともと、日本海が見える小さな寺の出身でもある。

イメージに二つの系列があるということは、それぞれの系列に対応した二つの論理によって、三島の作品は構成されているということでもある。両者の間にはどのような関係があるのか。二つの論理は完全に独立しているわけではない。かといって、ひとつに統合されるわけでもない。ではどのような関係にあるのか。

これについても、一足飛びに結論だけを述べておこう。「海」の論理は、「火・血」の論理よりも基礎的である。つまり、「火・血」の論理は、「海」の論理を前提にしてはじめて成り立つ。だが「海」の論理は、「火・血」の論理が成り立つことを必ずしも必要とはしていない。では、「海」の論理から「火・血」の論理へと発展することに必然性があるのか？　必然性はない。ということは、「海」に留まり、「火・血」へと進まないことも可能だ、ということである。

「火・血」の論理から「天皇」は導き出される。しかし、「海」の論理のほうに留まることもできた。つまり、三島の小説の中に、「天皇」へと向かわない、別のもうひとつの可能性があったのだ。三島自身も十分には自覚せず、探究し尽くすこともなかったもう一つの可能性が、である。これは、三島のすべての主要な作品を読むことを通じて、とりわけ『豊饒の海』を——作品には結実しなかった創作ノートまで含めて——読み解くことを通じて、厳密に証明することができることである。[*1]　ここでは、ひとつの印象的な短篇小説を用いて、この結論の妥当性を暗示しておこう。

5

その短篇小説「海と夕焼」は、『金閣寺』の起筆のちょうど一年前に発表された（一九五五年一月）。時代が、文永九年（一二七二年）の晩夏に設定されている。つまり鎌倉時代の話である。主人公は、鎌倉建長寺の年老いた寺男で、名は「安里《アンリ》」という。安里が、建長寺裏の勝上ヶ岳へ一人の少年をつれてゆき、自分の身の上を話す。

私がここでこの短篇を選んだことには二つの理由がある。第一に、安里とともにいる少年だ。少年は、唖で聾のために、他の村童たちから仲間はずれにされていた。このことを哀れんで安里は少年をつれだしたのである。この少年は、実は、この短篇のストーリーにほとんど関係しない。いてもいなくても同じであるようにすら思える。だが、コミュニケーションに決定的な障害をもつこの少年は、『金閣寺』の溝口をかすかに予感させる。溝口は話すことに問題をかかえている。少年は、聞くことに関する障害をもつ。

第二に、安里たちが登った勝上ヶ岳の頂だ。そこからは「遠く一線をなして燦めいてゐる海」が見える。主人公がひとりの人物を案内した小高い場所からは、光る海を見ることができる。この設定は、三島が十六歳のときに書いた中篇小説「花ざかりの森」の結末を連想させる。そして、この結末は、後で述べるように『豊饒の海』の結末とも響きあっているのだ。

さて、安里は実はフランス人である。どうして鎌倉時代の日本に、フランス人がいるのか。安里は、そうなるまでの経緯を語る。六十年前、少年のアンリは、フランスのセヴェンヌという土地の羊飼だった。十字軍の時代だ。ちょうど第五十字軍が一旦は聖地を奪回しながら、すぐに奪い返されてしまい、フランス人は悲しみに沈んでいた。

ある日、アンリのもとに、白い輝く衣を着たキリストが下りてきた。キリストはアンリに言った。聖地（エルサレム）を奪い返すのはお前たち少年らだ、たくさんの同志を集めて、マルセイユに行きなさい、と。そうすれば、「地中海の水が二つに分れて、お前たちを聖地へ導くだらう」ともキリストは言った。アンリは、仲間を集めながら、マルセイユまでの苦難の旅を続けた。アンリの一行がマルセイユに到着すると、そこにはすでに、数十人の少年少女たちが待っていた。アンリたちは祈り、待った。しかし、いつまでたっても、地中海は二つに分れることなく、そのままの姿で水を満々とたたえていた。やがて、少年たちは、商人に騙され、全員、海外の奴隷市場で売り飛ばされてしまった。アンリも奴隷となり、さまざまなことがあって、印度を経由し、日本にやってくることになった。

　これが安里が語ったことだ。もしあのとき、海が分れていたらどうだったか。それは、神の到来を意味していたはずだ。それはもちろん、「白鳥（文化概念としての天皇）」の出現に匹敵する意義をもつ出来事だ。しかし、海は分れなかった。普通は、海が分れることが奇蹟であり、不思議なのだが、安里は逆に、海が分れるべきときに分れなかったことにより一層深い神秘を感じている。

　　おそらく安里の一生にとって、海がもし二つに分れるならば、それはあの一瞬を措《お》いてはなかったのだ。さうした一瞬にあってさへ、海が夕焼に燃えたまま黙々とひろがっていたあの不思議……。

これこそ、「海」の論理に留まっている状態、「海」の論理を「火・血」の論理に接続させず、純粋に「海」の論理のうちにいる状態だ。安里は哀しそうに回顧してはいるが、同時に、「奇蹟の幻影より一層不可解なその事實」に、好都合にも海の割れる場合よりもいっそう深い真実があるとも感じている。

　しかし、この感受性、純粋な「海」の論理のうちに奇蹟以上の奇蹟を見出す感受性が、後の作品からは消えていく。少なくとも、『金閣寺』にはこうした感受性はなく、「海」はすぐに「火」へと飛躍していく。こうした展開は、よく読むと、「海と夕焼」にすでに予感されている。あの少年、安里がつれてきた少年、溝口の前触れのような少年を見るとわかる。安里は少年に向けて語っているのだが、少年は、聾なので、もともと聞くことはできない。のみならず、安里が、寺へ帰ろうと少年のほうを振り返ると、少年は眠っていたのだ。少年（＝溝口）には、安里の話を引き継がれていない。

6

　この「海と夕焼」で安里が海を眺めつつ語っている状況は、「花ざかりの森」の結末を連想させる、と述べておいた。主人公の女性は、尼僧のように隠棲している。この老女は、たまたま訪ねてきた客人を、自分の家の庭に案内する。家が高台にあるため、庭からの眺めが美しいからだ。そこからは、「海が、うつくしく盃盤にたたえたようにしずかに光って」見える。

この「花ざかりの森」の結末は、『豊饒の海』の結末と酷似している、ということもしばしば指摘されてきた。つまり三島の最初の小説と最後の小説は、ほとんど同じように終わるのだ。『豊饒の海』の全四巻を貫いて登場する唯一の人物、すべての出来事を目撃してきた本多繁邦（三島自身の分身）も、今や年老いて、死が近いのを予感している。彼は、第一巻『春の雪』の主人公である親友、松枝清顕と大恋愛の後に、出家して、月修寺に入った綾倉聡子に会おう、と考える。聡子も今や月修寺の門跡である。本多と聡子の再会の場面で、『豊饒の海』の全体の意味を否定しかねない大どんでん返しがあるのだが、それについては、今は何も書くまい。結末はその後にある。聡子もまた、「花ざかりの森」の老女と同様に、客人である本多を庭に案内する。月修寺の庭に、である。

『天人五衰』は次のような文章で閉じられる。

　そのほかには何一つ音とてなく、寂寞《じゃくまく》を極めている。この庭には何もない。記憶もなければ何もないところへ、自分は来てしまったと本多は思った。

　庭は夏の日ざかりの日を浴びてしんとしている。……

これを「花ざかりの森」の最後の一文と比較してみよ。

「死」にとなりあわせのようにまろうどは感じたかもしれない、生《いのち》がきわまって独楽の澄むような静謐、いわば死に似た静謐ととなりあわせに。……

どちらも、死を連想させる非常な静けさ。三島は最後の小説の最後の最後のところで——あのどんでん返しも含めて——、原点に回帰しようとしている。そのように思える。しかし、二つの場面を隔てることがひとつだけある。月修寺の庭からは海が見えない。三島がドナルド・キーンに説明したところによる、「豊饒の海」とは、実は月の海の名であって、水のない「カラカラの嘘の海」である。つまり、「豊饒の fertile 海」はアイロニーであって、ほんとうは不毛の barren 海を意味している。

「火・血」の論理の政治的な帰結は、「天皇」であった。しかし、三島の文学には、「海」のイメージに託されているもうひとつの可能性があった。そのもうひとつの可能性に対応する政治もあるはずだ。それは「天皇」とはまったく違ったものになる。そのことだけは確実だが、三島自身によって、それが積極的に導き出されることはなかった。「海」の論理のもつ政治的な含意を引き出す仕事が、われわれに残されている。ほんものの「豊饒の海」を見出す仕事が、である。

＊1　詳しくは、拙著『三島由紀夫　ふたつの謎』（集英社新書、二〇一八年）を参照されたい。

本文中の作品の引用は新潮文庫に準じた。

（社会学）

◉論考

三島由紀夫と橋川文三

杉田俊介

三島は死の直前の「果たし得ていない約束」というエッセイで書いています。「私はこれからの日本に対して希望をつなぐことができない」「日本というものはなくなってその代わりに無機質なニュートラルな抜け目のない経済的大国が極東の一角に残るのだろう」。三島は日本というものが存在しなくなって経済的なものによって支配される極限のニヒリズムを、戦後の大衆文化の中に見出しています。

そういうニヒリズムの時代は今現在も続行中なのではないか。このニヒリズムは現実的な無力さに対して、ある種のスピリチュアルなものでそれを乗り越えたつもりになる現代的ロマン主義へ向かい（『天気の子』などはその典型でしょう）、もう一方、ある種の統制的な国家主義の方向へも向かっています。ただ、それは三島が望んだであろうものとは根本的に違っていて、国内外の巨大なグローバル企業に国家の根本を譲り渡してしまった。ジグムント・バウマンが「レトロトピア」と述べたように、そういう状況の中では過去の栄光に遡って強い国家を夢見るしかない。そこには保守すべきものすらないから、保守でもないし右翼でもありません。

三島由紀夫は、そういうニヒリズムの精神的な空疎さ、反動的な精神の空洞を心底嫌いました。重要なのはそこでは反動的で中身のない空疎さと、ある種の充実した空虚が分けられて、文化の本質はむしろ後者の美的な空虚にある、と考えられていたことです。それが文化天皇論につながっていった。僕はそれをサブカル・ニヒリズムと呼んでいます。今年の東京五輪で、例えば山崎貴とか椎名林檎とかを起用して、ベタベタなナショナリズムではなくて、日本の技術と資本とサブカルの力を使って、モダニズムの延長上にファシズム的なものを表現していく。美的な絢爛な空虚の美を国家総動員で実現しようというのは、ギリギリで三島由紀夫的なものの系譜という気もします。現実の過酷さに対して、何も信じるものがないから、せめて極限の美くらいは表現してくれと。でもそれでいいのか。そういう空虚な享楽を批評するとはどういうことか。

　三島由紀夫にしろ橋川文三にしろ、すべてが砕け散って廃墟になった戦後の中で、人間の生の根拠というか死生観の根拠を探し求めていた。橋川の言葉でいえば「絶対者」です。それを解決しないかぎり、三島由紀夫の呪い＝悪意を依然としてわれわれは乗り越えられないし、三島の亡霊をつねに召喚することになってしまう。絶対者が存在せず生死を意味づけるものがないから、ある種の美的な空虚、形式的な美に身を捧げるしかない。虚無に対する自発的隷属です。

　日本近代史から戦後へと持ち越されたそうした呪いをどうやって解除すればいいのか。それが日本的なロマン主義を批判し続けた橋川の問いでもあります。三島と橋川は複雑で微妙な関係にあったんですけど、共通点としてあるのは、絶対と信じていた価値観が敗戦で相対化されるという経験を経たことです。正確には、戦後もずっと、そのことの意味を理解できずに考え続けた。思えば僕らだって、東日本大震災や原発公害事故の意味を今も了解できていないわけで、むしろそれは現在進行形であるわけです。生ばかりか死すら絶対的ではないから、すべてが大衆社会的に平準化されていく戦後社会のなかで、何らかの絶対を求めざるを得なかった。そういうねじれが彼らの中にあった。戦後社会から隠遁してもいいし、超越的な立場から戦後批判をしてもいいはずなのに、そういう道は選ばなかった。戦後の中に深く身を沈めて考えざるを得なかったのです。

　三島は深く自覚していたように健全な人でした。他方で橋川は、ちょっとサイコパス的なくらい不気味に冷静で非人間的なところがあって、その非人間性は、何らかのロマン的な革命のイメージを、生涯をかけて執拗に探し求め続けたことにもつながっていたかもしれません。一見冷静な政治思想史家である橋川が不気味なロマンをもっていて、三島はそれに突き動かされ、影響されたんじゃないか。橋川もまた、自分は健全な凡人なんだと三島が自覚しつつも戦後の矛盾に深く埋没して、そこから何ごとかを求め、人々に訴えようとしていたギリギリの感覚にやっぱり共鳴するところがあった。だから、三島の呼びかけに対して、解説文を書いたり、評伝を書いたりして応え続けた。だけど他方でどこか三島に対する冷淡さもつねに持っていて、近づきすぎればお互いが悪い方向へ行ってしまうという危機感というか警戒心があって、最後まで一定の距離を保ったのではないでしょうか。

　例えば、橋川と三島は、近代日本においては政治的な意味での国民統合、つまりルソー的な一般意志にもとづくナショナリズムは不可能だという感覚を共有していた。国体と天皇主権は、維新期の伊藤博文らが明治憲法の中にそれこそある種、芸術的に書き込んだものです。当時ほかに国民統合のリソースがなかったから、明治憲法をつくった人たちは天皇と国体をそこに埋め込んで、ある種の美的な象徴として、政治的な一般意志のかわりに美的な一般意志をあえてつくった。そのため政治的なものがつねに美的なものに飲み込まれてしまう。だから天皇の存在を利用して社会主義を実現しようとした北一輝も、北に対して微妙な違和感を持っていた三島も、憲法を読み解くこと、法的なレベルで天皇の問題を考え続けたのです。

三島は若いころにロマン的なものをあえて断念し、保田與重郎的なロマン的イロニーのほうへも行かず、古典主義者へと自らの心身を彫琢して、虚しい戦後社会を何とか生き延びようとした。最終的にはそれにも耐えきれなくなって、いわゆる「三島事件」に象徴されるように、再びロマン的な跳躍を試みました。彼の生涯の中では古典主義的なものとロマン主義的なものがつねに相克していたんだけど、最終的には、文化天皇論、美の総覧者としての天皇という方向へと振り切った。しかしその行為自体が非常にアイロニカルでもあり、三島の文化天皇論は大逆的な天皇殺しというか、神殺しのようなものでもあった。天皇なんて肉体のない形式でいいんだ、と考えたわけですから。

三島の当所の目的は、自衛隊員を扇動することや憲法改正ではなくって、その前年の国際反戦デーで左翼側のデモが盛り上がったときに、それを自衛隊が戒厳令的な状態で鎮圧したところに、楯の会が自衛隊に連合して、何らかの事を起こそうとしていた、ということのようです。その目的は何かというと、天皇暗殺とまではいかないけれど、「右からの大逆事件」というか、少なくとも天皇を人質にとって二・二六事件を反復することだった、という説もあります。とすると三島事件は、本来の計画が実現しなかったための、一段落低い試みだったことになる。

それを裏付けるのは例えば「英霊の聲」に書かれている、天皇が戦後に人間宣言したこと対する激烈な嘆きと怒りです。三島の態度はやはりねじれていて、単純な意味での右翼テロリズムというより、二・二六事件がそうであったように、現人神に対する自分たちの純粋な愛が裏切られて、神に否定され、自分たちが死ななければならなくなる事態を到来させて、その瞬間にようやく、真の意味での美的象徴としての天皇が戦後日本のなかに再臨し顕現する。そうしたイメージだったと思います。暗殺に失敗すること、自分たちが悲劇的な自決、切腹に至ることで、ようやく神的なものを戦後のなかに降ろしうる、という構想があったと思います。

橋川の場合、それとはかなり違います。近代日本においては天皇という美的象徴に頼るしかナショナリズムの根拠がないという矛盾それ自体は、三島だけではなく橋川も共有していた。ただ、橋川は天皇と天皇制に対しては、比較的冷淡でした。それに代替する国民統合のリソースがないから、まあ当面は天皇制でも仕方ないのかなという感じであり、天皇制がいいものだとは全然考えていない。たとえば『日本浪曼派批判序説』の中でも、青春期の自分たちは保田與重郎のイロニーの概念を使って、天皇を嘲笑していた、天皇機関説なんかよりも自分たちのほうが不敬だった、とさらりと書いています。

ただ、例えば「靖国思想の成立と変容」という重要な講演記録があるんですけれど、橋川は、天皇のことを信じる日本の大衆や

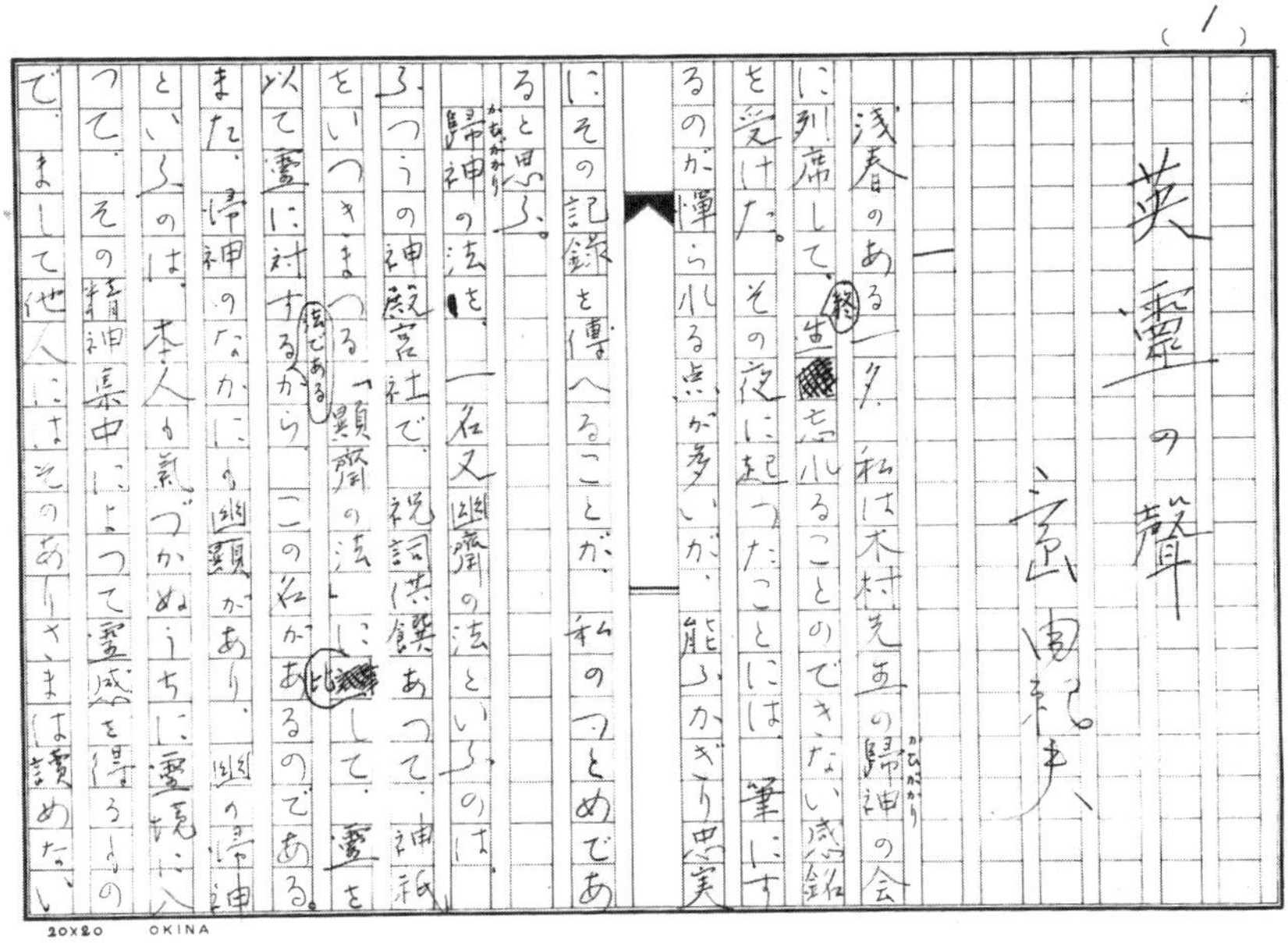

英霊の聲

三島由紀夫

一

浅春のある一夕、私は木村先生の帰神《かむがかり》の会に列席して、終生忘れることのできない感銘を受けた。その夜に起つたことには、筆にするのが憚られる点が多いが、能ふかぎり忠実にその記録を傳へることが、私のつとめであると思ふ。

帰神《かむがかり》の法を、一名又幽斎の法といふのは、ふつうの神殿宮社で、祝詞供饌あつて、神祇をいつきまつる「顕斎の法」に比して、霊を以て霊に対する法であるから、この名があるのである。

また、帰神のなかにも幽顕があり、幽の帰神といふのは、本人も気づかぬうちに霊境に入つて、その精神集中によつて霊感を得るもので、ましてや他人にはそのありさまは讀めない

「英霊の聲」原稿

民衆の情念については基本的に共感しています。愚かな民衆が騙されたんだ、とは考えていない。むしろ思想と宗教と民衆的な情念、それらは根源的に切り分けられないのであって、そういう混沌とした場所から考えなければだめなんだ、というのが橋川の基本感覚です。橋川はしかし、庶民たちが靖国神社や天皇の存在を宗教の代替物として必要とすることは否定しないけれど、例えば、国家が政治的な都合で死者の魂のゆくえを勝手に決めることには強く反対します。そのあたりが橋川のややこしいところです。

橋川は「日本国家の魂」と日本の「民衆の魂」を分けています。例えば北一輝は究極的には「日本国家の魂」のことしか考えられなかった人だが、ドストエフスキーには「民衆の魂」に対する感覚がつねにあった、と橋川は考えます。後者の意味での「民衆の魂」を橋川は否定していません。二・二六事件が日本近代史において決定的に重要だったのも、そこでは政治的な問題と宗教的な問題が悪魔的に絡み合って、アンチノミーになっているからでした。そこに切り込むためには、日本の民族の魂に根ざしたドストエフスキーのような天才が必要であり、二・二六事件は日本近代史上のいわば「大審問官」である、と述べた。

それに比べたら、三島由紀夫の「英霊の聲」については、天皇に対する恨みの強さにおいて一定の評価をするけれども、所詮は「メルヘン」の域を出ない、と切って捨てています。三島ではドストエフスキーになれない。ではそこにもっとぎりぎりまで近づいた日本人は誰かというと、やっぱり北一輝ということになるん

だけど、しかし北には国家主義的な限界がある。帝国主義的な膨張主義を前提としなければ、北の国家社会主義はそもそも理論的に成り立たない。

それならば、三島や北一輝の内在的な限界を超えるような場所で、日本人（日本住民）の伝統的な死生観について、新たな日本人民の統合根拠について、「民俗の魂」の水準において考えなければいけない。そこを掘り進めていって、三島の文化天皇論をたんにばかばかしいと嘲笑して批判するのではなく、それを必要としてしまう人々がいるこの国の近代以降の現実そのものを変えねばならない。そこから絶対者（政治と宗教の悪魔的合体物）の問題を考え直さなければいけない。それがたぶん、橋川が三島に向き合いながら考え続けたことではないか。橋川はロマン主義や超国家主義を内在的に批評し続けたけれど、おそらく、ある種のロマン的な日本革命のことを忘れたことはなかった。それが僕の「仮説」です。

三島が文化天皇という「上」に向けて跳躍したとすれば、橋川は「下」へとひたすら掘り進むことで、日本的な絶対者の根源を何とかして探り当てようとした。しかしもちろん橋川は、敗戦体験によって絶対者なんて存在しないというニヒリズムを肉体に刻まれたので、橋川の思考の軌跡には、とても複雑で、わかりにくい屈折があります。

橋川研究の一人者である宮嶋繁明さんの『三島由紀夫と橋川文三』という本があるのですが、宮嶋さんによると三島は、文学的にも思想的にも橋川の影響を強く受けています。橋川の著作を繰り返し読んで一ページずつ精読して、学習して、その成果が決定的に現れたのが「英霊の聲」だった、というのが宮嶋さんの仮説です。「憂国」と「英霊の聲」は「十日の菊」とあわせて「二・二六事件三部作」とされますが、「英霊の聲」は他の二つとは世界観そのものが違っている。「英霊の聲」には、先ほど述べたような人間天皇を呪詛する悲劇性の中にある種の絶対者の現れを見るような思想が出てきている。特に橋川の「テロリズム信仰の精神史」と、神風連について書いた「失われた怒り」という論の影響が強かった、というのが宮嶋さんの見解です。

橋川と三島の間には緊張関係があり影響関係があったのに、彼らは一度も会ったことがありませんでした。手紙のやり取りが二、三通あっただけです。三島から橋川に送られてきた手紙が二通現存していて、それはある意味ではラブレターに近いような手紙です。電話が一九六九年に一回だけあったらしいんですけど、何ごとかを話し合うというよりは事務的な話だけだったらしい。

三島がそもそも橋川に一方的に近い愛着を抱き始めたのは、一九五九年に発表した「鏡子の家」が小説として評価されず、文学者としての挫折を味わったときです。そのとき橋川が「若い世代と戦後精神」というエッセイを書いた。これは、三島と石原慎太郎と大江健三郎について論じたものですが、自分の問いの核心を受け止めてくれたとして、三島はすごく感謝します。

でもよく読むと、そのエッセイの中で、橋川は三島をべつに手放しで褒めてもいないんですね。橋川は一貫して、三島作品の中に文学や芸術を読むという関心はない、ただたんに、戦中戦後を生きた若者の精神的なドキュメントとしてしか三島に関心がない、という言い方をしている。とはいえ橋川が三島という人間に対して愛情を持っていたこともたしかです。戦争期の死を覚悟した戦友たちの幸福な、ある種宗教的な共同体を断ち切られて、戦後の世界では逆にゾンビのように生きながらえねばならない、死んでも死ねないことの不幸を三島は的確にすくいあげている、と評価してしまいます。貧困や病気、家族離散などの悪夢のような生活苦の中で、橋川に三島のような余裕があったとは思えないけれど、橋川の中にも三島と同じような精神があったんでしょう。

橋川は一九六八年に「中間者の眼」という重要なエッセイを書いて、この頃の三島の変化にかなり敏感に反応しています。三島が自衛隊に体験入隊したり楯の会をつくったりして、ロマン的な屈折をみせていく頃のエッセイなのですが、三島のなかの戦中の記憶に対するノスタルジーが肥大化して、それが戦中を突き抜けて二・二六事件の影が差し始めたことを警戒しています。これはかなり鋭い視点だと思うんです。しかも、自分の六〇年代のエッセイが三島に強い影響を与えてしまったことを、かなり熟知しているんですね。その上で、三島の芸術観の変化、古典主義的な芸術家としての精神が崩壊しかけていることを危ぶんでいます。

しかしそれと同時に、たんに三島の変化を批評するだけじゃなくって、橋川自身のなかにある、ある種のユートピア的でロマン的な革命に対する情念、しかも本居宣長や平田篤胤がすくいとった国学的ユートピアについての共感のようなものを、三島の変化に深いところで共鳴するようにして、橋川自身の問いとしてさらに掘り進めていったようなところがある。

一九六〇年に『日本浪曼派批判序説』を刊行して、保田與重郎との対決を一回終えた橋川にとって、六〇年代前半の大きな仕事は、柳田國男との対決と北一輝との対決でした。柳田という日本最良の保守主義者との対決は『ナショナリズム』という本へも流れ込んでいったのですが、それは最終的には失敗だった、というのが橋川の結論です。その頃の橋川はノイローゼ、今でいう鬱病みたいになってしまって、竹内好の中国語の勉強会に出たりしていた。三島が浪曼的に飛躍した六〇年代後半は、そのように、橋川もまた自らの仕事と生活を大きく問い直そうとしていた時期だった。三島の変化に敏感に反応したのも、橋川自身の問題が重ねられていたからではなかったか。

そういう事情を踏まえないと、三島の「文化防衛論」に対する有名な橋川の批判「美の論理と政治の論理」を読み損ねてしまう気がします。橋川の三島論を、年代順に読んでいくと、この論文の内容には大きな変化があって、文体も違っている、とわかる。「この論文は三島のエッセイとしてはあんまり魅力がない。少なくともこの論文における三島は「月並」よりも少し低いというのが私の印象である」という言い回しなども、それ以前はしていなかった。たぶん橋川は自分が三島に与えた影響の深刻さをわかっていて、だからあえて、皮肉っぽく冷たい接し方をし始めたのだと思う。三島が自決したときにも、橋川はびっくりしたという気持ちと、半ばはやっぱりなという感じがあったようです。そんなに衝撃も受けなかったんじゃないか。これは後付けの理屈じゃなくって、橋川の三島論を年代順に読んでいくと、橋川は明らかにそういう予感を持っていたことがわかります。

だからこそ、三島のロマン的な破滅を止めるには、たんに理論的な矛盾を指摘したり、批判的に説得するだけじゃ足りない、と思ったのではないか。つまり、自分の持てる力を尽くして、日本の「民衆の魂」に根ざした絶対者の思想を理論的に提示しないかぎりは、三島的な矛盾というか呪いを解除しきれない、そういうふうに考えた面があったのではないか。

橋川は実際に、一九七〇年前後の論考になると、六〇年前後に書いていた日本の右翼テロリズムの問題をもう一回、根本的に考え始めます。柳田國男論では、常民論からナショナリズムへというラインで考えていたのだけど、それが七〇年前後になると、美と国家、つまりファシズムの問題にスライドしていくんです。ものすごく危ないところにも行っています。それは要するに、国学者たちがかつて迫った日本的ユートピア思想を、たんに日本の尊王攘夷や排外主義の歴史だけではなく、たとえばウェーバーやマルクスや魯迅といった世界水準のなかで、根本的に普遍的に考え直す、ということでした。日本の国学を普遍的な世界思想に置きなおす、というか。三島論の中にも国学の話が繰り返し出てきます。一九七〇年前後の橋川の急進的なロマン化は、橋川が三島から無意識的に、言葉ではなく存在を通して影響を受けていたという側面もあるのではないか、というのが僕の見立てです。

特攻隊の青年の手紙を橋川は読み直しています。彼らは国家のため、天皇のために死ぬのではなくて、最終的には家族のために死にたかった。しかし橋川の議論はそこでもちょっと突き抜けていて、ところどころで、その場合家族というのは、必ずしも自分の血縁家族に限らない、というんです。「くに」というのは、国家であると同時に、おくに＝ふるさとというか、地方の共同体的なトポスの意味もある。「くに」には、民族主義とか国家主義とも違う水準が含まれている。「くに」としての「祖国」という感覚が大事なのではないか。祖国には祖霊という言葉も重なってきて、それは直接の血縁家族には限らない「ご先祖さま」たちの集合でもあるんですね。そういう日本列島の大地に根差した日本民衆の魂みたいなものがあって、それ自体は決して排他的ではないという。

橋川はなんとかナショナリズムとパトリオティズムを分けようとし続けました。橋川は対馬で生まれ、四歳のときに本籍地の広島市へ移っていますが心のふるさとは対馬であり続けました。「対馬幻想行」というすごく美しいエッセイがあるんですが、「島的なもの」に対するこだわりがあった。北一輝にとっての佐渡もそうだし、島流しにされた西郷隆盛をつねに「西南」という場から考えようとしていた。国境と国境の境界線にあるものとしての

「島」、松本健一がいう「島的ユートピア」のような感覚が橋川の中には根源的にあった。しかし考えてみれば、そもそも日本列島も「島」なんですよ。「島国」が「祖国」である。だから橋川が「日本」について考えていたとき、ナショナリズム的な同質性でもないし、かといってコスモポリタン的な無国籍主義でもない。いわば「ナショナリズムなきパトリオティズム」「日本国民ではなく日本人」みたいな微妙なところを考えていた。

近代的ナショナリズムが民族の血などの想像的な一体化に走ってしまうとすれば、パトリオティズムはむしろ、日本列島という場所＝トポスに根ざしていればいい。日本国籍とか戸籍も別にいらないし、想像的な単一民族神話もいらないい。具体的な場所＝トポスに根ざした生活があれば、たとえ日本国民ではなくても「日本人」（日本住民）ではありうる。ただ、完全に無国籍であると、人権そのものが剥奪されてしまうから、日本国家という制度的な枠組みに一定程度はこだわらざるを得なかった。

それはすごく微妙な領域なんですが、日本国民と世界市民の間に「日本人」という境界領域があって、しかもそれはつねに島国の「外」へと開かれた感覚を伴っていたのではないか。それが橋川のいうパトリオティズムではなかったか。対馬というのは日本と朝鮮半島の境界的な場でしたし。そして橋川は、国学者たちが論じた日本的なユートピア思想がもっと国際的に開かれたもの、普遍的な思想になりうる、という予感をもっていたと思う。

もしもそこまでのことを例えば北一輝が若い頃に書いた『国体論及び純正社会主義』のような大きな書物として表現しきることができれば、三島のように天皇を美的一般意志にして国民統合の根拠とするのとは違うかたちで、日本列島というトポスや地霊に根ざした絶対者のことを、理論的な形で提示できたのではないか。パーキンソン病になって、早すぎる死を迎えてしまって、橋川は結局自らの思想を十分に練り上げる時間と体力の余裕がなかったけれど、三島との対決において、橋川は、そういう水準でものを考えていたと思う。たんに三島の論理的な矛盾をついて、冷淡に批判するだけではなく。

それが僕の「三島由紀夫と橋川文三」のイメージなんですね。

（談）

（文芸批評家）

◉論考

井口時男

誤謬と訂正
——三島由紀夫と蓮田善明

村松剛『三島由紀夫の世界』によれば、一九七〇年三月のある日、三島はしんみりした口調で、「蓮田善明は、おれに日本のあとをたのむといって出征したんだよ」といったそうだ。

まるで出征する蓮田からじかに「遺言」を託されたかのような、文学のみならず「日本」そのものの後事を託されたかのような、口ぶりである。ほとんど楠木正成正行《まさつら》父子の「桜井の別れ」だ。——むろん「事実」として額面通りに受け取る必要はない。しかし、三島の主観における「真実性」を疑う必要もない。

蓮田善明は、三島のデビュー作『花ざかりの森』の第一回を掲載した「文芸文化」四一年九月号の編集後記に、この十六歳（数えなら十七歳）の新人を激賞して「われわれ自身の年少者」（傍点原文）「悠久な日本の歴史の請《まを》し子」と書いた。まさしく精神的嫡出子としての認知宣言である。このとき、蓮田はたしかに三島の「父」になったのだ、と私は思う。

『花ざかりの森』掲載を提案したのは学習院で三島の教師だった清水文雄である。しかし、平安朝女流文学を主たる研究対象としていた清水はどちらかといえば「たをやめぶり」の人。「父」にふさわしいのは、すでに大陸での二年間の戦場体験をもち、帰還後は「公定思想（戦時イデオロギー）」に基づく激烈な言辞も口にし、同人会議でも「烈火のごとき談論風発ぶり」（三島「文芸文化のころ」）で際立っていた「ますらをぶり」の蓮田のほうである。そもそも「文芸文化」は国粋主義の国文学研究者（彼らの主観に即していえばむしろ「国学者」）四人の同人制だったが、蓮田の出征中も含めて、奥付の「発行兼編集人」は一貫して「蓮田善明」だったのであり、蓮田こそが雑誌の中心だという認識は同人間に共有されていたといってよい。

さらに踏み込んでいえば、むしろこの時期の三島由紀夫のほうにこそ、「父」なるものへの渇望があったと思われる。

三島の実父は、息子が書く小説の価値を一切認めず、小説を書くことそのものを「不良」扱いして、せっかく書き上げた原稿を無慈悲に破り捨てるような男だった。一方、母親は幼いときから息子の文才を認めてずっと庇護者でありつづけた。小説を書く平岡公威少年に欠けていたのは「母」ではなく「父」だったのである。精神分析に倣うなら、この少年の心に、自分はこの父の子ではないという父親否認、さらには父親が代表する現実世界への否認、したがって、真の父親は他にいる、自分は母の「私生児」なのだ、というファンタジー（妄想）が育っても不思議はない。

　マルト・ロベール『起源の小説と小説の起源』にしたがえば、「私生児」妄想も含めて、出自否認は幼児期のロマン主義的心性の基底である。

　「両親はまちがっている。世界はまちがっている。《真の生の不在》は彼らのせいで起ったのであって、それを彼らに許すことはできない。とはいえ、他方、つねにそうだったわけではない。かつては両親は強く偉大であったし、世界はすばらしい調和に満ちており、真の生があらゆる瞬間にそこにあり、永遠の存在を信じさせていた。」（岩崎力・西永良成訳）

　むろん幼児的自己愛《ナルシズム》の発現だから、誤謬は世界の側にあって自分にはない。これが逆なら太宰治の「生れて、すみません」（『二十世紀旗手』）になってしまう。そしてこの「両親」を「天皇」に置き換えれば、ロベールの描く幼児心性は、少年期どころか、ほぼそのまま七〇年三月の三島由紀夫のものである。

　ともあれ、幼い三島にとって、この世界はいわば最初から誤謬の世界なのであって、彼の紡ぐファンタジー（虚構）は、起源の誤謬を訂正してあるべき真の世界を描き出すのである。事実、子供のころから彼は多数の物語を紡ぎつづけたのであり、彼の紡ぐ物語を、それが父親否認の所産であると知ってか知らずか、彼の父は否定しつづけたのである。

　おそらく、幼い三島に出自否認の妖しい魅惑を教えたのは祖母だったろう。三島は生後四十九日で父母から隔離され、祖母に軟禁されるようにして数え十三歳まで育てられた。祖母の異様な愛情は幼児の下意識に父母の否認を強いたはずだ。そして、旧旗本とはいえ平民の家の娘だった祖母自身、少女時代の五年間を有栖川宮家で過ごすなかで宮家の「みやび」にアイデンティファイしてしまっており、ことにも官僚だった夫が失脚した後はいっそう「みやび」の記憶に固着して、俗なる夫を蔑み侮りつづけたのだった。三島を皇族や華族の学校だった学習院に入れたのも彼女の強い意向であり、その彼女が、お伽噺から泉鏡花まで、幼い三島の読書を導いたのである。三島がのめり込んだファンタジーの世界は、あらかじめ祖母による出自否認、現実否認の毒が深く注入された世界だったのである。

　そういう三島の死後に、スキャンダラスな事件の余波に便乗するごとく、三島の父親が有栖川宮の「落胤」だったとか、逆に祖父の家系が被差別だったとかいう「伝説」が作られたのは、皮肉といえば皮肉だが、貴種伝説も賤種伝説も出自否認に発するファンタジーの二類型だから、当然といえば当然でもある。

　なお、マルト・ロベールによれば、「私生児」妄想は現実の母親を承認している点で、両親ともに否認する「捨子」妄想よりは覚醒している。いわば「私生児」の片眼は虚構の世界を夢みているが、もう片方の眼は現実を承認しているのだ。

後年の三島由紀夫が奉じた「詩＝死」という究極のロマン派的観念も、古今集を典範とする堅固な古典主義によってその観念を鎧ったことも、「父」蓮田善明直伝である。だが、さかのぼれば、片眼では現実の「彼方」にあこがれつつ、もう片眼ではそのあこがれの虚妄さを認めざるを得なかった「私生児」の心性に淵源していたのかもしれない。

三島は『花ざかりの森』のあとも異例の厚遇を受けて頻繁に「文芸文化」に作品を載せ、月一回の同人会議にも参加したりしていたが、四三年十月、蓮田善明は二度目の召集を受けて南方戦線へ出発する。召集の報を受けた翌日には出立せねばならないという慌しさで、むろん三島に「遺言」を託す暇などなかった。

「前夜は慌しい身仕度の中を雨をついて集つた数人の友と壮行の小宴を開いたが、蓮田は軒昂と郷党神風連の歌を高吟し、はては醜夷を憤つて熱涙を流してゐた。私は長い交友の間に、はじめて蓮田が男泣きに泣くのを見た。」（栗山理一「文芸文化」四三年十二月号後記）

そして、敗戦四日後の四五年八月十九日、駐屯していたマレー半島のジョホールバルで、蓮田は連隊長を射殺してピストル自殺したのだった。連隊長に「通敵行為」があったからだ、というのが小高根二郎『蓮田善明とその死』の見解で三島もその見解を信じていた。しかし、いわば「君側の奸を討つ」式のこの見解そのものに重大な事実誤認、というより、蓮田を擁護せんがために連隊長の名誉を意図的に棄損する悪質な事実歪曲がある、ということは松本健一『蓮田善明 日本伝説』の調査論述を承けて拙著『蓮田善明　戦争と文学』に書いたとおりだ。

その『蓮田善明とその死』が出版されたのが七〇年の三月五日だった。三島は小高根が自身の主宰する小冊子「果樹園」にこの評伝を連載している時から注目しており、連載開始時にも連載終了時にも小高根に激励と感謝の手紙を寄せ、単行本には序文を書いた。

三島はその序文で、「かかる時代の人は若くして死なねばならない」「死ぬことが今日の自分の文化だ」という蓮田の大津皇子論の一節を引き、「この蓮田氏の書いた数行は、今も私の心にこびりついて離れない。死ぬことが文化だ、といふ考への、或る時代の青年の心を襲つた稲妻のやうな美しさから、今日なほ私がのがれることができないのは、多分、自分がそのやうにして『文化』を創る人間になり得なかつたといふ千年の憾みに拠る」と記した。三島はその年の十一月二十五日、あたかも「千年の憾み」を遅れて晴らすかのように自決を決行することになる。

しかし、同じ序文のつづきに三島がこう書いていたことに注意しなければならない。

「氏が二度目の応召で、事実上、小高根氏のいはゆる『賜死』の旅へ旅立つたとき、のこる私に何か大事なものを託して行つた筈だが、不明な私は永いこと何を託されたかがわからなかつた。少くとも氏の最期を聞いたとき、それをすぐさま直感すべきであつた筈が、戦後私は小説家といふものにならうと志してゐて、青年のシニシズム（好んで青年が着るもつとも醜い衣裳！）で身を鎧ひ、未来に対しても過去に対しても、見ざる聞かざる言はざるの三猿を決め込んでゐた。」

「それがわかつてきたのは、四十歳に近く、氏の享年に徐々に近づくにつれてである」とつづく。三島は正直に、自分は「父」蓮田善明の「遺言」を理解できず、「遺言」を託されたことすら二十年ちかく気づかずにいた、というのである。もしも正行が父正成の遺言を忘却してうかうかと足利の天下を生き延びてしまったとしたらかくもあらんという心境だ。「千年の憾み」の実質は、何よりこの戦後二十年の忘却遅滞の「憾み」だろう。

　この忘却が三島の二度目の誤謬である。一度目の誤謬は彼自身が主体的に関与する余地のない出生成育環境という「運命（世界）」の誤謬だったが、今度は、ほかの誰のせいでもない、自分自身の犯した誤謬である。しかも、彼は第一の誤謬を訂正すべく現実の父親を否認して虚構を叙する「小説家」を志したのだから、第一の誤謬を訂正する行為自体が「父」蓮田善明の否認というこの第二の誤謬の遠因だったといわざるをえない。

　第二の誤謬において「父」蓮田善明を否認した三島が、「小説家」を志しつつ戦後の新たな「父」として選ぼうとしたのは川端康成だったかもしれない。その川端に宛てた四六年三月三日付の手紙で三島は書いている。

「戦争中、私の洗礼《バプティスマ》であつた文芸文化一派の所謂『国学』から、どんなにじたばたして逃げ出したか、今も私はありありと思ひ返すことができます。文芸文化終刊号にのせた奇矯な小説『夜の車』は国学への訣別の書でしたが、それを書いたときは胸のつかへが下りたやうでございました。私は国学をロマンテイシズムの運動として了解してゐましたし、それにある種の薄命さがつきまとふのを好いてもをりました。しかし次第に彼らがリアリズムを排斥しつゝ、ます／＼自ら貧しくなつてゆくのを悲しく思ひました。（中略）ロマンテイシズムは一種の滅亡的衝動の定型化です。もと／＼作品としての完璧さが期待できないものです。」

　戦後の三島はたんに忘却したのではなかった。「父」蓮田善明が体現した「滅亡（死）」への暗い欲動の発現を恐れ、戦後という「生」の時代を生き延びるべく、第二の「父」を明白な誤謬として意図的に排除したのである。それはただの否認ではなく自覚的な裏切りであり「父」殺しである。自ら遂行したその「父」殺しの罪は、悔悟した今、自らの行為によって償わなければならない。このとき、罪障意識に発する過度な心理的補償作用がはたらいたとしても不思議はない。彼は「父」の遺志を果たさなければならないのだ。

　事後的にふり返れば、剣道やボディビルによる自己改造から早くも「父」なる「ますらを」への同一化の歩みは始まっていたと見えるが、三島の中に殺したはずの蓮田善明がはっきりよみがえってきたのは「四十歳に近く、氏の享年に徐々に近づくにつれて」だったという。（蓮田の享年は数えで四十二だった。）

作品でいえば、まず二・二六事件や特攻隊の死者たちの霊による「などてすめろぎは人間《ひと》となりたまひし」の恨み言で知られる『英霊の聲』（六六年）だろう。しかし、蓮田の影がくっきり落ちているのは六七年から連載を始めた『豊饒の海』第二部『奔馬』である。神風連に私淑する昭和の右翼青年・飯沼勲を描くために三島は蓮田の故郷熊本を訪れ、作中では『神風連史話』なる小冊子全文の引用に異様なほどの紙幅を割く。『神風連史話』創作に際して大いに参照したはずの『神風連血涙史』の著者石原醜男は濟々黌中学での蓮田善明の教師だった。

第三部『暁の寺』では、勲の死はこう回顧される。

「勲の死ほど、純粋な日本とは何だらうといふ省察を、本多に強ひたものはなかつた。すべてを拒否すること、現実の日本や日本人をすらすべて拒絶し否定することのほかに、このもつとも生きにくい生き方のほかに、とどのつまりは誰かを殺して自刃することのほかに、真に『日本』と共に生きる道はないのではなからうか？　誰もが怖れてそれを言はないが、勲が身を以て、これを証明したのではなからうか？」

しかし、勲が最後に単独でテロルを決行する相手を「奸賊」とみなす直接の理由は、その男が伊勢神宮参拝時にうっかり玉串を尻に敷いてしまったという些細で滑稽な過失にすぎない。この設定にはまだ勲へのアイロニカルな批判的距離がある。そして、「とどのつまりは誰かを殺して自刃すること」という概括を蓮田善明の最期への概括としても読み得る点からすれば――これが傍観者たる本多の認識であることを考慮しても――蓮田善明に対してもまだアイロニカルな距離がある。

だが、七〇年三月の三島にはもうそういう距離がない。そして三島は、甦った「父」蓮田善明の自決を二十五年遅れてもどくかのように自決するのだ。

敗戦時の詔書で天皇は、大東亜戦争開戦時の「死ね」という命令を撤回して「生きよ」と命じた。それは天皇の「転向」である。翌年の「人間宣言」はその延長にすぎない。陸軍中尉だった蓮田は主観においては「通敵者」たる連隊長を射殺したのだが、客観的には連隊長こそ天皇の意を体していたのであり、しかも天皇の「勅使」として飛来した閑院宮が「聖旨」を伝達する当日の朝の決行だった。

部隊には秘密裡に徹底抗戦派が結成されていて蓮田はその中核だったというが、蓮田につづく者は一人もなかった。蓮田自身、己が行為の必敗を覚悟していたはずだ。「とどのつまりは誰かを殺して自刃することのほかに、真に『日本』と共に生きる道はないのではなからうか？」という自問は蓮田のものでもあったろう。こうして蓮田善明は「転向」を拒み、「人間」へと堕ちた天皇を拒んで、「詩＝死」の彼方へと跳躍したのだ。それは一面においては「日本」という「公」を不滅化するための行為だったが、また一面では、己が肉体を滅ぼして精神を永遠化するための私的で、利己的な行為である。

対して、「楯の会」という戦後日本への徹底抗戦部隊を組織した三島は、連隊長室にも比すべき市ヶ谷の自衛隊総監室に押し入ったが、最終的に誰をも殺さず、ただ自分（および死出の旅の自発的随行者たる若者一人）の首を神聖天皇復活のための祭儀の贄に献げただけだった。自衛隊員への蹶起の呼びかけが失敗した後の三島の自決は、政治的実効性を欠いた一種の儀式、象徴行為といった様相を強く帯びる。彼が復活を期した神聖天皇が「文化」領域に限られていたのも、その死の儀式がいくぶん演出過多に見えるのも、二十五年の遅れのしからしむるところ、やむをえまい。三島もただ、現実世界の誤謬のいっさいが消滅する「死＝詩」の

1970 年、『英霊の聲』を録音する

彼方だけを見据えていたのだ。その意味でそれは、やはり真の「日本」という「公」の大義を掲げながら、同時に己が精神を永遠化するための私的で利己的な行為であることを免れない。

ところで、村松剛『三島由紀夫の世界』によれば、敗戦翌年の一九四六年、三島は『豊饒の海』と題する詩集の刊行を企図していて、友人に宛てた手紙には「この詩集には、荒涼たる月世界の水なき海の名、幻耀の外面と暗黒の実体、生のかゞやかしい幻影と死の本体とを象徴する名『豊饒の海』といふ名を与へよう」と書いていたという。村松のいうように、『豊饒の海』はこの十九年後、三島が自分の生涯を締めくくる最後の長篇四部作の総題となる。

だが、世界を「豊饒の海」と見るこのヴィジョンは敗戦後の三島に初めて訪れたわけではない。たとえばすでに「文芸文化」四二年七月号のエッセイ「古今の季節」には、花やかな栄華を謳歌していたかに見える「平安朝の社交界」にあって、「少しでも卓れた人々は」「みながみな荒涼とした場所にひえびえとめざめてゐた」という認識が記されている。

「幻耀の外面と暗黒の実体、生のかゞやかしい幻影と死の本体」とは、この世界の虚無相を打ち消すために唯一神という「意味」源泉を仮想する文化とはまったく異なるこの国のスノビズム文化の基本認識にほかならない。スノビズムとは、虚無を意味で充塡するのでなく、虚無の表面をただうっすらと花やかな「かたち（表象）」で覆う文化のことであり、古今集以来の王朝文化は、ひたすらその「かたち（表象）」の美しさだけを洗練してきたのである。うすっぺらな表層をめくれば、『豊饒の海』末尾のように、何もない空虚の庭が現れるだけである。

だから、悔悟した三島由紀夫は、最後の行動において「父」なる蓮田善明を踏襲しただけでなく、最後の文学たる『豊饒の海』四部作においても「文芸文化」時代の美学に還ろうとしていたのである。そうすることでしか、出生という現実の誤謬の否認から始まった彼の文学世界は首尾一貫性を具えて完結できないのだ。

現に、「文芸文化」四一年九月号に掲載された『花ざかりの森』第一回には「美は秀麗な奔馬である」（傍点井口）という一文があり、四三年一月号のエッセイ「寿」では『梁塵口伝集』（『梁塵秘抄口伝集』）から「松の木かげに立ちよれば／千とせの緑は身にしめども／松が枝かざしにさしつれば／春の雪こそ降りかゝれ」（傍点井口）という今様を引いていたのである。むろん、「春の雪」「奔馬」は『豊饒の海』第一巻第二巻の題名であり、「松枝《まつがえ》」は第一巻の主人公にして「転生」をくり返す若者の姓である。

しかし、『蓮田善明　戦争と文学』で指摘しておいたとおり、「松が枝かざしにさしつれば」は誤謬であって、正しくは「梅が枝かざしにさしつれば」である。

三島の参照したテクストの誤植だったとは考えにくい。賀茂参詣時に謡われたこの今様は、直前の本文「御前の梅の木に雪降りかゝりて、何れを梅と分き難く」を受けた梅花と雪の取り合せこそが興趣の焦点なのであって「松が枝」ではまるで意味をなさない。こんな誤植が放置されたまま出版されたとは思えない。また、「寿」本文の「折にふれて私の口をついて出るこの類ひなく好もしいうた」『千とせの緑』はこの一篇の眼目であつて」といった記述からして、三島の文意は通っているので「文芸文化」印刷所の誤植でもないだろう。したがって、三島自身の犯した誤謬（記憶違いによる誤った思い込み）だったろうというのがいまの私の見解だ。

それにしても、その後二十年以上にわたって三島が一度も『梁塵秘抄口伝集』を開かなかったとは思えないし、開けばすぐにかつての間違いに気づいたはずだ。にもかかわらず、この誤謬に一度も言及した形跡がみえない。しかも文字どおり生を畢《お》えるべく着手した畢生の大作の構想に誤謬のまま取り込んだのだ。

現実の誤謬というものは、彼の出生生育環境がそうだったように、意味付与不能な偶然の所産にすぎない。しかしまた、どんな誤謬も一回的な出来事として生じるのであって、現実世界の唯一性の内部においては訂正不可能なのだ。だから、三島由紀夫にとって、一種の可能世界たる虚構という位相に包摂してその美的秩序の中で必然化すること以外に、誤謬を訂正する方法はなかったのである。彼はそのようにして、自分自身の生身の生をも、「日本」というまぼろしの美的秩序へ「転生」させたかったのである。

最後に、蓮田善明における誤謬と訂正についても、詳細は『蓮田善明　戦争と文学』に譲って、短く付記しておきたい。

一九三八年の応召前後、蓮田は「大正の精神」から「昭和の精神」を体現する国粋主義者へと急激に「転向」した。以後、彼は、個人主義、自由主義からモダニズムまで、いっさいの「大正の精神」を激越に批判しつづけた。しかし彼は、それが「転向」以前の彼自身の犯した誤謬だったことはおくびにも出さなかった。無名時代のこととはいえ、自身の誤謬を秘しつづけなければならなかったところにこの剛毅な「ますらをぶり」の文人の案外な弱さがあった、と私は思う。

以下は推測でしかいえないことだが、蓮田の誤謬の起点には、父親との確執があったようだ。善明の父は僧侶ながら硬骨のナショナリストで、西南戦争に政府軍側で参加した経歴もあり、長く在郷軍人会の会長も勤めたが、家庭内では途方もない暴君だったらしい。この暴君への反発によって青年期の善明は「大正の精神」に身を投じ、さらに一転して「昭和の精神」の体現者となったというのが見やすい図式だ。

しかし、それなら「転向」した蓮田は父を拒絶したことの誤謬を悔悟して父と同じ立場へ復帰したことになるはずだが、それでも父親との和解は容易になしえなかったようだ。そこに「世にも稀な家庭苦をもつて苛まれた」と蓮田自身が述懐する問題の根深さがある。しかし、これがたんに近代文学的な「父と子」の葛藤の物語なのか、三島の場合のように下意識にわたる精神分析的問題を孕むのかまでは、資料があまりに乏しくて、わからない。

（文芸批評家）

◉論考

疎外された天皇
——三島由紀夫と新右翼

中島一夫

1

三島由紀夫が、理論的にも実践的にも、いわゆる「新右翼」の代表的なイデオローグであることは論を俟たない。だが、それはいかなる意味においてなのか。

「新右翼」と呼ばれる一潮流の登場は、一九六六年一一月一四日、前年の授業料値上げ反対闘争から始まった早大闘争を契機に誕生した学生右翼組織、日本学生同盟（日学同）に端を発している。[*1]

彼らはまず、自身らがその中にある戦後体制を「ヤルタ・ポツダム（ＹＰ）体制」と規定した。米ソによる戦後体制の分割支配、すなわち「冷戦」体制を「ヤルタ体制」といい、その日本版である「占領＝戦後憲法」に基づく「反天皇、反民族、反国家的」な戦後の状況を「ポツダム体制」と呼んだうえで、その双方からの脱却を主張したのである。したがって、闘争目標としては、「憲法改正」や「自主防衛」、「民族自決」などを掲げ、運動の基点を「民族」に置き、自ら「民族派」と称した。

「民族主義」を掲げての既成右翼への抵抗は、第三世界の「被抑圧民族」との連帯への志向をも内包していた。『ドイツの新右翼』（フォルカー・ヴァイス、二〇一九年）の訳者「解説」にて、長谷川晴生は、新左翼への反発も含めた影響、米ソによる戦後体制の否定、民族主義による既成保守への抵抗といった「新右翼」の要素には、「同時代のドイツの新右翼とのあいだに驚くべき一致が存在している」と述べる。両者は、「おそらく互いに没交渉であるにもかかわらず、似たような戦後の政治状況から似たような経緯で発生した双子であると言うこともできよう」と。現在の日本の新右翼も、ドイツの新右翼同様、国際的連帯を志向し、例えばフランス国民戦線との交渉も見られる。左からの六八年革命が「世界革命」としてあったとしたら、それに対するアンチテーゼである「右からの六八年」も世界的な文脈にあったということだろう。

「新右翼」のもう一つの軸となったのは、日学同よりやや早く六六年五月一日に発足した「生長の家学生会全国総連合（生学連）」である。その名のとおり、もともとは大本教信者である谷口雅春を総裁とする宗教団体「生長の家」の指導下にある団体で、学生協議会を組織して徐々に自治会を掌握していく「学協運動」なる方式で組織拡大を図った。六九年五月に「全国学協」が結成され（委員長は鈴木邦男、副委員長は井脇ノブ子）、基本方針として「日本文化防衛、反ヤルタ、反ポツダム、反革命」を掲げた。見られるとおり、先ほどの日学同とほぼ重なる方針である。にもかかわらず、日学同と全国学協は衝突し、やがて分裂していくことになる。

これには、生学連側が、宗教活動とは別に、政治活動は日学同と場を共有して行うという従来の姿勢から一転して、先の全国学協結成へと舵を切っていったことがきっかけになった。長崎大をはじめとする各大学で衝突が起こったが、何よりも、拠って立つ基礎の違いが大きかった。日学同は、先に述べたように、「民族主義」から出発しているのに対し、全国学協は、万世一系の天皇を中核とする「皇国史観」に基づいていた（生長の家の影響下にあるので当然だが）。おそらく、それもあってだろう、三島は新右翼内部のセクト対立が激化するなかで、後者の側の支持に回ったのである。むろん、キーワードは「天皇」であった。

だが、果たして三島の「天皇」と生長の家の「天皇」は同じものなのだろうか。梶尾文武は「私見では、「民族派」たる新右翼が「天皇」へと基軸を移し、尊皇美学を現実的行動の基盤とする契機をもたらしたのが、三島の代表的論文「文化防衛論」（一九六八年）であったという。[*2] 初期新右翼の運動においては、日学同がヘゲモニーを握っていたこともあって「民族主義」的な色合いが強く、尊皇論的な要素は薄弱だった。もともと新右翼は、日本変革の基軸に「天皇」を必要としていなかったといえる。にもかかわらず、それが「天皇」へと基軸を移すことになったのが、「文化防衛論」の三島の影響だったというのである。だが、重要なのは、梶尾も言うように、「そこで三島は、反革命の戦略論として民族主義に重心を置くことを明確に斥け、民族的差異を論ずることが日本においては「非分離を分離へと導かうとする」左翼的な政治戦略の枠組にしか収まりえない」と考えていたことだ。すなわち、三島は、ただ単に新右翼の民族主義に天皇を付け加えたのではなく、民族主義を「明確に斥け」たうえで「天皇」を掲げたのである。もはや「民族」は、「左翼的な政治戦略の枠組」の中にあったからだ。本稿では、このあたりのロジックをできるだけ明確にしていく。現在が、基本的にこの延長上にあるからである。

2

三島は、自らの提起する「天皇」が「既成右翼と違うところだと思うのは、天皇をあらゆる社会構造から抜き取ってしまうんです。抽象化しちゃう考えです」と明言している。[*3] いまだに三島と言うと、「右翼」だ「尊王」だとなるが、三島を考える最低限の前提として、三島の「天皇」が実際の天皇とは何の関係もない、抽象的な「概念」であることぐらいは踏まえておくべきだろう。もしそうでないなら、わざわざ三島は、生長の家―全国学協とは別組織の「楯の会」を結成する必要もなかったのである。

では、三島の「天皇」は、いかなる意味において「左翼的な政治戦略の枠組」の「外」へと出たのか。

…彼ら（注―左翼）は、日本で一つでも疎外集団を見つけると、それに襲いかかって、それを革命に利用しようとするほか考えない。[*4]

これは、今やマイノリティ運動にはおなじみの光景だろう。このように三島は、「左翼的な政治戦略の枠組」の核心を、いわゆる「疎外革命論」に見ていた。
ソ連・マルクス主義、スターリン主義、日本共産党の反ヒューマニズム的な一党独裁に対して、新左翼は初期マルクス（『経・哲草稿』）の疎外論＝ヒューマニズムをもって対決をはかった。三島は、そうした反ヒューマニズムから疎外論＝ヒューマニズムへの転換期を、ハンガリー動乱からヴェトナム戦争あたりに見ていた。ヴェトナム戦争後、「日本の世論は「弱者に味方する」という判官びいき」＝「弱者の論理」に覆われたと三島は言う。[*5] この「弱者に味方するという精神的姿勢が、いったん固定したからには、その弱者を虐待する強者がどんな国であろうと、われわれは安全な立場からそれに噛みつくという足場を確保したのである」[*6]と。

「疎外」された「弱者」にこそ「人間性の真実」があるというのが「疎外革命論」である。三島は、だがそれが、不可避的にある矛盾に逢着することを看取していた。

彼らは最初、疎外をもって出発したが、利用された疎外は小集団における多数者となり、小集団におけるマジョリティを次々とつなげて連帯させることによって、社会におけるマジョリティを確保し、そのマジョリティは容易に暴力と行動に転換して現体制の転覆と破壊に到達するというのは、革命のプランである。[*7]

三島が、新左翼の学生に見たのも、この「疎外革命論」のパラドックスであった。「私は学生運動が学内闘争として始まったその経過を是認するのにやぶさかではない。しかしながら、徐々にこの少数勢力は、多数者の正当性にむかって当然の経過をたどるようになった。そこでは次第次第に逆現象が成立し、一般学生が疎外されて全学連が一つの正当性を獲得するようになった」[*8]（「全学連」は「全共闘」の誤りか）。

ここに、三島が、新左翼のアンチテーゼとして登場した新右翼へと介入していく契機が現れたのである。三島にとって、「左翼的な政治戦略の枠組」の息の根を止める戦略は、以下のようなものであった。

> われわれは疎外を固執し、少数者集団の権利を固執するものである。それのみが、革命勢力に対して反革命の立場に立ち得るし、彼らの多数を頼んだ集団行動の論理的矛盾に対して、最も強い、尖鋭な敵手たり得るからである。[*9]

このように、三島もまた新左翼の「疎外革命論」を共有していた。三島は新左翼を批判していたが、それとともに何度もシンパシーを口にしている。三島が模索していたのは、「疎外革命論」を共有しながらも、「左翼的な政治戦略の枠組」のようには「少数者」が「多数者」へと転じないロジックであった。

新左翼が既成左翼からの「疎外」を糧にラジカルなアクティヴィズムへと転じていったとしたら、新右翼もまた既成右翼から「疎外」されていた。新左翼が、スターリン批判以降、既成左翼を支えてきた史的唯物論や、革命の主体たる労働者からの「疎外」を余儀なくされていたとしたら、新右翼もまた、右翼の「本来性」たる農本主義から「疎外」され、また非本来的な「ヤルタ・ポツダム体制」と戦後の占領体制への「疎外」の中に、否応なく居合わせていた。

両者はともに、「疎外」という「故郷喪失」（ハイデガー）の感情を共有していたといえる。その感情が、ナチズムのごときニヒリズムの革命へとつながっていったことは言うまでもない。いわゆる「保守革命」（フーゴー・フォン・ホフマンスタール）である。三島が、まさに一九六八年に戯曲「わが友ヒットラー」を書かねばならなかったゆえんである。

そこで「ヒットラー」は、「わが友」と慕うレームを最後に粛清し、「左を斬り、返す刀で右を斬った」後、「やつらの子供じみた革命」も「どんな革命ごっこ」も「おしまいだ」と叫ぶ。三島は、今後革命があり得るとしたら、まずは左右の既存勢力のごとき「子供っぽい革命」や「革命ごっこ」を斬って捨てるところからだ、と考えていた。先に見た、ドイツの新右翼と日本のそれとの同時代的な一致を、最も敏感に感じ取っていたのは三島だったのではないか。それまでヒトラーやナチズムは、単なる「悪」として思考から排除されていた。

もちろん、三島はヒットラーに、「政治は中道を行かなければなりません」というセリフを最後に吐かせることを忘れない。国家総動員的な全体主義の確立には、左も右も斬ったうえで、「一時的に中道政治を装って、国民を安心させて、一気にベルト・コンベアーに乗せてしまう」ほかないからだ。[*10]「故郷喪失」の感情に基づく「保守革命」が進行していくと、「故郷＝本来性」の「全体」を占有しようとする「全体主義」へと行き着くという問題である。これは、「故郷」からの「疎外」によって駆動する「疎外革命論」は、必ずや「疎外」された「少数者」が「多数者」に転じ、ひいては「全体」を「本来性」として独占することを目指してしまうという、あの「疎外革命論」のパラドックスそのものではないか。むろん、いまだなお「故郷＝本来性」にあると信じている「子供っぽい革命」や「革命ごっこ」に後戻りすることはできない、かといってこのまま「故郷喪失」の感情に基づいて「疎外革命論＝保守革命」を累進させていけば、不可避的に「全体主義」へと逢着してしまう。このパラドックスの歴史性に居合わせた者として、三島は「ヒットラー」を舞台に立たせた。観客席を背に後ろ向きに。一九六八年の三島は、「ヒットラー」の後を追うように、やはり断崖ギリギリにたたされていた。

…それで思いだすんですが、ぼくは全共闘との対話のとき、「きみらが天皇陛下バンザイと叫んだら、ぼくは安田講堂にいっしょにたてこもったぜ」と言ったんです。彼らが叫ばないことは知っていました。しかし、そのとき彼らと非常に近いところにぼくはいたんです。ぼくは、彼らの言う直接民主主義という理念と、ぼくの説く錦旗革命の理念とは、まさに非常に近くに来ているということを感じたんです。

…つまりぼくが天皇陛下バンザイをやめるか、向こうが天皇陛下バンザイを叫ぶか、どっちかギリギリの時点にいま来ているんですよ。[*11]

三島は、この「全体主義」に行き着いてしまうギリギリのところで、わが「ヒットラー」をかわし、その「疎外革命論＝保守革命」を脱臼させせつつ収束させてしまう、抽象的な「（文化）概念」として、「天皇」を創出しようとしたのである。最も「疎外」された者として、「少数者」の「疎外」をその極北で体現する存在として。それは、「あらゆる社会構造から抜き取」られた、実在はしない抽象的な「概念」だ。ゆえに、フェティッシュとして欲望を喚起させるのみである。三島が全共闘に提起した「天皇陛下バンザイ」とは、存在しないものの創出に向けた共闘の提起であった。三島の「天皇」とは、絶対的な「疎外」の別名であり、それがないと「全体」を完成させることはない、しかし絶対に「全体」を成すことのできない、「－1」という否定項なのだ。

福田恆存は三島に、「ずいぶんあなたは天皇につらい役割を負わすんだね」と言い、三島も「僕は天皇に苛酷な要求をするね」と応じた。[*12]確かに実在（ザイン）としての役割を求めるのでなく、いつも「疎外」の限界において「全体」を否定的に支えよ、ただし実在ではなくあくまでロジックの上でフェティッシュたれ、というのは、従来の天皇からは大きく逸脱した、ずいぶん「苛酷な要求」（ゾルレン）には違いない（三島は、この「苛酷な要求」の歴史的な表れを二・二六事件の青年将校らに見て、これを「忠義」と呼んだ）。

このように、三島の「天皇」は、「全体」の否定性としてあり、「疎外革命論＝保守革命」を累進していくほかない六八年以降の現状に対して、常にすでに「－1」を否定的につきつけるものである。

三島　僕はどうしても天皇というのを、現状肯定のシンボルにするのはいやなんですよ。
林　そういうものにはなりませんよ。
三島　林さんのおっしゃるようになると、結局天皇というのは現状肯定のシンボルになる。[*13]

柄谷行人が明確にしたように、「天皇が三島にとって現状否定のシンボルになるのは、それが転倒されたかたちでの市民社会の揚棄をめざすからであり、林にとって現状肯定のシンボルとなるのは、それが「民主主義」の保守的機能を果すからである」[*14]。林房雄のような民主主義を保守するための現状肯定のシンボルとしての「天皇」というのは、現在のリベラルの間でおなじみのものだろう。もちろん、彼らは、まさか保守の林を継承しているとは夢にも思っていないのだ。対して、三島の「天皇」は、人間が類的存在という「故郷＝本来性」から「疎外」され、その結果起こった「国家」と「市民社会」の分裂を揚棄するために創出された、抽象的な「(文化)概念」なのだ。

3

もちろん、左翼知識人の側にも、「疎外革命論＝保守革命」のパラドックスをのり越えようとする理論がなかったわけではない。市民社会派マルクス主義の大衆天皇制論(松下圭一)や、疎外革命論批判＝社会構成論(廣松渉)は、国家からの市民社会の「疎外」を、前者は陣地戦的、漸進的に、後者は錯視を除去することで一挙に、それぞれ解消可能であるかに見なした。これらがまた、前者は現在の「リベラル天皇制」へ、後者は「新しい社会運動」へと理論的にまっすぐにつながっていることも見やすいだろう。

だが、それらは、大衆社会の到来によって、ある程度市民社会が成熟した(かに見えた)状況のもとでリアリティを持つ理論ではなかったか。前者は言うまでもないだろうが、後者が拠って立つ「人間は社会的諸関係の総体である」(「フォイエルバッハテーゼ」)にしても、「社会的諸関係」＝ネットワークが実感できるほどには、市民社会の充実が背後で支えていなければならない。だが、資本が市民社会を見放し、そこから撤退、離脱することで、「市民社会」の縮小や崩壊を招いている(社会は存在しない!)というのが、六八年以降の問題だったはずである。そこでは、もはや「社会的諸関係」は、「総体」どころかズタズタに切り裂かれてある。

ポスト六八年においてリアルなマルクスは、市民社会論や社会構成論的なマルクスではなく、疎外論的なマルクスの方であろう。なかでも、商品の物神性論は今もってアクチュアルである。商品と商品の関係が相互にフラットであり、それらがフラットな「社会的諸関係」の反映であるならば、そこに「物神性《フェティシズム》」が発生することはない。本当はそうしたフラットな諸関係から「疎外」されているにもかかわらず、あたかも「見かけ」はフラットな関係だからこそ、そこに「物神性」が宿るのだ。マルクスによる商品の物神性論の「肝」は、一見フラットに見える商品相互の関係に、フラットではない人間相互の社会的諸関係が、つまりは支配と隷属の関係が、転倒されて隠されているということにある。商品の物神性とは、支配と隷属という垂直な人間相互の関係が、水平な商品相互の関係へと横倒しに置換されたものなのだ。

すなわち、資本主義による商品の物神性に覆われた近代市民社会とは、前近代的で封建的な支配と隷属の関係が抑圧された擬制にすぎず、前者における自由や平等は、後者を隠蔽したイデオロギーである。近代になって封建制から市民社会になったといっても、資本主義的な市民社会自体が、常にすでに「半」分隠されているという意味で、「半」封建的なのだ。

言い換えれば、資本主義における商品の物神性が存在する以上、支配と隷属からくる「疎外」がなくなることはない。疎外は、「自由と平等」の市民《ブルジョア》社会のイデオロギーで抑圧され、塗りつぶされて解消されたかに見えるだけだ。

だが、疎外が決して解消されないことは、ほかならぬ「天皇」の存在が示している。「天皇」とは、民衆の疎外が集積された「もの《フエティッシュ》」だからだ。現在は、市民社会という擬制が弱体化し、その破れ目から「疎外（論）」が露わになっているので、それに即応して、にわかに「天皇（制）」が顕在化し主題化されているのである。「天皇」は疎外が解消されない証であり、「天皇制」とは半封建の残存ではなく、資本主義―市民社会そのものが（半）封建的でしかないことを隠しきれていない「尻尾」である。それは、商品の物神性が、あるいは同じことだが、支配と隷属の関係からくる「疎外」がスライドした「もの《フエティッシュ》」であり、資本主義が進行しても自然に解消されたりはしない。

新左翼と新右翼が「疎外革命論＝保守革命」を共有した「歴史性」とは、一九五六年のスターリン批判以降、マルクス主義や史的唯物論への信頼が低下し、米ソが同じリベラリズム陣営へと「平和共存」し世界を分割支配した「歴史性」である。日本では、それは「戦後」と呼ばれる。

そこは、それまでの革命によっては乗りこえられなかった資本制が、再び三度息を吹き返した「疎外」の無限地獄である。それに対する抵抗を、新左翼は「戦後民主主義批判」として、新右翼は「ヤルタ・ポツダム体制」や「戦後＝占領」憲法からの脱却として主張した。だが、より根源的な資本主義における商品の物神性からくる「疎外」を乗りこえる思考を、ついに両者とも提示できなかった。

「疎外」地獄を共有していた三島は、述べてきたように、「疎外」の解消不可能性として「存在《ザイン》」する「天皇」を、「疎外」地獄に終止符を打つべくその「概念」を過激に読み替え、苛酷な役割を背負わせた「文化概念《ゾルレン》としての天皇」として新たに創出したのである。それは、「疎外」の無限地獄という現状を「否定」するために、「疎外」を乗りこえられないこと自体を「天皇」と呼んでしまおうという、何ともトリッキーでレトリカルな戦略だった。そして、それを新左翼の喉元につきつけたのである。

やつらは天皇、天皇といえばのむわけないです。のむわけないから、やつらから天皇制打倒というのを、もっと引出したいですよ。これを引出せば国民は「えっ、そこまでやる気か」ということになるんです。天皇制打倒という国民はあまり日本にはいないと思う。そうするとやつらにはついて行かなくなる。[*15]

それは、のんでも地獄、拒んでも地獄の提起だった。これに対する新左翼側からの理論的な応答は、「反独裁の独裁」としての「プロレタリア独裁」を提示した、絓秀実「戦後―天皇制―民主主義をめぐる闘争――八・一五革命vs.一九六八年革命」（『増補　革命的な、あまりに革命的な「1968年の革命」史論』への付論。二〇一八年）まで待たねばならない。

注

*1 「新右翼」の「起源」については諸説ある。本稿は、以下、「新右翼」の歴史的な記述については、堀幸雄『増補　戦後の右翼勢力』（一九八三年）に拠った。また、梶尾文武『否定の文体　三島由紀夫と昭和批評』（二〇一五年）、安田浩一『「右翼」の戦後史』（二〇一八年）なども参照した。

*2 梶尾文武『否定の文体　三島由紀夫と昭和批評』（二〇一五年）

*3 福田恒存との対談「文武両道と死の哲学」（「論争ジャーナル」一九六七年十一月）

*4 「反革命宣言」（「論争ジャーナル」一九六九年二月）

*5 「自由と権力の状況」（「自由」一九六八年十月）

*6 5に同じ

*7 4に同じ

*8 4に同じ

*9 4に同じ

*10 「『わが友ヒットラー』覚書」（「劇団浪漫劇場プログラム」一九六九年一月）

*11 古林尚との対談「三島由紀夫　最後の言葉」（『三島由紀夫全集補巻1』一九七六年）

*12 3に同じ

*13 林房雄との対談『対話・日本人論』一九六六年

*14 柄谷行人「新しい哲学」（『東京大学学生新聞』一九六七年五月。『柄谷行人初期論文集』二〇〇二年に掲載）

*15 林房雄との対談「現代における右翼と左翼―リモコン左翼に誠なし」（「流動」一九六九年十二月）

（文芸批評家）

◉論考

石川義正

『鏡子の家』の犬、あるいは崇高なる空位

美の否定と崇高

　三島由紀夫の言説は、その生涯にわたって一つの——厳密にはほとんど同一だが決定的に位相の異なる二つの——主題をめぐって旋回していたように思われる。すなわち美の否定であり、美の否定としての崇高である。周知のように美の否定は『金閣寺』（一九五六年）の明示的なテーマだが、それは同時にカントから二〇世紀にいたる美学思想の典型として位置づけることができる。

　カントによれば、美はそれを判断する者の「関心」——あるいは主観を満足させる魅力や感動——とかかわりなく、また認識の基礎となる「概念」を欠きながら、にもかかわらず「或る対象の合目的性の形式」[*1]としてある。「目的なき合目的性」の形式として定式化されるカントのこの美の定義には一種の自己否定的な契機が潜んでいる。形式が対象をなんらかのかたちで限定する以上、そこには概念や意味や目的がすでに暗黙のうちに含まれているはずだからである。宮崎裕助はそれを「概念なき概念性、形式なき形式性」とパラフレーズしたうえで、「この否定的な形式は、そのものとして積極的に定義づけられることをあらかじめ拒否するのだが、にもかかわらずそこに「形式」が語られようとしている以上、いうなれば、形式がそれとして見いだされたとたんに、そのせいでみずからを消去してしまうような自己退隠的な形式なのだ」[*2]と説明している。『金閣寺』の「私」が「金閣」に見いだすのも、やはり美のそうした「自己退隠的な形式」というありようにほかならない。

　美は、これら各部の争いや矛盾、あらゆる破調を統括して、なおその上に君臨していた！〔……〕美が金閣そのものであるのか、それとも美は金閣を包むこの虚無の夜と等質なものなのかわからなかった。おそらく美はそのどちらでもあった。細部でもあり全体でもあり、金閣でもあり金閣を包む夜でもあった。〔……〕細部の美はそれ自体不安に充たされていた。

それは完全を夢みながら完結を知らず、次の美、未知の美へとそそのかされていた。そして予兆は予兆につながり、一つ一つのここには存在しない美の予兆が、いわば金閣の主題をなした。そうした予兆は、虚無の兆だったのである。虚無がこの美の構造だったのだ。[*3]〔傍点原文〕

金閣の美は「金閣そのもの」であり、その細部の一つひとつであり、金閣を包む夜でもある。こうした「予兆」としてしか存在しえない不定形な美のかたちが金閣寺に放火する直前の「私」の思考を覆うのだが、このような美の不定形性をカントは「自由な美」と呼んだのだった。それに対して「ある概念に付随するもの（条件づけられた美）として、客観に対して、それが或る特殊な目的の概念のもとにある場合に附与される」美は「付随的な美」と呼ばれる。[*4] それは不定形ならざる静的なフォルムの美、蜜蜂にとっての菊の花のような美である。「私は蜂の目になって見ようとした。菊は一点の瑕瑾もない黄いろい端正な花弁をひろげていた。それは正に小さな金閣のように美しく、金閣のように完全だったが、決して金閣に変貌することはなく、夏菊の花の一輪にとどまっていた。そうだ、それは確乎たる菊、一個の花、何ら形而上的なものの暗示を含まぬ一つの形態にとどまっていた。それはこのような存在の節度を保つことにより、溢れるばかりの魅惑を放ち、蜜蜂の欲望にふさわしいものになっていた」[*5]。

じつはカントは花を「自由な自然美」に、建物の美を「付随的な美」に分類しており、したがって『金閣寺』では両者の位階が逆転していることになるのだが、むしろ「人間の美」にこそ美の不定形性を見いだされねばならぬとの――作家自身の思想を仮託された――芸術家としての意志が「私」に金閣寺の放火を決意させたのだともいえる。予兆としての美は形式から解き放たれた形式であり、戯れとしてしか存在しえない形式である。宮崎がいうように、それは「それ自体としては見いだすことができないという不可能な「形式」なのだが、にもかかわらず、そのような形式が出現してくる可能性だけはつねに予期することができるという、いわば「約束」としての形式」なのだ。「こうしたアポリアの形式そのものとしての美は、実のところ、「天象」として煌めくや消滅する美（アドルノ）、芸術作品を遮る「美の影」や美的本質からの「純粋な切断の〈なしに〉の痕跡」（デリダ）としてしか捉えられない美として、現代美学理論のうちにさまざまな仕方で変奏されている」[*6]。

三島もまた、そうしたカント以降の美学の典型的なありようをここで演じている。ただし『金閣寺』の場合、それはどこか旧約聖書的なニュアンスを漂わせる「約束」というよりも当為《ゾルレン》、「ここには存在しない」という一節の強調が暗示する「存在してはならない」という当為《ゾルレン》なのである。しかも「予兆は、虚無の兆だったのである」という文を介して「虚無がこの美の構造だった」という直截な断言に帰結する、予兆から構造へのこの素早い移行《パッセージ》こそ三島の言説をアドルノやデリダの美から決定的に分かつ、ほとんど体質的ともいっていい特性なのだ。これは美がそのまま崇高に短絡する瞬間なのである。

　カントは美と崇高との差異を形式への関連の有無においている。「自然の美しいものは対象の形式にかかわっており、その形式は境界づけられていることのうちでなりたっている。崇高なものは、これに対して、形式を欠いた対象についても見いだされうる」[*7]。感性にかかわる美が、その不定形性にもかかわらずあくまでも形式とのかかわりを解かないのに対して、理性にかかわる崇高は形式が不在であっても——その呈示不可能性を通じて——否定的に呈示可能であるとされる。この「も」は形式の在・不在にかかわりなく、という意味である。したがって崇高はたんに美に対立するだけではなく、美の延長として呈示されることがありうるが、おそらくそれが美の予兆の果てに顕現する「虚無」なのである。ここでの虚無としての崇高は「花ざかりの森」の結末の「死に似た静寂」から『天人五衰』で本多が最後にたどり着く「寂寞を極めている［……］記憶もなければ何もないところ」にまで通じている「感情」である。

　崇高は「絶壁をなして張りでている、いわば威嚇するような岸壁、天空に聳えたつ雷雲が、閃光と雷鳴とともに近づいてくるさま、破壊的な威力のかぎりをつくす火山、荒廃をのこして吹きすぎる暴風、怒濤さかまく、果てしない大洋、勢いのよい流れにかかる高い落流」[*8]といった人知を超えた自然の威力として表出されると一般に考えられている。わたしたちはそこに自然そのものというよりも、自然を超えた理念としての力を感知しているのである。ところがカントは人間の抱く理念にかんしても、「抵抗のすべてを克服する、私たちのさまざまな力」の一つである「熱狂」とともに——いささか奇妙に思われるが——「いっさいの社交から離脱すること」にも崇高を見いだしている。「それはこの離脱が理念にもとづくものであり、しかもその理念が感性的関心のすべてを度外視するものである場合には、ということなのだ。じぶん自身で満ちたりていること、したがってまた社交を必要としないこと——とはいっても、それでも非社交的、つまり社交から逃避するというわけではないこと——、このことは、なにか崇高なものに接することがらであって、それはさまざまな欲求から自由になることがそうであるのと同様なのである」[*9]。ここでカントが強調しているとおり、崇高は、理念が人間的自然（本性）を超克するかぎりにおいてそう呼ばれる。

　こうした観点から『金閣寺』を読むならば、その結末で「私」が「煙草」を喫むというごく日常的なしぐさも崇高の一種として理解することができる。「私」は金閣寺を炎上させる——ただし話者の視点からは「金砂子を撒いたよう」な上空が見えるだけという、日本画を想起させる類型的であることを際立たせた間接描写がなされている——ことですでに己の死という「感性的関心」を超克しており、さらに「生きよう」と決意することで、それがたんなる非社交性にとどまらぬ理念の貫徹であることを暗示している。「私」にとって金閣寺の放火はすでに煙草の火ほどに矮小な出来事にすぎないのだ。しかもカントは、このような「人間がじぶん自身にくわえる災厄をめぐる哀しみ」という自己観照的な視点そのものをも崇高に数え入れているのである。こうした災厄に置かれた自己をまなざす超越論的な視線に映った光景として、カントは「そこでは一種の味気ない悲しみが行きわたっている」[*10]という文を——当時の登山家のアルプス旅行記から——引用している。カントによれば、隠遁した人間は人里離れた荒野に移り住んで世間についてなにも見聞きしたくないと願うが、しかしその一方でそこは滞在に厳しい労苦を強いられるほどには荒涼としていない、そんな場所なのだ。このような「無情動《アパティア》」としての崇高を呈示する中間領域を現代のわたしたちは「郊外」と呼んでいるのだが、おそらくここにカントが提出した崇高概念の絶対的な今日性が潜んでいる。この奇妙な崇高の内実を『金閣寺』の三年後に刊行された『鏡子の家』（一九五九年）においてさらに検討しなければならない。

美と社会

『鏡子の家』のテキストには、そのいたるところに美の否定としての崇高、ニヒリズムという無情動《アパティア》があからさまに顕示されている。小説は鏡子——四谷東信濃町の高台に建つ「どことはなしに淫売屋のような感じがある」私的なサロンの女主人——と、彼女をとりまく四人の青年が退屈まぎれに晴海埠頭までドライブするシーンで始まる。

> 車は勝鬨橋を渡り、月島の町のあいだをすぎて、さらに黎明橋を渡った。見渡すかぎり平坦な荒野が青く、ひろい碁盤の目の舗装道路がこれを劃していた。海風は頬を搏った。峻吉は、米軍施設のはずれにある滑走路の、立入禁止の札を目じるしに車をとめた。かなた米軍の宿舎のかたわらには、数本のポプラが日にかがやいていた。
> 　車から下りた夏雄はこの風景に幸福を感じ、僕は廃墟か埋立地かどちらかが好きだ、と思った。［……］
> 　それでも彼の目は怠りなく見ていた。人工的な荒野のむこうの白い巨船や、今し豊洲埠頭から出てゆく、煙突に井の字を白く抜いた石炭船だの、そういうものは実に整然としていて美しい。そしてこの埋立地の人工の平坦な幾何学的な土地が、いっぱいに湛えている春の野は美しい。[*11]

そこはその先の「米軍施設」への立ち入りを禁止された一種の国境地帯であり、鏡子たちが数人の粗暴な「工事場の土方」に絡まれて暴力沙汰を引き起こすという意味で階級的な境界でもある。都心とも田舎ともいえない、閑散としながら幾何学的に整然と整備されたこの東京湾の臨海地帯の描写には、坂口安吾が「日本文化私観」に記した聖路加病院の近くの「ドライアイスの工場」を想起させるところがある。実際、両者は隅田川と晴海埠頭を挟んで地理的にごく近い場所にあるだけでなく、この工場と港町の小さな入江で見た軍艦をどちらも「美しくするために加工した美しさが、一切ない」[*12]という理由で安吾はその美を称揚している。安吾はそれらがあたかも「必要」から形成された機能主義的な美――カントのいう「附随的な美」――であるかのように語っているが、しかし実際には軍事やドライアイスになんの関心も抱いていない。小説家である安吾はむしろそうした現実的な機能を理念として自由に構想（想像）しており、その理念と現実とのギャップが引き起こす「不快の快」を「郷愁」と呼んでいるのである。つまり安吾もまた、これらの光景に無情動としての崇高を見ているのだ。

『鏡子の家』で夏雄と呼ばれる若い日本画家が感じる「幸福」もまた、その激情を欠いたありようにおいて崇高とみなすことができる。夏雄にとって「この埋立地の人工の平坦な幾何学的な土地」は、画家であるみずからの感性では到達不可能な彼方を暗示する人工的な美のフォルムとしての「廃墟」である。この長篇で美をめぐる思弁を扱う役割を担う夏雄は、つまり『金閣寺』での結末の認識――「虚無がこの美の構造だった」から出発しているのである。

では、構造としての虚無はどのように顕現するのか。それはまず、夏雄が画題を求めてむかった多摩の広大な草地で見た「四角い太陽」としてあらわれる。

　日は幾条の横雲のあいだをみるみる辷り落ちた。そして黒い密雲のただなかにあいたふしぎな窓、あの短冊を横にしたような形の窓を充たしはじめた。上辺も下辺もすでにしっかりと黒雲に包みこめられ、ただその窓だけが落日に充たされるに及んで、夏雄は世にもふしぎな四角い落日を見たのである。この真紅の四角い太陽はしばらくそのままに見えていた。野は暗みわたり、麦畑は微風に黒くさやいでいた。[*13]〔傍点引用者〕

「四角い落日」は、現象としてはたまたま雲に開いた横長の窓のような空隙から夕日が四角くかたどられてのぞいたにすぎない。にもかかわらず夏雄にはそれが「四角い太陽」という理念それ自体――四角い円は形象としては存在しえない――として知覚されたということなのである。あるいは「四角い太陽」という名辞を「太陽は四角い」という命題に変換するなら、それを「無限判断」の一種とみなすこともできる。無限判断は主語を実在としながら、述語がそれを肯定的に規定することなく、ただなにでないかを語るにすぎない。たとえば「石は人ではない」（スピノザ）という命題なら、石は人ではない――もちろん猿でも植物でも火星でもなく、以下無限につづく――そうした際限のない否定の一つにすぎないという意味である。しかもおたがいに無関係な主語（石）と述語（人）について、「石は人ではない」が無限判断なら、「石は人である」もおなじく無限判断である。この二つの文は「石」をなんら規定していないという意味ではまったくおなじだからである。[*14] もちろん「太陽は四角い」も「太陽は四角くない」も、後者が現実の太陽が丸いことをなにも含意しておらず、そこにはただ無規定な太陽のみが存在する。

だが、構造としての虚無は、そのような不条理な太陽の実存をも崩落させる論理的な行程を踏破せざるをえない。夏雄はさらに富士の樹海で、みずからの足下に存在するはずの大地そのものが虚無に呑み込まれていくという幻覚を体験する。夏雄はこのとき、恐怖とともに美という観念の完全な死と「世界の崩壊」を確信する。そしていったんは絵画制作を放棄し、神道の神秘主義に惑溺することになるのだが、にもかかわらず夏雄自身は一種の霊的な見者として、かれ自身はこの「世界の崩壊」の例外としてありつづける。崇高とは、それを眺める者が「安全な状態に置かれていればこそ」そう名づけることのできる、ある意味で特権的な感情だからである。「私たちはこれらの対象をすすんで崇高なものと名づけるとはいえ、それは、くだんの対象がたましいの強さをその尋常な尺度を超えて高め、私たちのうちにある、まったく別種の抵抗する能力を発見させるからである。この能力が私たちに勇気を与え、自然の見かけ上の全能と肩をならべうるようにさせるのである」[*15]。

夏雄は崇高の画家＝観察者という例外的な位置を占めるがゆえに、物語の必然的な帰結としてもうひとりの観察者であり、小説の舞台となる家の統括者である鏡子と結ばれることになるが、重要なのはそのいささかメロドラマ的な結末ではなく、作家自身が美と崇高を短絡させる例外としての一者という超越的な視座をこの長篇で発見したことにある。ただし小説の冒頭と結末に几帳面に記してあるとおり、三島が一九五四年四月から一九五六年四月までの東京とニューヨークに舞台を設定したのは、自由民主党と社会党が保守と革新の二大政党として当面の社会システムを構築することになる「五五年体制」の成立――鏡子がいうところの「大真面目の、優等生たちの、点取虫たちの陰惨な時代」の到来を前提としているからである。「戦後の時代が培った有毒なもろもろの観念に手放しで犯され［……］アナルヒーを常態だと思っていた」[*16]鏡子の家が象徴する美と生の痙攣的な統一はせいぜい時限的で暫定的な混沌にすぎず、所詮は社会と経済に従属したコップの中の反秩序にとどまっている。

作品世界の内部では、鏡子のサロンの常連であり、彼女と表裏一体のような存在でもある清一郎がそうしたシニカルな認識を担っているのだが、かれがニューヨークで体験するブルジョアたちの秘密パーティは――その愚劣さを「滑稽地獄」と評するように――鏡子の家のアナキズムの凡庸な再現であり、同時にその相対化でもある。それは美が社会に内属しているという現実への、不承不承ながらの容認なのだ。発表当時、この小説を批判した――三島を唯美主義者と見誤った――素朴な文学者たちは、かれらが信奉する「文学」に対するひそかな嘲弄をそこに嗅ぎとったのであり、来るべき大衆消費社会によってみずからの足場が掘り崩される敗北の予感に苛立っていたにすぎない。「霊魂はしかしみんな広告だった」[17]。だが、もちろん誰よりもまず三島自身がそれに苛立っていたのも確かである。「現在には破滅に関する何の兆候も見られないという正にそのことが、世界の崩壊の、まぎれもない前兆なのであった」[18]と清一郎がくりかえし語る認識のアクロバットがその証左なのだが、しかしこの繁栄と崩壊とを短絡したロジックは小説の構図のうちに積極的な根拠を示すことができない。それはエリート会社員のアイロニーか、せいぜい「四角い太陽」と同様の無媒介的無内容を意味する無限判断にとどまっているのである。

美が社会と拮抗しつつ両者を綜合する美的政治、戦後民主主義の全面的な否認である「みやび」としての天皇制――それがこのあとすぐに三島の言説の中心的な主題として前景化することになるのだが、『鏡子の家』の時点ではいまだ空位として――「七疋のシェパァドとグレートデン」の咆哮と匂いとともに帰還する鏡子の「良人《おっと》」として――予感されるにすぎない。それは「獣」としての主権者の匂いである。[19]

崇高としての「みやび」

E・H・カントーロヴィチが『王の二つの身体』(一九五七年)において、王権が帯びる可死的な「自然的身体」と不可死の「政治的身体」という二重の性格を中世ヨーロッパの政治思想史に即して実証的に分析したことはよく知られている。「王の二つの身体は、それぞれ一方が他方の内に完全な仕方で包含されているという意味で、不可分の単一体を形成している。しかし、政治的身体が自然的身体に優越していることに関しては、疑いの余地がなかった。[……]政治的身体は自然的身体より「広く大きい」だけでなく、前者のなかには、脆い人間本性の不完全さを減少させ、さらには取り除くことさえできる、或る種の神秘的な諸力が宿っている」[20]。このように二重化された王の身体は、王が統治する国家の統合の象徴として機能するのだが、それはただたんに有機体的国家における「頭と四股」を意味するだけではない。むしろそこには国家の継続性――ホッブズのいう「人工の不老不死」である継承権――が含意されているのだ。

> 通常、集団を形成するために必要な「人格の多数性」は二つの仕方で構成される。つまり、同時に生存する人々によって「水平に」構成されると同時に、継続的に生きる人々により「垂直に」構成される。しかし、「多数性」ないし「全体性」(totum quoddam)は――単に有機体論的な観念とは異なり、あるいはこれと真っ向から対立して――空間だけに限定されず、時間において継続的に展開しうるものであるという原理がひとたび見出されると、人々は空間における多数性を観念的に無視し去ることが可能となった。構成員の多数性がもっぱら継続によってのみ形成されていることから、もっぱら時間に関してのみ集団的であるような一種の〈神秘的人格〉(persona mystica)としての団体が構成されたのであり、この

ようにして、一人の人間から成る団体や擬制的人格の観念へと人々は到達したのであった。[*21]

共同体とはたんに同一の時点・空間における多数の人びとからなる集団なのではなく、時間を媒介とした継続性による多数性として形成される。一八九五年、当時ドイツ領だったポズナニ（ポーランド）出身の裕福なユダヤ系の家庭に生まれ、ゲオルゲ派にちかい保守系の歴史学者として名を成したカントーロヴィチが、ナチスの迫害を逃れてアメリカ亡命後に刊行したこの書物に込めたのは、おそらく近代における国家権力のありようそのものに対する批判だったといってよい。それは、アドルフ・ヒトラーによる「独裁」――カール・シュミットのいわゆる民衆の「歓呼」と「喝采」による恒常的な独裁への批判であるとともに、共産主義によるプロレタリアート独裁への根本的な批判でもあった。王権は王位継承によって国家の時間的継続性を制度的に担保してきたが、それは近世の議会制民主主義が「選挙」を通じて――たんに「空間における多数性」を統合するだけでなく――ブルジョアジーの政治権力の継続性を形成してきたのとおなじである。だが、近代に誕生した政治体制である共産主義もファシズムも、その体制の継続を保証する継承制度の構築をいっさい考慮してこなかった。死の前日まで独身だったヒトラーが独裁権力の継承を想定していなかったように、レーニンも毛沢東もそれにふさわしい継承制度の確立に失敗したのである。二一世紀まで続いているいくつかの共産主義体制の国家は、その思想の内実といっさいかかわりなく、近代以前の政治システムから継承制度を流用して延命しているにすぎない。

三島の明敏さは、カントーロヴィチとおなじく近代の政治思想が抱えているこうした根本的な欠陥を見通していたところにある。「文化防衛論」には次のように記されている、「文化概念としての天皇制は、文化の全体性の二要件を充たし、時間的連続性が祭祀につながると共に、空間的連続性は時には政治的無秩序をさえ容認するにいたることは、あたかも最深のエロティシズムが、一方では古来の神権政治に、他方ではアナーキズムに接着するのと照応している」。[*22] ここでいわれる「神権政治」と「アナーキズム」とを同時に包摂する「空間的連続性」は『鏡子の家』における鏡子の不在の良人と彼女をとりまく青年たちとの空間的関係にもみてとれるのだが、ただし神権政治の主権者はあくまでも現実に存在しないものであり、それは三島が戦後の象徴天皇制を否認する位相と同一である。三島のいう「みやび」としての天皇制は、明治憲法の絶対君主制としての天皇制も超えて、ほとんど理念としてしか到達しえない「神秘的人格」なのである。「文化上のいかなる反逆もいかなる卑俗も、ついに「みやび」の中に包括され、そこに文化の全体性がのこりなく示現し、文化概念としての天皇が成立する」。[*23]

「みやび」は崇高の一つの理念型であり、国家共同体がそこで生成する根源的な図式をあらわしている。それ自体は三島が到達した観念の勝利だが、しかし同時に現実が観念に短絡される奇妙な道筋が探りあてられてしまう。それが美の否定が崇高に短絡する一瞬《いっしゅん》である。三島は「あらゆる制度は、否定形においてはじめて純粋性を得る」、それが「永久革命」であり、「日本天皇制における永久革命的性格を担うものこそ、天皇信仰[*24]」であると説く。つまり「みやび」は「予兆」としてしか存在しなえないはずなのだが、その予兆を己の身体に意志的に到来せしめるのが「自刃」なのである。しかし、その意志の論理自体が犯罪的なのだ。三島はそれを——現在のわたしたちには到底許容しがたい文彩によって——レイプ犯罪者の言説として語っているのである。

> 美々しく装った権力は女性形で語られている。磯部は女性を姦した一時《いっとき》に、たしかに或る手応えを感じたのだ。「男の行動を認めた」とは、男の側からいえば、この手応えのことである。そして手応えとは、パトスの一時的な感応である。これを指摘されて、良心の苛責を感じない女はあるまい。なぜなら女も亦、永らく心に夢みていた観念的な赤誠尽忠が、その瞬間みごとに肉体化され、その官能的な頂点を男と共に味わったことを否定することはできないからである。道義的革命のエロティシズムの最高の陶酔を、一瞬、頒ち合ったことを否定できないとは、すなわち、女も亦、ゾルレン的国家像が実現されたという夢想に酔った一瞬を持ったことを意味する。二月二十六日には、たしかにそうした数時間が存在したのだ。[*25]〔傍点原文〕

二・二六事件で「鮮血によって洗われた雲間の青空」を「女も亦［……］たしかに瞥見したことを磯部は知っている」〔傍点原文〕と三島は続けて記す。もちろん「知っている」というのはレイプ犯の思い込みにすぎない。これが『金閣寺』で放火直後、死に場所と決めていた三階の「究竟頂」に侵入しようとしながら戸を開けることがかなわず、「ある瞬間、拒まれているという確実な意識が私に生れたとき、私はためらわなかった。身を飜えして階を駈け下りた[*26]」という「私」との決定的な相違である。

三島は最初から最後まで驚くほどなにも変わっていない。ここからレイプ犯罪者の妄執を除けば、『金閣寺』の美から崇高へいたる論理と修辞にまったく変化はないとさえいえる。三島による「道義的革命」はいうまでもなく時間的連続性からの疎外を前提としており、それはきわめて近代的な自我感情のあらわれである。伝統から切断され分離されたこの認識は、傾向として伝統への執着を身にまとっている。そして伝統の反復もまた近代の特質であるのなら、思想家としての三島由紀夫は特権的というよりも、むしろ二〇世紀の典型的な近代批判のイデオローグのひとりにすぎない。三島が二・二六事件に参加した青年将校の遺稿の本質に「待つこと」への傾きを見いだしたのは、そこに『ゴドーを待ちながら』を読みとるような鋭敏な作家の感性を認めることができるはずだが、ただし三島自身はけっして「待つ」ことなく自刃を選択したという謎がまだ残っている。民主主義の臨界にある崇高という仮面の下の根源的な猥褻さ――トランプ大統領の下劣さに通底するような主権の猥褻さ――を思考することにしか、今、三島のテキストを読む意義はないように思える。

（拙著『政治的動物』（河出書房新社、二〇二〇年）では、本論考とやや異なる視点から三島由紀夫の天皇制について論じていますので、あわせてお読みください）

註

＊1　イマヌエル・カント『判断力批判』熊野純彦訳、作品社、二〇一五年、一六七頁。
＊2　宮﨑裕助『判断と崇高』知泉書館、二〇〇九年、一三〇―一三一頁。
＊3　三島由紀夫『金閣寺』新潮文庫、二〇〇三年、三二一頁。
＊4　カント、前掲書、一五六頁。
＊5　三島、前掲書、二〇〇頁。
＊6　宮﨑、前掲書、一三一頁。
＊7　カント、前掲書、一七九頁。
＊8　同書、二〇五頁。
＊9　同書、二二八頁。
＊10　同書、二二九頁。
＊11　三島『鏡子の家』新潮文庫、一九九九年、七―八頁。
＊12　坂口安吾『堕落論・日本文化私観――他二十二篇』岩波文庫、二〇〇八年、一三五頁。
＊13　三島、前掲書、一〇八頁。
＊14　石川求『カントと無限判断の世界』法政大学出版局、二〇一八年、一一七頁。
＊15　カント、前掲書、二〇五―二〇六頁。
＊16　三島、前掲書、一九頁。
＊17　同書、四〇四頁。
＊18　同書、三一頁。
＊19　石川義正『政治的動物』河出書房新社、二〇二〇年、九六頁。
＊20　エルンスト・H・カントーロヴィチ『王の二つの身体　上』小林公訳、ちくま学芸文庫、二〇〇三年、三一頁。
＊21　カントーロヴィチ『王の二つの身体　下』小林公訳、ちくま学芸文庫、二〇〇三年、五二―五三頁。
＊22　三島『文化防衛論』ちくま文庫、二〇〇六年、七四頁。
＊23　同書、七八頁。
＊24　同書、九四頁。
＊25　同書、一〇九―一一〇頁。
＊26　三島『金閣寺』前掲書、三二九頁。

（文芸批評家）

死骸さえあれば、蛆虫には事欠かない

小泉義之

一九七〇年の三島由紀夫事件のとき、私は高校一年生であった。そのとき、現代国語の教師が涙を流しながら三島の自決について語る一方で、友人は反動的な動きへの警戒心を強めていた。その年の六・二三に高校は無期限ストライキに入り、私は「戦闘的な生」（フーコーがキュニコス派や革命家の生き方について述べた用語）を生きることに決めていたが、三島事件には肯定的にも否定的にも心動かされることはなかった。政治的にも文学的にも重大な事件とは思えなかったのである。

当時の中高生にありがちだったように、私が読んでいたのは文学と左翼文献だけであったが、文学と政治が両立するはずがない、文学の政治化など馬鹿げている、政治の文学語りも下らない、文学は文学であり政治は政治であると思い定めており、文学者としての三島と政治行動に出る三島を関係づける気などまったく持ち合わせていなかった。だから、三島事件を文学的に受け止める気持ちもなく、政治的に評価するだけで済ませ、それを重大視すべきとも思わなかったのである。事件から五〇年を経て、当時の「識者」の反応を読んでも、その気持ちに変わりはなかったが、それでも三島の「行動化」についてはいささか考えさせられるところがあった。[*1]

三島由紀夫を行動へと駆り立てた思想的背景については、当時から幾つかのことが指摘されてきた。五・一五における橘孝三郎に見られる農本主義、二・二六における蹶起将校に見られる道義、敗戦時における蓮田善明に見られる抗議などが指摘されてきた。しかし、言うまでもなく、その類の指摘は、三島自身がその不正確さも含め承知していたことであるだけでなく、[*2]三島が明晰に自覚していたその行動の理由と動機から目を逸らすものでしかない。三島にとっての問題の核心は、革命的情勢が後退した時期、あるいはむしろ革命的情勢に対抗すべき反革命の企てもが空振りして危機的な情勢が過ぎ去ろうとしていた時期における身の処し方にあった。その問題は、当時の活動家たちが、そして真摯な知識人たちが、その立場の如何にかかわらず、問い質されていたことであった。武田泰淳との対談で、三島はこんなことを語っていた。

僕はいつも思うのは、自分がほんとに恥ずかしいことだと思うのは、自分は戦後の社会を否定してきた、否定してきて本を書いて、お金もらって暮してきたということは、もうほんとうに僕のギルティ・コンシャスだな。〔……〕たとえば政治行為というものはね、あるモデレートな段階で満足できるもんなら、自分の良心も満足するだろう。たとえば、デモに参加した、危険を冒して演説会をやったということで、安心して文学をやっていられる。私は自分の良心にこれだけ忠実にやったんだぞ、ということで、文学をやる、小説が売れる、お金が入る、別荘でも建てる、犬でも飼う、ヨットを買う、そんなことほんとうにいやだな。[*3]

私は、こう考えてきた。罪の意識を感ずるべきなのは、誰よりも政府や企業に勤める人間たちである。ところが、知識人がその罪の意識をも商品として売りに出すのは、精神労働が肉体労働より高級であるかのようにして、おのれを特権化している所作にすぎない。もちろん、三島の指摘するように、とくに左翼知識人に見られる「良心」の慰め方は唾棄すべきものである。そうであればこそ、文学と政治は別物であると見切って文学を「純粋」に追求するか、政治行為には非‐文学者たる一人として参画すればよいだけのことである。そう思うことで私は「安心」してきたが、しかし、いまになって振り返れば、当時の時代精神があったにせよ、知識人が大なり小なりおのれの職に罪責感を抱いていたことにはやはり心動かされるものがある。当時、高校がストライキに入ってからというもの、頭を丸刈りにした古文教師、酒に溺れて授業中もチビチビ飲んでいた英語教師、集会やデモでの高校生の喫煙だけは見逃すようになった世界史教師、公然とマルクス主義講義を始めた生物教師、これまた公然と校長側で動き始めた倫理教師、クラス編成のときにあえて活動家の担任を引き受けた体育教師、そして三島事件を涙ながらに報告した現代国語教師がいたのであり、その立場の如何にかかわらず、かれらは本当に真摯であったと思うのだ。

一九七〇年にフーコーは来日しているが、そのとき、「全世界で革命的運動がくりひろげられて以来」、「フランスの知識人」が「困難な状況」に置かれているとして、こう語っていた。

エクリチュールの体制破壊的機能はいまなお存続しているのだろうか、むしろ、書くということ、みずからのエクリチュールによって文学を存在せしめるという行為だけで、現代社会に対する異議申し立ての活動を生み出すのに充分であり得るような時代は、もはやすぎ去ってしまったのではないか、いまや、真に革命的な行動に移るべき時がきたのではないか。

いまやブルジョワジーが、資本主義社会が、エクリチュールのこのような活動を完全に収奪し、そのため、いまや書くということはブルジョワ的抑圧体制をひたすら強化するようになってしまったのではないか。私がこう言うとき、どうか冗談だと思わないでいただきたい。現に書き続けている人間として、なおこう言うのです。しかし、私に親しい友人たち、私よりも若い友人たちは、決定的に、少なくとも私の感じでは決定的に書くことを放棄してしまった。そして政治活動のためのこのような放棄を前にして、正直のところ私は、感嘆の念に捉えられるばかりでなく、自分自身、激しい眩暈に捉えられるのです。*4

当時、フーコーは、コレージュ・ド・フランスに「栄転」していたが、この「感嘆」と「眩暈」は真摯なものであったと思う。少なくとも、「書くこと」が弁明できるものでなければならないとフーコーが考えたことは、その後の仕事を見ても疑いようがない。そして、あらためて思うのは、当時の真摯な知識人に照らして、「われわれ」に恥じ入るべきところはないのかということである。そのような「眩暈」を感じながらも、やはり私としては、三島の「政治活動」については政治的に遇することだけが正しいと思えるのだ。

三島は、おのれの行動化の理由と動機について繰り返し書いていた。「同志の心情と非情」から引いておく。

われわれはまたしても死の問題に到達した。死が戦術行動のなかで目的のための小さな手段として行使されるのは、革命の過程としては当然なことである。最高の瞬間に、最高度に劇的に、効果的に死が行使されることが保証されてゐれば、匹夫といへどもその死を容認するにやぶさかではない。しかし、その死が目前死なくてもよいやうな小さな意味のために、犬死にするのであれば、勇者といへどもその死を避けたいと願ふであらう。ところが一個人のある時点における判断には、死のそのやうなクオリティーを見分ける能力がないといふことは、「葉隠」の著者もすでに洞察してゐたところであつた。*5

ここで注意すべきは、三島が「目的」の「手段」として、「死」をあげるのみで決して「殺」をあげないことである。三島は、革命過程においてであれ反革命過程においてであれ、どうやら殺すことや殺されることを「当然なこと」として認めたくないのである。これはどうしたことか。周知のように、三島が入り込んだ市ヶ谷駐屯地は、首都圏の治安を主たる任務とする部隊の基地である。治安とは、秩序を攪乱する人間を、それが「国民」であっても、殺害する任務を含むものである。それは、殺される覚悟も要請するものである。ところが、三島は、命懸けと言いながら、死ぬことだけを話題とする。そして、その観点から革命運動を批判して見せるのである。

私はその端的な例を、一九六九年一月十八日の安田講堂でみたのである。私はなにも死をもつて同志感の象徴と考へ、死をもつて革命行動の精華と考へるものではない。しかし、あの時点でもし死が戦術的に行使されてゐたならば、それがあとでどういふ大きな意味をもつたかは、もはや自明の事柄である。すなはち、封鎖された大学を機動隊が攻撃するときに、そのたびに自殺者が続出するやうであれば、世論はもはやその攻撃を容認しないであらう。機動隊も戦術をかへざるをえず、国家権力は死をもつてする抵抗に対して、なす術もなく終はるだらう。それが二回、三回と繰り返されれば、世論の方向は逆転するであらう。大学立法は当然不成立に終はり、大学における拠点の崩壊は、物理的に不可能に終はつたであらう。それによつて一〇・二一から一一・一七にいたる戦術的展開は、まったく相貌を異にしたものになつたであらう。
〔……〕圧倒的な権力の武器に対抗するものが死であるならば、その武器は力を失ふにもかかはらず、その絶好の機会を安田講堂事件が逃がしたことによつて、全国大学生の無気力の軌範だつた東大は、再び全革命軍の無気力の教師になつたのである。[*6]

三島の政治観は、呆れるほどにナイーヴである。それが「犬死に」であるにせよ、なんと「自殺」をもって抗議するなら、機動隊も権力も為す術もなく力を喪失するというのである。あたかも、治安部隊が出動しても革命側で抗議の自殺者を出したら、撃ち方止めとなるというのである。あたかも、治安部隊が発砲して殺そうとしても、殺されて死ぬ前に自らを殺して死ぬなら、撃ち方止めとなるというのである。当時の「戦術的展開」の「無気力」の指摘はその通りであるにしても、三島は、どうしてかくもナイーヴなことを書けたのか。

三島の政治目標は、憲法改正による自衛隊の正統化であった。自衛隊を国家の軍隊として法的に公認すること、しかも米国から自立した国軍として再編成しながら国連に貢献する部門を新設すること、その際には、徴兵制を採らずに志気と道義ある若者の志願制によるべきことであった。端的に言えば、その程度の政治目標でしかなかった。その程度のことのために、あるいはその程度のことのためであればこそ、その手段として「自殺者」を出しさえすれば、「世論」を動かし憲法改正に向かうと語れたのである。三島の政治観は、その過剰性も含め徹頭徹尾「法学的」であった。それは、十代における二・二六「将校」への憧憬を引き摺ったまま戦後民主主義に過剰適応した結果であると言うこともできよう。[*7]

もちろん、以上の見立ては、三島に対してだけではなく、学生運動側に対してもあてはまる。なにしろ、三島との「話し合い」に意味を見出すほどに、戦後民主主義の作法に忠実であったのだから。また、三島がその登場を「期待」し「幻視」していたところの「革命軍」潜在数は少数にとどまっていたのだから。しかし、三島の幻視の先に見られていたであろうロシア革命やベトナム戦争のことを勘案するなら、三島に対置してやるべきは、例えばレーニンであるということにもなろう。レーニンは、一九〇五年の革命運動の後退期に、その後退を推し進めた「小市民」の代表格たる「ブランク氏」について、次のようなことを書いていた。

　ブランク氏にとっては、革命的旋風期は狂気の沙汰のように思われ、革命の鎮圧と小市民的「進歩」の時期は、合理的な、自覚した、計画的な活動の時期のように思われている。二つの時期（「旋風」期とカデット期）のこの比較的評価は、ブランク氏の論文全体を赤い糸のように貫いている。人類の歴史が蒸気機関車の速力で前進するときには、これは「旋風」、「奔流」、あらゆる「原理と思想の消失」である。歴史が、荷馬車の速力で動くときには、これは理性そのものであり、計画性そのものなのである。人民大衆自身が、その処女のような素朴さで、単純な、いくらか荒っぽい決意で、歴史を創造し、「原理と理論」を、直接、ただちに生活の中へ実現し始めると、ブルジョアは恐怖を感じて、「理性が後景に退く」と泣き言をいう（ああ、反対ではないのか、小市民根性の英雄諸君よ？　このような時機にこそ、個々人の理性でなく、大衆の理性が歴史の上に現れるのではないか、また、そのときこそ、大衆の理性が、書斎の力ではない、生きた、能動的な力になるのではないか？）。大衆の直接の運動が、銃殺や懲罰や笞打ちや失業や飢えによって押し潰されると、またドゥバソフの金で養われている教授的学問の南京虫が、隙間から這い出して、一握りの特権者に大衆の利益を売りわたし、裏切りながら、人民に代わって、大衆の名において問題を処理し始めると、そうすると、小市民根性の騎士たちには、落ちついた、静かな進歩の時代がやってきて、「思考と理性の番が回ってきた」と思われる。*8

　レーニンも三島と同じく、「ブルジョア」「小市民」「教授的学問の南京虫」（ヴォルテール的な啓蒙精神と言えよう）に苛立っている。しかし、レーニンは、三島など「小市民根性の英雄諸君」（ルソー的な革命精神と言えよう）とは違って、「革命的旋風」を「狂気の沙汰」「非理性」とは見なさない。そうではなくて、「大衆の理性」が歴史と生活において現実化する時期と見なすのである。そして、レーニンは、ここは三島に似ているのではあるが、その「理性」がまさに軍隊に現われていることに注目し、軍隊こそが拠点となることを目指していく。そしてレーニンの見るところ、「常備軍」は「国外の敵」とではなく「国内の敵」と戦うものであり、「常備軍」は「反動の武器」「資本の下僕」「人民の自由の絞刑吏」となっているのだが、その軍隊の只中に、お望みなら五・一五や二・二六のようにと言ってもまったく構わないが、「大衆の理性」が働き始めている。

1970年正月、三島家での記念撮影

ロシアの軍隊が――一八四九年にそうしたように――革命を鎮圧するために、ロシアの国境を越えた時代は永久に過去のものとなった。いまや軍隊は、決定的に専制から離反した。軍隊はまだ全部、革命的になったわけではない。兵士、水兵の政治意識はまだ非常に低い。だが重要なことは、意識がすでに目覚めたこと、兵士の間に彼ら自身の運動が始まったこと、自由の息吹がいたるところで兵営に入り込んだことである。ロシアの兵営は、いたるところでどんな監獄よりもひどいものであった。兵営ほど、個性が押し潰され、抑圧されたところはどこにもなかった。これほど、拷問、殴打、人に対する侮辱が盛んなところはどこにもなかった。しかもこの兵営が、革命の中心となりつつあるのだ。[*9]

実は、「理性」はすでに自衛隊の内部で動き出していたが、[*10]それに対抗するべき「大衆の理性」は自衛隊内部にはほとんど見られなかった。残念なことに、自衛隊は「革命の中心」になることを期待できる状態にはなかった。以上を要するに、当時の私にとって、三島事件とは、「来たるべき」革命と「来たるべき」反革命のどちらの側に軍隊を引き寄せられるかという綱引きの単なる前哨戦、しかも過剰でありながら奇怪なほどに法学的であり、すでに達成されている軍隊の反革命性に何も付け加えるところのない行動でしかなかったのである。三島にその自覚があったように、やはりそれは「犬死に」であった。そしてレーニンが語ったように、どんな死であれ、「死骸さえあれば、蛆虫にはいつも事欠くことはない」[*11]のであり、当時の「識者」も今の私もその蛆虫の一部でしかないのであるが、それでも、現在の世界各地の情勢を見るにつけ、三島事件はアクチュアルな意味を有していると想像したくなるのも確かである。

註

＊1　この点で例外的であった当時の左翼の「識者」としては、山岸外史「三島由紀夫――死と真実」『中央公論』一九七一年二月号。

＊2　三島由紀夫には、軍ファシズムにおける農本主義に見られる農村救済論、反（都市）資本主義、反財閥に相当する思想はない。その程度のことは三島も諒解していたことである。三島事件の思想的背景として軍ファシズムを見出す見解は、その立場を問わず、非歴史的で不正確であって的を外しているとしか言いようがない。「軍ファシズム」の内容については、いまでも次の文献が参照に値する。秦郁彦『軍ファシズム運動史』（河出書房新社、一九六二年）。なお、その上で、三島の背景的思想が、五・一五以降の「転向者」の天皇制社会主義に相当するとの指摘には見るべきものがある。竹中労「〝転向〟の論理と三島由紀夫――続・残酷喜劇の終焉」『現代の眼』一九七一年二月号を見よ。

＊3　「文学は空虚か」（『文藝』一九七〇年一一月号）『決定版 三島由紀夫全集40』（新潮社、二〇〇四年）七一〇‐七一一頁。

＊4　「文学・狂気・社会」（清水徹・渡辺守章によるインタビュー、『文藝』一九七〇年一二月号）『ミシェル・フーコー思考集成Ⅲ』（筑摩書房、一九九九年）四四九‐四五〇頁。なお、三島由紀夫は一九二五年一月生まれ、フーコーは一九二六年一〇月生まれである。

＊5　三島由紀夫「同志の心情と非情」（一九七〇年一月）『決定版 三島由紀夫全集36』（新潮社、二〇〇三年）一八‐一九頁。

＊6　同、一九頁。

＊7　三島由紀夫「「変革」の思想とは」（一九七〇年一月）などを見よ。ところで、三島の政治目標は、それ以後、実質的には多数派のコンセンサスとなりほとんど実現している。追って推進側に自殺者でも出れば、あるいは天皇も心変わりをして憲法改正も実現するかもしれない。その限りで、「犬死に」になるかもしれぬ自殺に「小さな意味」はあったとでも言うべきであろうか。なお、現首相は三島ファンである様子を示したことがある。

＊8　レーニン「カデットの勝利と労働者党の任務」（一九〇六年）『レーニン全集 第10巻』（大月書店、一九五五年）二四〇‐二四一頁。一部、用字を改変した。

＊9　レーニン「軍隊と革命」（一九〇五年）『レーニン全集 第10巻』（大月書店、一九五五年）四〇‐四一頁。一部、用字を改変した。なお、米軍内部の性的マイノリティの処遇について論議が絶えないが、このレーニン的な観点は欠落している。軍隊そのものの変革の意義が考えられていないのである。

＊10　川端治「三島問題と軍国主義、政治反動」『前衛』一九七一年二月号に引かれている、「二尉グループの意見書」（一九六四年）などを見よ。

＊11　レーニン「カデットの勝利と労働者党の任務」（一九〇六年）『レーニン全集 第10巻』（大月書店、一九五五年）二二四頁。

（哲学）

◉論考

憂国忌五〇年　自刃の再審へ

菅孝行

祟り神としての三島由紀夫

三島由紀夫の自刃から五十年、「憂国忌」が五十回になる。一九七〇年一一月二五日、三島由紀夫は自衛隊東部方面総監室を占拠して総監を監禁し、隊員にビラを撒いた。その「檄」の中で、自衛隊は「アメリカの傭兵」になると警告した。更に三島は、中庭にいる隊員に向かって、国軍としての蹶起を呼びかけたが隊員は応じなかった。結果を見届けた三島が、総監室で森田必勝の介錯で自刃したのは周知の事実である。

三島の予測は当たり過ぎるほど当たった。日本は高度に発達した資本主義国であり決して植民地ではない。しかし、自衛隊の海外派遣に関しても、日米地位協定に関しても、法外に高価な武器購入に関しても、原発政策に関しても、自発的にアメリカの意向を忖度し続けている。自衛隊は、いや日本国はまさにアメリカの「傭兵」である。三島が生きていたら、切歯扼腕、怒りは収まるまい。三島の「霊」は祟り神であり続けている。

尤も、三島は、『英霊の聲』で三島が描いた二・二六の蹶起将校や特攻隊の少年兵のように、天皇裕仁やその「君側の奸」に裏切られて非業の死を遂げた訳ではない。菅原道真や崇徳院や後鳥羽院のように流刑地で無念の死を遂げた訳でもない。裕仁が、自身の延命のために「人間」となり、特攻隊の兵士たちを冒瀆したことと、その結果生まれた戦後日本の統治の欺瞞に対する指弾の意思表示として自刃を選んだのである。三島の直観は先駆的で的確だったが、行動それ自体はいくぶん「ひとり相撲」の感無きにしも非ずである。そういう意味では、三島の自刃は、「国体」を「冒瀆」したとして上官を射殺して自決した蓮田善明と似ている。どちらも権力の「背信」に対する悲憤に基づく死が、後世まで報いられていないという点で共通している。だから、彼らの霊にも怨霊の「資格」がある。

底なしの孤絶・天皇の背信

拙著『三島由紀夫と天皇』（平凡社新書）を上梓したのは、一昨年の憂国忌の直前だった。主題は、敗戦処理の欺瞞への天皇裕仁の深い関与が三島由紀夫の創作モチーフにどのように影を落とし、遂には、彼の自刃にまで到達したかを探ることにあった。拙著の論旨と重ねながら議論を進めることにする。

三島は、どのようにして、祟り神の地平に立つことになったのだろうか。三島由紀夫は、戦時下、『花ざかりの森』で高い評価を受けた十代の作家だった。その作家精神の核心には、「つねに決定的な、肝心要のことがらから拒まれているという」（中条省平『反近代文学史』）底なしの孤絶感がよこたわっていた。この孤独が、野坂昭如が『赫奕《かくやく》たる逆光』に描いたような屈折した家族関係に誘導されたナルシシズムの反転であるのか、性的少数者であることに由来するのか、起源は特定し難い。『花ざかりの森』だけでなく、子どもの頃の習作『酸模《すかんぽ》』や敗戦直後の『岬にての物語』にも底の抜けた孤絶の色が濃い。

この孤絶を超えようとする渇望が、戦時下の国粋主義的機運の下で、天皇の理念への「恋闕《れんけつ》」を導き出したと私は考えている。孤絶と恋闕は戦時下には、互いに矛盾しなかった。磯田光一が『殉教の美学』で指摘したように、戦争という例外状態は三島にとって、常に「美しい死」の現実性をわがものとし続けていられたという意味で「恩寵」だった。だが、敗戦は「例外状態」を解除し、生身の裕仁の、神から人への乗り換えという「背信」が、理念としての天皇への恋闕の根拠を根底から揺さぶった。

「戦後」天皇の欺瞞と三島の創作モチーフ

天皇の「背信」は、アメリカの占領政策に淵源する。加藤哲郎によれば、更にその淵源は、一九四二年にアメリカ軍が策定した対日占領計画（「日本計画」）にあった。その中で、武装解除とともに天皇制存置が決定され、イギリスとも合意したという。紆余曲折はあったが、骨子は占領統治に反映された。そこから、天皇の「人間化」、戦犯不訴追、在位継続（退位不承認）までは一瀉千里である。占領軍は天皇制を存置する一方で「神道指令」によって「国家神道」を否定したが、皇族（皇室神道・皇室祭祀）や国民（神社神道）が神道を私的に信仰することは信教の自由として容認した。これらの措置は、「国体」は護持されたとする政府の見解を可能にした。「国体」を護持してくれた占領軍への迎合の最たるものが、新憲法下、「国政の権能」を失った筈の天皇による「沖縄メッセージ」であった。当然三島はこうした経緯の全貌は知らない。しかし、「鬼畜米英」と呼んできた敵国に「国体」を「護持」して貰い、その対価に「人間宣言」をしたというだけで、生身の天皇裕仁への三島の忌避感の根拠としては十分過ぎた。

この「背信」に対する深い怨嗟が、先述の生得的な底なしの孤絶感の上に覆い被さった。戦後に書かれた三島由紀夫の『仮面の告白』のあとの全作品は、この根源的孤絶感と天皇裕仁への怨嗟という二つのモチーフで解読できるというのが、私の仮説である。

1944年9月9日、学習院高等科を首席で卒業、天皇から銀時計を拝授

それが作品創作で解決できなくなったとき、三島は作品の外に出た。

三島は「『仮面の告白』ノート」のなかで、この作品を「私が今までそこに住んでゐた死の領域へ遺そうとする遺書」であり、「裏返しの自殺」「生の回復術」だと書いている。また「私の遍歴時代」には「内心の怪物を何とか征服したような」作品であり、「私が正に時代の力、時代のおかげを持って書きえた唯一の小説」ともいっている。それは、敗戦による日常への強制的な回帰によって、非日常の至福から引き剥がされた三島が、その不遇の極限でこそ、はじめて書けた作品世界であった。しかし、それは作家に「死刑執行人にして死刑囚」（ボードレール）であることの緊張を強いる。二度も三度も反覆できる類のことではない。作家としての日常を確保するには、方法的な措置が不可欠だった。

古典主義の発見

> 二十四歳の私の心には、二つの相反する志向がはっきりと生まれた。一つは、何としてでも生きなければならぬ、という思いであり、もう一つは、明確な、理知的な、明るい古典主義への傾斜であった。（「私の遍歴時代」）

それは「相反する志向」ではなかった。何としても生きるために、作家としては「古典主義」に拠るしかなかったのだ。ここでいう「古典主義」とは、作者の「内面」が作品の外にある、ということだ。作品世界に作家が滲み出ることを完全に封じることは難しい。しかし、方法的に作品を作り手のリアルな内面から極力遠ざけることは可能である。そうすることによって、作家は、精神の均衡を維持して「生きる」ことが保証される。三島の念頭には、鷗外の歴史小説とトーマス・マンの壮大な俗物性があったようだ。芥川の初期作品想起して貰ってもよい。

作者の内面を作品から隔離するのに適合的なジャンルは、小説ではなくて戯曲である。三島は、「近代能楽集」と名づけた短編戯曲集でそれを試みた。勿論、作品のテーマ自体は、天皇への恋闕が成就しないヒリヒリした切歯扼腕と繋がっている。そうでない場合にも、「美」を追求する芸術家の悲劇的末路が主題となっている。三島の場合、「美」を担保するのは、理念としての天皇だから、結局それは天皇への成就しない恋闕の悲劇へと立ち戻ってゆく。三島は、それを「他人ごと」のように語ってみせることに成功した。

「近代能楽集」の「古典主義」

三島の『綾の鼓』(一九五一年)の本田岩吉は恋した「貴婦人」華子(天皇)の、鳴らない鼓を打たせるという侮辱に傷ついて自殺し亡霊となる。華子が実は娼婦だという設定には、戦後の天皇はアメリカの「娼婦」だという三島の含意を読み取れる。因みに当時の日米関係における天皇制を藤田省三は「買弁」と定義した。『卒塔婆小町』(一九五二年)の詩人(深草の少将)は、臭くて醜い老婆に絶世の美女小野小町(天皇)を幻視し、「言ったら死ぬ」(現実原則に敗北する)と知りながら、「君は美しい」といって息絶える。現実世界の美の担保者は醜悪の極限にあるが、それでも芸術家は美に殉じる使命を全うすると三島は示唆したかったのに違いない。『葵上』(一九五四年)の六条康子(六条御息所)は若林光(光源氏)の妻葵(葵の上)を呪殺する。康子は天皇に殉じた特攻隊の少年兵の霊、光が天皇、葵は法的に正当な家臣であろうか。

『源氏供養』(一九六二年)では、主人公野添紫(紫式部)は、はじめから死者として登場する。紫の大ヒット作『春の潮』で、藤倉光(源氏)は五十四人の女性に愛されるが、最後に岬から身を投げる。天だけが現実を作り出すことができる存在なのに、芸術家紫が、物語の中で天のまねごとをし、しかも救済を拒む藤倉光という人物を造形するという禁忌を侵したために、天に嫉妬されたのだと紫は語る。芸術家とは究極の禁忌に触れる存在だという自覚がこの作品を生んだのだろう。

謡曲の換骨奪胎

因みに謡曲『源氏供養』には、自殺も嫉妬も報復も存在しない。このほかに、謡曲が根本的に換骨奪胎されている戯曲に『邯鄲』(一九五〇年)、『班女』(一九五五年)、『道成寺』(一九五七年)、『熊野』(一九五九年)、『弱法師』(一九六〇年)がある。謡曲の『邯鄲』では、主人公の盧生は邯鄲の枕で寝ることによって人生は「一炊の夢」だと悟るが、三島の『邯鄲』の主人公次郎は、邯鄲の枕で見る夢の中の世界を受け入れず、毒殺を試みる「老国手」を振り切って現実に「生きる」ことを選択する。次郎の境位は、敗戦後の日常に「生きる」決意を表明した『仮面の告白』ノート」と呼応している。

謡曲『班女』の花子は、契り交わした証しである扇の縁で恋人の吉田の少将と巡り合いハッピーエンドとなるのだが、三島の花子は、巡り合った吉雄（吉田の少将）を否認する。別れる前の吉雄が理想の天皇像に、否認される吉雄が戦後の現実の天皇に対応する。また謡曲『道成寺』の清姫は蛇となって鐘の中に立て籠もり、最後まで僧の鎮魂を受け入れないが、三島の『道成寺』の清子（清姫）は、立て籠もった桜山家の大簞笥（これが道成寺の鐘に擬せられている）から出てくると、「自然と和解」するといって、簞笥の競売に来た客にナンパされに行く。「自然」とは、敗戦後の日常世界を意味するだろう。

謡曲『熊野』は、平宗盛と、母を想う愛妾熊野の美談だが、三島の『熊野』では、資本家宗盛はアメリカ、熊野は狡猾な「囲われ女」日本であり、熊野は宗盛の手の内を逃れられない。謡曲『弱法師』の俊徳は、子を捨てた父と盲目の俊徳の和解の物語だが、三島の俊徳は、実の親（戦後日本）も養い親（アメリカ）も家裁の調停委員級子（戦後処理の国際機関）も全てを否認し、脳裏に刻まれた地獄の業火の世界に留まり続ける。

古典主義の瑕疵

一九五〇年代、三島は小説の成功作・問題作を次々発表した。長編では『愛の渇き』（一九五〇年）『禁色』（一九五一〜五三年）『金閣寺』（一九五六年）『鏡子の家』（一九五九年）、中編では『青の時代』（一九五〇年）『鍵のかかる部屋』（一九五四年）などである。だが、作家の立場の外に人物を配置し、対話で葛藤を構築する戯曲と違って、小説には生身の自己が溢れ出てくる。

初期代表作『禁色』の老作家檜俊輔の作家としての境位を三島は「精神性の喜劇」と呼んだ。これには、『仮面の告白』の自分の作家性への否定の評価が込められていた。三島は俊輔の対極に、南悠一という「精神性皆無の肉体の美だけのギリシャ的明晰さ」（奥野健男『三島由紀夫伝説』）の化身を据えた。このとき三島は〈美の創造者でありつつ美そのものでありたい〉という、後半生に膨張して行く欲望を自らの中に発見したのではないだろうか。それが、〈祀る者であると同時に祀られる者である〉理想の現人神に一体化する願望と繫がっていたとしても不思議ではない。だとすると、自刃を通じて天皇霊を掠取しようとした、とする柴田勝二（『三島由紀夫　作品に隠された自決への道』）の推論を成り立たせる原点が既にここにあったことになる。だが、実際の小説『禁色』のなかでは、「精神性の喜劇」の批判は成功しなかった。

外面のみで構成されるはずのヘレニズム的美の化身であるべき悠一が、『精神性』に満ち溢れた、それゆえいじましく

生活の匂いの立ち込めた、半ば三島が否定したい人物像として描かれることとなった。（拙著『三島由紀夫と天皇』一〇二頁）

次の大作『金閣寺』では、至高の美を体現した愛と崇敬の対象である金閣に、主人公（溝口）は火を放ち、刺し違えて死のうとする。だが、死ぬために「究竟頂」へ向かうことを当の金閣に拒まれた主人公は、『道成寺』の清子同様、この生き難い世を耐えて生きることを決意する。だがその姿が妙にリアルで清子のように人形じみていないのだ。

「戦後」のタブーからの脱出

それでも何とか、『鏡子の家』までは、三島は「古典主義」を貫きおおせた。ここまでには、十年後に自刃するような気配はまだ顕われていない。その直後、三島は六〇年の日米安保条約改訂をめぐる国論の二分に遭遇する。政治的昂揚の直後の一〇月、山口二矢が浅沼稲次郎社会党委員長を刺殺した。この事件は三島を揺さぶった。三島は「戦後」のタブーに風穴があいたと感じたに違いない。「呪縛」が解かれ、行動への欲望が膨らむ。のちに書かれる『文化防衛論』の概念でいう「みやび」の文化としてのテロを発見する一歩が踏み出されたのではあるまいか。

まず、『鏡子の家』から『憂国』へ、作風と主題が転換する。『憂国』では、「古典主義」の抑制の枷は脱ぎ捨てられた。これに続いて、『太陽と鉄』という晦渋で奇妙なエッセーの連載がはじまる。これは、「個」に帰属するアポロ的身体像を、集団の「行動」する身体像へ再配置する試みだった。またそれは集団の紐帯としての「同苦」の発見でもあった。それは絶対的な孤絶からの逃走の願望に衝き動かされてもいただろう。三島は次第に武道へのめり込み、後の楯の会に集まる若い右翼運動家と接近し、志を共にした自衛隊幹部とも繋がってゆく。

他方、裕仁への愛想尽かしと読める作品を公にするようになった。具体的には、『サド侯爵夫人』（一九六五年）『英霊の聲』（一九六六年）『朱雀家の滅亡』（一九六七年）である。『サド侯爵夫人』の執筆には、澁澤龍彦の『サド侯爵の生涯』の刊行が不可欠だった。三島は、この評伝を丁寧に読み込み、侯爵夫人ルネを造形した。第二幕で母の権謀術数に対抗して、サドの逃亡や救出に全力を注ぐルネは、夫との間に至高の一体感を感じる。一転して第三幕では、ルネをモデルとする人物を弊履の如く扱った小説「ジュスティーヌ」を執筆し、革命政権と誼を通じて出獄して来る老醜のサドにルネは幻滅し、修道院で余生を送ることを宣言する。三島は、第二幕のルネに理想の天皇への恋闕に生きる自身の「恩寵」を、第三幕のルネに、敗戦後の生身の裕仁への自身の深い幻滅を重ね合わせた。

など て すめろぎは 人間《ひと》となりたまいし

それでも『サド侯爵夫人』は、フランスの過去の人物に仮託するという間接話法で描かれたが、『英霊の聲』は直截に裕仁を相手取った。『英霊の聲』の執筆には、三島が磯部浅一の「獄中日記」を全編読み通したことが深く関わっている。三島は、磯部の怨念を改めてわがものにした。この作品には夢幻能の形式が踏襲され、前シテの兄神（二・二六蹶起将校）、後シテの弟神（特攻隊の少年兵）が霊媒に呼び出される。兄神と弟神は、交々に、天皇に見捨てられた深い恨みを語る。「などてすめろぎは人間《ひと》となりたまいし」の呪詛は、霊媒の命を奪うほどに強かった。執筆動機は次の通りである。

「どうしてもひっかかるのは、象徴として天皇を規定した新憲法よりも、天皇ご自身の、この『人間宣言』であり、この疑問はおのずから、二・二六事件まで、一すじの影を投げ、影を辿って『英霊の聲』を書かずにはいられない地点へ、私自身を追い込んだ。」（「二・二六事件と私」）

『朱雀家の滅亡』の主人公朱雀経隆は、侍従として君側の奸を取り除く功績を立てる。だが、天皇はそれを喜ばない。その気配から何もするなという意向を読み取った経隆は「承詔必謹」を旨として、なすべきことを控えに控えているうち、遂に滅亡に至る。「お上」（＝天皇裕仁）への「承詔必謹」は滅びの道という示唆に溢れた作品である。

始原の孤絶・孤絶への回帰

一九六九年に書かれた『癩王のテラス』にはもう、裕仁への怨嗟や怒りというテーマはない。癩王の滅びを自身の運命に結びつけるような示唆があるだけである。心なしか、投了の形を作り始めたように見える。癩王が死後に遺すバイヨン寺院には、わが身に替えても守りたい芸術作品の面影がある。最後の大作『豊饒の海』について、三島は「決行」の一週間ほど前、恩師清水文雄に「この作品こそ私にとってのバイヨンでした」と書き送っている。

『豊饒の海』は、生と死、言葉と行動、精神と肉体、文と武などの二元的対立を超える、大乗仏教の輪廻転生と唯識論に依拠して構想された小説で、第一部『春の雪』の主人公松枝清顕の親友本多繁邦の視線で全四編が描かれる。本多の視線は作家の視線と重なっている。それぞれのパートの主人公（松枝清顕、飯沼勲、ジン・ジャン、安永透）は、二十歳で命を落とすがその魂は、次の作品の主人公へと転生を遂げてゆく。

主人公の魂の特権的なリレーの証は三つの黒子である。だが、ジン・ジャンから透への継承は本多の錯覚で、実は透はニセモノらしい。すでに老年に達した本多は、養子にした透に虐待され、家を乗っ取られかける。本多は、輪廻転生の始原を確かめるために、『春の雪』の主人公松枝清顕の恋人だった綾倉聡子が門跡をしている月修寺を訪れる。ところが、聡子は、松枝清顕などという人は知らない、そんな人はいなかった、と本多に告げる。かくて輪廻転生の始原が否認されるのだ。始原が不在なら、本多の信じた輪廻転生はすべて空虚、ということになる。『天人五衰』の終景で、本多はこの絶対的空虚遭遇する。この景の描写はデビュー作『花ざかりの森』の終景と酷似している。三島は始原の孤絶に回帰した。

自刃　作品の外へ

一九七〇年一一月二五日、書き終えて三島は市ヶ谷の自衛隊に向かった。二つの根源的モチーフのひとつを最後の作品で描き切り、もうひとつのモチーフの決着を作品の外で着けようとしたのである。三島には日付へのフェティッシュな拘りがあって、柴田勝二によれば、この日は五十年前に、天皇裕仁が摂政になった日である。また『仮面の告白』の起筆が一九四八年の一一月二五日(「坂本一亀への書簡」、全集三八巻)だという。

自刃の目的は何か。三島が、磯部浅一の「獄中手記」から読み取った「道義的革命」を実践しようとしたのだとすれば、自刃というメッセージの相手は自衛隊員ではなく裕仁であり、その目的は、国体論の枠組みで考えれば諫死、三島の内面に「大審問官」的「転倒」があったとすれば差し違え、柴田勝二の仮説に従えば天皇霊の掠取、ということになる。

『英霊の聲』で三島は裕仁に対して、なぜ二・二六の蹶起を弾圧したか、なぜ「人間《ひと》」になって延命したかと、裕仁の敗戦直後の行為の歴史的責任を追及した。また、最後の「檄」では、その結果、今(一九七〇年)、日本はアメリカに隷属し、自衛隊はアメリカの傭兵になってしまう、この落とし前をつけよ、と自刃の時点での現在形の要求を示唆している。

一九九〇年代以降、今日まで猖獗《しょうけつ》を極めている歴史修正主義は、三島の問うた歴史的責任にも「傭兵化」の現実にも背を向けている。

祟り神は包摂される

祟り神は、秩序に対して「まつろわぬ」神であり、その信仰が「期待」している秩序を脅かす。しかし、磯前順一氏の講演(一二月二六日、法華コモンズ主催「これからの天皇制」第三回「出雲神話論　祀らざる神のゆくえ」)を聴いて再認識したのだが、神道信仰の祟り神は、祀られることによって、祀る主体の側に包摂される。権力の権威とされた神道信仰体系のしぶとさは、祟り神を包摂する力にある。非業の死を遂げさせては祀り、殺しては祀り、非道な事実は放置して、「荒魂」だけを鎮めるのだ。

たとえば神話世界の中では、大国主は高天原系が領土を奪い、冥界に放逐した出雲系の神の代表である。天皇教は大国主も包摂する。藤原氏の陰謀で朝廷を追われた菅原道真は天満宮に祀った。近代の国家権力は、戦死した軍人・兵士を靖國に祀った。近代日本国家を宗教的に権威づけた「天皇教」――「国家神道」という呼称は、その定義を巡って宗教学上様々な問題を含むようなので、横田耕一のいう「天皇教」あるいは島薗進のいう「神権天皇制崇敬」を踏襲する――は戦後もその信仰体系を継承している。怨霊乃至怨霊になりそうな魂を祀り込むのは、今も国家を権威づける「信仰」の最高の狡知である。「戦後」の日本の国家権力は、アメリカと共犯で、この狡知の上に「民主主義」制度を載せた。この狡知の下で、三島の自刃は「なかったこと」にされたままである。

自刃と向合う二つの筋道が想定できる。ひとつは「真正の天皇制」を指向する反米「右翼」の人びとが、対米従属の「日本会議」「神政連」勢力に抗して、せめてアメリカの傭兵状態からの脱出を構想することだ。それが唯一その名に値する鎮魂である。三島が「浮かばれる」には、少なくとも、天皇の権威を掲げる国家の矜持として、日米地位協定という不平等条約の改正、米軍基地の縮減・撤去、アメリカ製の武器の爆買いの拒否、原発による郷土の放射能汚染の阻止が実行されねばならない。その先に日米同盟見直しと、九条改憲があるのだろうが、それに私は関知しない。

回収に抗する過程

もうひとつは、三島と対極の「左翼」による自刃の意味の再審である。こちらは、傭兵状態の克服に留まらず、天皇制の始末の筋道をつけることが求められる。それは、鎮魂で終わらない。また、共和制の実現では終わらない。それは現存する世界の「共和国」の統治のていたらくをみれば明らかだろう。必要なのは、この国で、国家を観念体系の次元で国家たらしめてきた幻想の共同性を溶解させ、隣人の相互信認の紐帯へ移し替えることだ。一挙的な国家の廃絶要求は、いくら叫んでも現実性がない。しかし、人びとの集団的な叡智の集積のプロセスとして、国家万能の歴史を始末する筋道を模索することは現実的である。

「革命！と叫ぶことと、革命をつくりだすこととはちがう。」（D・グッドマン『同時代演劇』四号、一九七一年二月、九〇頁）天皇制打倒と叫ぶことと、天皇制をなくす組織活動は違う。叫び続けるだけの言論を空論といい、後者を実践という。

因みに三島がマッカーサー・天皇会談に疑いを抱き、人間宣言に怒りを抱いたちょうどその頃、映画作家亀井文夫が『日本の悲劇』というドキュメンタリー映画を撮った。『日本の悲劇』には、軍国日本の天皇が軍服を背広に着替えて平和日本の天皇へと変身する映像が捉えられている。この作品はGHQの逆鱗に触れ、ネガを廃棄されたが、残っていたポジフィルムから復元された映像をDVDでみることができる。亀井は、三島と同じことを「左翼」の立場で察知したのである。

敗戦から七十数年の時代に生きる者は、「戦後」という名の欺瞞――世界に「戦後」などは存在しなかった。存在したのは、日本国内の非戦非武装という名の「国体」とアメリカ上位の垂直分業体制だった――を一掃するために、敗戦時の、三島由紀夫と亀井文夫の気づきに向き合わなければならない。彼らを歴史上のさらしものにしたままでは、歴史に後から立ち会ったわれわれの沽券は台無しである。

（評論家）

◉論考

美に殉じる者と生き続ける者
──『豊饒の海』と三島由紀夫の政治性を読み直す

長澤唯史

パンクと三島由紀夫

イギリスのパンク／ニューウェーブ・バンド、ストラングラーズのベーシスト、ジャン＝ジャック・バーネルは、三島由紀夫の愛読者として有名だ。極真空手の有段者でもあるバーネルは三島の精神性や独自の美学をこよなく愛し、それを通じて日本の伝統的文化や精神世界にも親しんでいる。

ストラングラーズの三枚目のアルバム『ブラック・アンド・ホワイト』（*Black & White*, 1978）に収録されている「デス＆ナイト＆ブラッド（死と夜と血）」には、「ユキオ」という副題が添えられている（"Death And Night And Blood (Yukio)"）。「死と夜と血／かれの眼にはスパルタ／若き死をよろこび／死のなかにこそ最上の愛」と、まさに三島的世界のキーワードをちりばめた曲だ。また次のスタジオアルバム『ザ・レイブン』（*The Raven*, 1979）の「アイス」（"Ice"）でも、〝桜のように死ぬ〟（Die like cherry blossom）ことについて歌い、〝匂い立つ葉隠〟（Hagakure with perfume）というフレーズも繰り返される。さらに、先の『ブラック・アンド・ホワイト』には「アウトサイド・トーキョー」（"Outside Tokyo"）という曲もある。「東京の郊外のどこかで／時が生まれた／工場の中で／時が作られた／証を持ち歩くために／ひとつ買いもとめる」（いずれも長澤の試訳）。

こうしたストラングラーズ／バーネルのメッセージの根底にあるのは、アメリカの資本の論理や浅薄な快楽主義に支配される現代世界への違和感と抗議だ。ストラングラーズが初来日公演を果たしたのは一九七九年の二月だが、それに先立つ前年一二月に、極真会本部道場での空手の稽古への参加などのため、バーネルは単身でひそかに来日した。そこで見たアメリカナイズされ、享楽的で軽佻浮薄な現代の日本に、バーネルは激しく落胆したという。

バーネルが東京で見たものは、三島が予言した「無機質な、からっぽな、ニュートラルな、中間色の、抜目がない、ある経済的大国」であった。自国を含め世界を席巻するアメリカ的消費主義、物質主義を敵視するバーネルにとって、三島は失われた精神性、過去の文化の象徴だった。その三島の精神世界の痕跡も見出せなかった東京と日本に、バーネルが落胆したのもいたしかたあるまい。

こうして四十年ほどたった今改めて振り返ってみると、バーネルのラディカルな政治的スタンスが三島の「保守性」と共振したというのが、いささか不思議な気もする。だがバーネルと三島に共通する「反米」主義は、戦前の国粋主義から戦後の共産主義への転向者にも一貫して流れているものだ。単純に親米＝保守、反米＝リベラルといった図式化は危険だ。このように、単純な右派と左派、保守と革新といった二項対立を超えた視点から、三島と『豊饒の海』の政治性について考察してみようというのが、本論のテーマである。

文化概念としての天皇

三島は、戦後日本のアメリカへの軍事的従属をよしとしなかったのは周知の事実だ。「文化防衛論」（一九六八）では、「いわゆる自由陣営に属することの相対的選択を、国是と同一視する安保条約の思想は、薄弱な倫理的根拠をしか持ちえぬ」と、安保体制を一刀両断する。民族的・文化的自立こそが三島の政治的理想であり、その意味では自民党政権やその支持母体の親米保守とは一線を画していた。

そもそも政治的な作家ではなかった三島だが、晩年は日本の伝統、「日本精神の清明、闊達、正直、道義的な高さ」（「反革命宣言」、一九六九）を称揚する、いわゆる国粋主義者となる。その一方で、明治国家は「グロテスクな折衷主義」であったと断罪し、天皇主義者を標榜はするが、「天皇の真姿を開顕するために」、現代日本の代議制民主主義がその長所とする言論の自由をよしとし、この「言論の自由を保障する政体として」の「複数政党制による議会主義的民主主義」を全面的に支持する。その議会主義的民主主義のみが、「言論統制・秘密警察・強制収容所を必然的に随伴する全体主義に対抗しうる」からだ（以上、「反革命宣言」より）。

この複雑な三島の政治性を語るうえで、自衛隊への檄文にあった憲法改正と自衛隊の軍隊化という問題は無視できないだろう。この主張の根本にあったのは、いうまでもなく天皇制の護持である。そして三島にとっての天皇は「文化概念」であった。文化とは、「一つの形（フォルム）であり、国民精神が透かし見られる一種透明な結晶体」、「芸術作品のみでなく、行動および行動様式をも包含する」（「文化防衛論」）ものである。ものとしての文化は「博物館的な死んだ文化」でしかない。本当に生きた文化とは、その民族固有の不変の行動様式から生み出されるものだ。そしてその行動様式こそが、文化の連続性を担保する。だからこそ、二十年に一度の式年遷宮によって伊勢神宮の本殿は更新されつづけていても、それが象徴する信仰やその根底にある行動様式が不変だから、それはつねにオリジナルたりえるのだ、と三島はいう。

この日本人の行動様式としての文化の時間的・空間的連続性を担保するものこそが、三島にとっての天皇制だ。

（明治憲法下の）政治概念としての天皇は、より自由でより包括的な文化概念としての天皇を、多分に犠牲に供せざるをえなかった。そして戦後のいわゆる「文化国家」日本が、米占領下に辛うじて維持した天皇制は、その二つの側面（時間的連続性と空間的連続性）をいずれも無力化して、俗流官僚や俗流文化人の大正的教養主義の帰結として、大衆社会化に追随せしめられ、いわゆる「週刊誌天皇制」にまでそのディグニティーを失墜せしめられたのである。天皇と文化とは相関わらなくなり、左右の全体主義に対抗する唯一の理念としての「文化概念たる天皇」「文化の全体性の統括者としての天皇」のイメージの復活と定立は、ついに試みられることなくして終わった。かくて文化の尊貴が喪われた一方、復古主義者は単に政治概念たる天皇の復活のみを望んで来たのであった（「文化防衛論」）。

やや長めの引用となったが、ここに、文化こそが国家の基礎であり、政治や経済より重要かつ根源的なものである、という三島の国家観が明確に表れている。

　三島は「政治概念としての天皇ではなく、文化概念としての天皇の復権」を訴えた。その「天皇が否定され、あるいは全体主義の政治概念に包括されるときこそ、日本の又、日本文化の危機」である。政治や経済ではなく「文化」こそが、日本や日本人のアイデンティティのよりどころであり、守られるべきものだ。だから先の檄でも、「日本の軍隊の建軍の本義とは、『天皇を中心とする日本の歴史・文化・伝統を守る』ことにしか存在しないのである」と訴え、自衛隊を文化概念としての天皇の守護者とすべく、憲法改正によって合憲とすべきと主張したのだ。

　だが一方で、この文化概念の天皇が、なぜ三島の野蛮な暴力へと結びついてしまったのか。それを解くために、三島の政治性をさらに考察しよう。

生粋の暴力としてのファシズム

　三島の市ヶ谷事件について野口武彦は、三島が具体的な行動目標を示さず、ひたすら美学的な死への呼びかけに終始していたと指摘する。「いま何をなすべきかを説かず、いきなり共に起って共に死ぬことだけを呼びかける。いまだかつてこれほど非政治的なアジテーションがなされたためしはなかった。三島が脳裡の文化的天皇の理想像に託した美学的幻想は、あまりにも自己完結的であった」（野口武彦「日本の超国家主義における美学と政治学」、『三島由紀夫と北一輝』、福村出版、一九八五）。

　市ヶ谷事件は「文化的クーデター」であり、しかも切腹という時代錯誤的な最期によって、三島はそれを「自分の好みで美学的にいろどることを忘れなかった」。この美学に殉じるテロリズムは、『奔馬』の主人公の飯沼勲の行動と同様、「社会的正義感からというよりも、いきおい観念的な性質のものにならざるをえない」ものであった。そして美学的、観念的な暴力とは、三島がヴィスコンティ論で展開した「ナチスの悪と美と「健康」」という「真に怖ろしいもの」そのものではなかったか（三島由紀夫「性的変質から政治的変質へ――ヴィスコンティ「地獄に堕ちた勇者ども」をめぐつて」、一九七〇）。

ヴィスコンティの『地獄に堕ちた勇者ども』は、滅びゆく旧時代の象徴たる貴族が内紛によって瓦解していく過程と、ナチス内部の内紛である「血の粛清」（別名「長いナイフの夜」事件）とを並置する。すでに退廃によって崩壊を運命づけられていた「文化」や「教養」や「地位」が、ナチスという「生の、生粋の暴力の前に一瞬にして崩壊してしまふ」という物語によって、ナチスは「巨大なスケイプ・ゴート」となっている、と三島はいう。「ナチスがあつたおかげで、われわれはあらゆる悪をナチスに押しつけ、われわれの描くありとあらゆる破倫・非行・悪徳・罪・暴力の幻をナチスに投影することができるのである」。

「性的変質」は、マルティン（マーチン）の女装癖や幼女姦という性的逸脱が「真に人間的」なものとして描かれることを示し、「政治的変質」は冷酷無比なアシェンバッハの「冷徹な『健全さ』」が、ナチスの「圧倒的な病的政治学」を象徴する、という倒錯を示すものだ。そしてこの二重の倒錯は、『豊饒の海』四部作を貫くモチーフといえる。とくに右翼少年として勲の行動とその美学は、ナチスの「冷徹な健全さ」そのものではなかったか。

とすると、その勲のテロリズムと自死にあまりにも似た三島の最期も、いかに三島自身がファシズムやナチスを否定しようとも、そのナチス的な「真に怖ろしい」ものと接続してしまう。いまさらベンヤミンを持ち出すまでもないが、クーデターを「自分の好みで美学的にいろどる」三島の行動はまさに、「政治の美学化」というファシズムの原理に則っている。

その三島的なファシズムのなかで、「文化概念としての天皇」は「美の総攬者としての天皇」として位置づけられる（三島「橋本文三氏への公開状」）。天皇は、政治的な責任から解き放たれ、あくまで美的価値の象徴として「神聖性」を帯びる存在となるべきとする三島にとって、天皇が象徴する日本の文化とは、美に殉じる思想であり、その美を守護する行動の謂いである。美は美であることのみを目的とする。何らかの現実的な目的はその美の純粋性を損なうのみだ。だから三島は、天皇を政治的拡張主義の御旗とした戦前の軍国主義を否定する。勲の暴力も、純粋で無目的な暴力だからこそ美しく、それに対して『天人五衰』の安永透の暴力は権力や富を求めるがゆえに醜い。

三島の絶筆となった『豊饒の海』四部作は、この無目的な「生粋の暴力」としての文化、その象徴としての天皇を核に据えた物語として読まれるべきである。ということで、次節からはその『豊饒の海』を読み解いていこう。

『豊饒の海』をめぐる問い

大澤真幸の『三島由紀夫　ふたつの謎』（集英社新書、二〇一八）

は、三島をめぐる二つの問いをめぐって、三島の人生と作品をたどりなおす試みである。その問いとは、「どうして三島は自決したのか、なぜあのような形で自決したのか」、そして『豊饒の海』四部作について、最終巻の『天人五衰』がなぜあのような、それまでのすべてを否定するような「こんな筋の小説」となってしまったのか、この二つである。

後者の、四部作の結末における「すべての否定」とは、言うまでもなく『春の雪』の主人公であった松枝清顕の存在の否定である。『豊饒の海』四部作は、清顕に始まる主人公の転生を、清顕の友人であった本多繁邦が傍観者として見届ける物語のはずであった。ところが最終巻『天人五衰』の結末部分で、本多に向かって清顕の愛人であった綾倉聡子が、「そんなお方は、もともとあらしゃらなかったのと違いますか?」と言い放つ。清顕の存在を否定してしまうこのことばは、ここまで語られてきた物語のすべてをなかったものとしてしまう衝撃的な結末として読まれてきた。

井上隆史も、この「それまで語られてきた物語のすべてが消滅するという展開」を、ガルシア＝マルケスの『百年の孤独』の設定と比較しながら論じている。だが井上によれば、その向かうところは正反対だ。マルケスの物語否定が生の豊潤と一回性の表象であるのに対して、三島の物語否定は「意味の解体であり、世界の崩壊」である。三島は「近代の行き着く先としての虚無とともに、その虚無のさらに先に横たわる虚無、という二種の虚無を表象する前代未聞の文芸表現を成し遂げている」。以上が『天人五衰』の結末についての、井上の見立てである(『いま読む!名著「もう一つの日本」を求めて 三島由紀夫『豊饒の海』を読み直す』、現代書館、二〇一八)。マルグリット・ユルスナールの、「仏教的な空虚のヴィジョンが一切のものを消し去ってしまうまでになる」(『三島あるいは空虚のヴィジョン』澁澤龍彦訳、河出書房新社、一九八二)という指摘にも通じている。

一方、先にあげた大澤の三島論では、この結末をいわゆる伝統的な小説技法の枠内でとらえている。聡子が清顕の存在を否定したとき、本当に否定されているのは清顕という現象ではなく、清顕や勲やジン・ジャンなどの現象形態の参照元である超越的なイデアである、という大澤は、ドゥルーズの『差異と反復』を参照しながら以下のように論じる。

『豊饒の海』という長大な作品を通じて傍観者であり、特権的な第三項として機能していたはずの本多は、覗き趣味の露呈によって、その特権的な地位から引きずり降ろされ、作品内の二項対立の関係性のなかに埋め込まれることになる。だがその二項対立の構造は、特権的な第三項をつねに参照することによって支えられていたものであった。したがって、その第三項が失われてしまった今、「二(項対立)の不可能性という事態がそのまま、包み隠されることなく露呈することになる」。そこでは「一切の存在は不可能」であり。「何もない」という虚無だけが広がる。この「救いようもなく深い、最も徹底したニヒリズム」が、この清顕の存在の否定であった、と大澤は結論する。

この本多の特権項からの転落は、その以前から徐々に起こっていた。『暁の寺』での、覗く本多の視線と覗かれる久松慶子の視線の交錯も、本多の覗きを目撃していた小男との不愉快な邂逅も、そして『天人五衰』の冒頭近く、三保の松原の絵看板での記念写真の場面も、見る者と見られる者の反転、境界の溶解を示している。ユルスナールもいうように、清顕と本多の間の「確然たる相違は、長いあいだに無きが同然のものとなってくる」。「一方の人生が細かく砕けてしまったとすれば、他方の人生は煙のように消えてしまったのである」(『三島あるいは空虚のヴィジョン』)。『豊饒の海』とは、最初から当事者と傍観者の二項対立を無効化する、あるいは脱構築する作品であった。そこからこの作品の結末と三島の自殺という二つの謎に対して、新たな視座を提供できるかもしれない。

転生者と偽物

『天人五衰』は「精巧な偽物」についての物語である。『春の雪』の清顕から始まる夭折と転生の物語は、この第四部において脱臼させられ虚空に宙吊りにされる。ここまで清顕から、『奔馬』の勲、『暁の寺』のジン・ジャンとして、外見も性格も、時には性別すら異にする存在となって転生を繰り返してきた主人公は、結局『天人五衰』では最後まで姿を現すことがない。その代わりに本多の前に現れたのは、清顕と似た雰囲気と性向を兼ね備えた少年、安永透であった。

透は、清顕の美しさと危険さを併せもつのみならず、清顕の、愛するものを傷つけたいというサディスティックで倒錯した欲望も共有している。だがそこには根本的な違いがある。清顕は聡子への屈折した愛情からであったのに対し、透の行為は支配欲と力の誇示でしかないからだ。そして清顕に始まる転生者の系譜には連なっていない「精巧な偽物」である透は最終的に、夭折もせず二十歳を超えて生き続け、狂人である絹江を妻に迎える。

この第四部には、それ以外にも偽物が満ち溢れている。慶子と訪れた三保の松原は「荒れ果てた俗化のありさま」を呈し、本多は記念撮影用の醜悪な絵看板で道化めいた振舞いを余儀なくされる。そして浮かない気分で見上げる羽衣の松は「枯死寸前の姿」で、「幹の裂け目はコンクリートで埋めて」ある始末だ。そして本多が透と初めて対面したとき、「本多は少年の裡に、自分と全く同じ機構の歯車が、同じ冷ややかな微動を以て、正確無比に同じ速度で廻っているのを直感した」。それは「大袈裟な、ロマンチックな、自己劇化」であり、「自意識」という悪であった。清顕や勲やジン・ジャンのように、内から湧き上がる衝動によって破滅へと突き進むのではなく、つねに自分ではない何者かを演じている、という意識である。つまり本多も「偽物」なのだ。

透の家庭教師である東大生の古沢は、透に向かって「自分を猫だと信じた鼠」の話を語る。その鼠は、猫に食べられないものとなって死ぬことで、「自分は鼠ではなかった」という自己否定を果たすのだ、という。この自己破壊による自己正当化というエピソードは、透の自殺未遂への伏線でもある。だがその透と本多が「同じ機構の歯車」で廻っているということは、本多もこの欲望を共有する、ということだ。本多の真の望みとは、鼠であるはずの自分を猫だと信じること、つまりは凡人たる自分が、選ばれた存在である清顕や勲と同じものになる、あるいは成り代わることではなかったか。

『春の雪』で清顕と聡子の逢引の手引きをしていた本多は、『暁の寺』でも結果的にジン・ジャンと慶子の仲を取りもつ。いずれの場合も、本多は傍観者でしかない。『春の雪』では、「今夜すでに、僕は罪に加担してしまったのです」という本多を、聡子は「罪は清様と私だけのものですわ」と冷たく突き放す。『暁の寺』では、慶子とジン・ジャンの行為を窃視する本多は、「自分の恋の帰結が、こんな裏切りに終わった」ことを知る。ジン・ジャンを性的に堕落させることに倒錯した欲望を感じる本多は、聡子を傷つけることに執着していた清顕とも重なってくる。だが清顕は聡子への思いを成就させるのに対して、本多はジン・ジャンの「裏切り」によってその可能性を奪われる。本多は清顕への成り代わりに失敗するのだ。彼は自分が望むものを最後まで手に入れることができない。当事者たることを許されないままなのだ。

『春の雪』の最後、剃髪して出家した聡子に会うために清顕は月修寺に日参するが、門跡に門前払いされ続ける。この寒空のなかの訪問が清顕の命を奪うことになるのだが、清顕の懇願で代理としてやってくる本多もまた、聡子に会うことは叶わない。そして『天人五衰』の結末で、ようやく本多は聡子との再会を果たすのだが、そこで清顕の存在そのものを否定されてしまう。清顕が叶えられなかった聡子との再会を果たすことで、本多は清顕に成り代わるはずだった。だがその隠された欲望は、その根拠ごと否定され宙吊りにされる。

本物の死と、偽物の生

そもそも、清顕に成り代わることによって、本多は何を求めていたのだろうか。あるいは、そもそも本多繁邦とは何者なのか。いみじくもユルスナールが指摘するように、「この長編ロマンの登場人物たちが身をもって生きる」のは、「移り変わってゆく日本そのもの」であった。第一部から第三部までは、日露戦争終結後に始まり、いわゆる十五年戦争の武力による征服、侵略の時代が舞台である。一方、一九七〇年から七五年の近未来を舞台としているのが『天人五衰』だ。ここに「そのエネルギーを極端な西欧化および強引な経済的発展という、あの帝国主義のもう一つの形の方向へ転換した（戦後）日本の発展」と、三島の作家の歩みを、ユルスナールは重ねて見ている。

そして第三部まではたしかに存在した転生者が、第四部でついに最後まで回帰してこなかったという結末には、この戦後日本社会の変化が大きく関わっている。『春の雪』で本多は、清顕と自分の環境にある種の対照性を見出していた。「本多繁邦はよく松枝侯爵家と自分の家を比較して、面白く思うことがあった。あの家では西洋風の生活をして、家のなかにある舶来物は数知れなかったが、家風は意外に旧弊であり、この家は生活そのものは日本的でいて、精神には西洋風なところが多分にあった」。明晰さや理性を何よりも尊ぶ本多は欧化された日本であり、和魂洋才の松枝家と清顕とはその点で真逆なのだ。

戦後の混乱に乗じて本多は莫大な財を手に入れる。一方松枝家を含めた戦前の貴族階級は見る影もなく落剝している。戦後日本は「コカ・コーラの看板」が街角に溢れかえる場所となり、大衆化と西欧化(アメリカ化)によって、清顕からジン・ジャンへといたる転生者たち精神的貴族ではなく、物質的な富と怜悧な知性が主役となった。そしてさらに、その本多すら新たな世代の透によって搾取される対象となる。

透は本四部作で初めての、戦後生まれの主要登場人物である。本多とは異なり、そうした過去との連続性もなく、過ぎ去ったものへの憧憬も経緯も持たない俗悪で醜悪な存在だ、と慶子は透を容赦なく糾弾する。この凡庸さがすべてを覆いつくしていく日本の行く末を、三島は『天人五衰』で描こうとしたのだろう。そしてここで描かれた日本は、過去との連続性を失っている。

転生の終わりとは、過去との連続性を喪失することである。『豊饒の海』における転生は、本多の眼には、清顕というオリジナルの再来として勲やジン・ジャンが現れたのだと映った。だがこれはあくまで本多の視点から見た「転生」である。本多や清顕の存在以前にさかのぼる歴史があるかぎり、清顕もそれ以前の何ものかの転生だったはずである。

転生者が、大澤のいうイデアの現実への顕現であるとすれば、この四部作の結末とは、そのイデア＝文化概念としての天皇の喪失を示す。本多の真の欲望、隠された願望を成就させず宙吊りにする結末とは、ついに戦後日本の民主社会が、過去との連続性を永遠に喪失し、日本文化の正当な継承者たることに失敗するさまを示すものだった。少なくとも三島の目にはそう映ったのだ。だから三島にとってこの結末は、無残な失敗を描くものでなければならなかった。

だが本多は三島自身でもあった。そもそもポリティカルな関心よりも芸術的な完成度を追い求める芸術至上主義者、唯美主義者であった三島にとって、文化概念としての天皇も、戦後の大衆化への幻滅から事後的に見出されたものであった。そして無目的な「生粋の暴力」としての文化、その象徴としての天皇の復権は、自分の生きてきた戦後の歴史を否定することでもある。この相克の果てに、理想を現実に優先させるという選択をしたのが、三島の「自分の好みで美学的にいろどる」最期だったのではないだろうか。現実の身体を否定することで観念の美を守ろうとしたのだ。だとすれば、いかにも三島らしいが、観念を生に優先させることは、やはりファシズム的な振舞いである。

偽の力とファシズムを乗り越えるために

築地正明は、ドゥルーズの『シネマ』を通じて、ファシズムによる「偽の力」の行使を分析している。「偽の力」とは「想像と現実の隔てを溶かし、仕舞いには決定不可能なものとする、危険な潜勢力」である（築地『わたしたちがこの世界を信じる理由 「シネマ」からのドゥルーズ入門』河出書房新社、二〇一九）。ヒトラーとナチスは、映画やラジオといったメディアを通じて、現実と虚構、主体と客体、真と偽の境界を曖昧にしていった。その結果、この「偽の力」によって映画は「神話を偽装する、仮構的な発話行為」となり、「虚構と一体化した現実」を生み出すこととなる。

神とともに真理も死んだ現代においては、「力への意志」（ニーチェ）によってニヒリズムを超克し、「我がものとし、支配し、より以上のものとなり、より強いものとなろうとする意欲」（ニーチェ『権力への意志』）をそなえた超人となることが求められる。だがその無目的な力への意志が「偽の力」を呼び込む危険性は、まさにそのニーチェの思想がナチスによって利用された歴史が明らかにしている。

この「偽の力」は、そのまま『豊饒の海』における転生者、ひいては三島の見出した天皇ではないか。喪失した過去をパフォーマティブに再現する行為は、虚構としての再構成にすぎない。だがその「想像と現実の隔て」を溶かす力によって「より強いものになろう」としたのが、まさに三島だった。そしてその「偽の力」のロジックによって、現代の日本社会を裁こうとした。そこに三島の誤謬があった。

真理を絶対とする時代は、「神による裁き」の時代であった。一方、無目的な力を称賛する現代は「人間による裁き」の時代である。だが本来は、「この世界は、神によっても、人間によっても決定されはしない」。ドゥルーズの哲学はこの世界を裁くのではなく「信じる」ことを教えるのだ、と築地はいう。

この「信じる」という行為は、「マイナー」にとどまることによって可能になる。ドゥルーズがカフカについて論じた際に唱えた「マイナー文学」のマイナー性とは、「言わば絶対的にマイナーなもの、決して本質的にメジャー化されることのないマイナー性」である。それはまた「現実化されざる潜在的なものの持分であり、潜勢力」でもあり、つねにすでに制度の外にある。このマイナー性こそがカフカ作品にユーモアをもたらし、「ニヒリズム、不信、そして否定に絶えず抗う」力を与えるものだ。

ニヒリズムと否定に絶えず抗い、生き続ける者の無様さとしたたかさ、そしてその中に潜むある種の美しさを、三島もじつは知っていたはずだ。それはたとえば「卒塔婆小町」（『近代能楽集』所収）の老婆と詩人の対比と、詩人の死後も変わらず生の営みを続ける老婆の姿にも見出せる。だが三島はこの詩人のように、あるいは清顕のように、美に殉じた死を選び取った。それは貧乏官吏の息子として生まれ、貴族的な美の世界にあこがれ続けた三島が、虚構の人生を完結させるための選択だった。

われわれは、三島のように美に殉じることも、世界を信じ続けて生を全うすることも可能だ。三島の生と死、そしてその作品から何を学ぶのかが、あらためて問われている。

（米文学）

◉論考

日本思想級タイトルマッチ　平岡公威vs平岡正明

赤井浩太

現在に向けたチョロQ的スタートダッシュ

批評とは暴力である。というか、暴力的にならざるをえないのが批評であり、その中心に棲息する思想の生態である。読者の見ている前で、論敵の家財や武器を掠奪し、現在の認識を規定する何らかの図式を侵犯し、そこに新たな法を打ち立ててしまう行為。それが批評であるならば、むしろ暴力と言わない方が不誠実であろう。

その前提の下で言えば、現在を見据えながらも、深く、より深く、無数の道々に分岐する錯綜した歴史の片隅まで、グッとおのれを引いてゆく姿勢が必要である。すなわち、弓矢の原理で思想に破壊力を与えるのだ。これが大袈裟すぎるなら、チョロQの進み方と言ってもいい。スタートダッシュを切るためにいったん後方へと引き絞り、進行方向を定め、そして解き放つ。それが批評の方法である。

身体の現在時

オーケー、まずは「現在」に的を絞ろう。現代ほど人々がみずからの「身体」に関心を寄せる時代もない。文明が高度になればなるほど不要になってゆく身体は、そのことによってむしろ嗜好品としての純度を高めていくのである。身体は自己目的化しはじめる。ここには資本制の論理が働いているのだ。例えば「健康」や「美容」の名のもとに、病院が、製薬会社が、フィットネスクラブが、脱毛サロンが、広告をうちまくる。その広告は、電車内で、雑誌や新聞の中で、アプリやネット上で、グロテスクとさえ言えるような身体の変化を見せびらかす。広告的想像力によってつくられた「理想的身体像」が、いま、人々の身体の上に投影されていることは誰もが認めるところだろう。今日のトレーニング・メニューとともに、鏡に映る自分の身体の写真をSNSにアップする人などめずらしくもない。

周知のとおり、現代の資本制にとって「身体」は、管理の対象であると同時に、格好の搾取対象である。裏返せば、みずからの身体を管理＝消費する者たちにとって、この「身体」とは、いくらでもカスタマイズ可能な、尽きることのない、終わりを知らない、未完成であり続けてくれる最高のオモチャである（まるでiPhoneだ）。ミシェル・フーコーが「無際限の医療化」[*1]と呼んだ事態は、いまや広大な市場を開拓してとどまるところを知らない。

そう、こうした事態はとどまるところを知らない。それは個人の自己認識にまで食い込む。ニコラス・ローズが言うところの「ソーマ的個人」がそれだ。すなわち、「（引用者註：自分にとっての自己の）その個別性が少なくとも部分的にはわれわれの肉体や身体に基礎づけられており、部分的には生物医学の言葉で自分を経験し、明瞭に表現し、判断し、働きかける存在」[*2]である。[*3]みずからの身体の未来を設計し管理することが第一命題となるこの「ソーマ的個人」は、次第に確実に個人主義的な自己責任の原理で思考するようになる。[*4]こうした健康志向は、しかし結局のところ消費者＝労働者の自己規定をより強化するだろう（QOLだとかパフォーマンスの向上だとか、あるいはもはや「健康はビジネスマナー」だという言説もある）。ここでセリーヌの小説『夜の果てへの旅』の主人公、医者バルダミュが吐き捨てるようにして言った言葉を思い出そう。「健康になることは要するにぐあい悪くなるだけのことだ。健康は働くのに役立つだけだ」[*5]。たしかにそうだ。しかしその究極的な姿は、それはそれで魅力的に映ってしまうのである。身体の哲学者、千葉雅也は次のように言う。

> 今日の「現実」は、生存競争の効率化圧力に満ち満ちている。その息苦しさはグローバル資本主義の発展においてますます悪化している。リアルな生存競争は、苦々しい意味で、結果主義的にスポーツをすることに他ならない。また、戦略論やスポーツ科学を駆使してワールドカップやオリンピックでしのぎを削るトップ選手たちは、ビジネスにおけるグローバル・エリートに対応する。そこにも「夢」があるにはある——グローバル資本主義での栄達である。[*6]

そう、チーターのように、ハイエナのように、「生存」競争なのだ。億単位のカネが動くサバンナのような世界で、ゼロコンマ何秒の瞬間を勝ち取るために費やされる日々の努力は、「ムダ」を徹底的に削ぎ落したみずからの身体に宿る。だからこの世界では、ラッキーパンチも、ミラクルプレーも、ジャイアント・キリングでさえ、ありとあらゆる研究と工夫と練習の結実である。

千葉はこうした資本主義的な「生存競争」としてのスポーツに対して、べつの「夢」としてのプロレスを語る。それは挑発的な言葉の応酬や演技的な技の連続があり、「効率一辺倒ではない」「装飾的」なスポーツであって、千葉によればその「正味」は次のようなことである。

> プロレスにおいて正味の部分は、相手を打ち負かすことではない。正味の部分は、自滅に踏み込んでしまうその手前へと漸近していく、ぎりぎりの自己破壊の競演である（凶器攻撃や場外乱闘もまた、たんに威圧的であるよりむしろ、名誉を

どこまで失えるかというマゾヒスティックな自己破壊の一種である)。その果てに最終的な勝敗がある。プロレスにおいて相手に与えるダメージは、自己破壊の付随効果なのであり、それは、勢いよく「石塀」に登りかかればその「石塀」にダメージを与えてしまうことに等しい。対戦相手はつまり「石塀」なのだ。かつ、自分もまた相手にとっての「石塀」になる。[*7]

補足すれば、千葉にとって「身体」とは、意味に対して閉じられた〈意味がない無意味〉であり、それは「意味がある無意味」という「穴」から降り続ける無限の「意味」を止めるための、有限性としての「石」である。[*8] したがって、このプロレス論において言われる「石塀」としての身体とは、相手としての「人間」であるが、しかしお互いの身体はお互いにとって「意味がない無意味」なのだから、「相手に与えるダメージは、自己破壊の付随効果」でしかない。あくまで目的はマゾヒスティックな自己破壊である。千葉によれば、それが「子供になること」であり、「ジェンダー以前の興奮」としてエロティシズムに結びつくという。

ところで、おれはこの手のロジックを過去に見た覚えがある。そちらの場合は近代社会において「身体」は「不要」だと考え、だからこそ美学的な身体を探求した。千葉は「思考の他者」としてこの身体観に行き着いたわけだが、一方で彼はいわば「言葉の他者」としての身体を求めた。これはほとんど同じことだ。彼は誰か。彼もまた「夢」を「夢」と知りながら夢を見た男だった。

さよう、三島由紀夫である。

三島由紀夫の美学的身体

「三島氏の試みはあらゆる否定性からこの世界を救い出すことにあった」（傍点原文）という丹生谷貴志の説に拠るならば、千葉雅也の戦略は三島由紀夫によって先取りされていたことになる。どういうことか。丹生谷からの引用を続けよう。

> この世界に関して疑い得ないこと、それはともあれわれわれが有限の存在である、という事実である。（中略）超越性への試みはそれ自体有限性への否定の試みであった。それは現にあるものとしての有限性への絶対的否定の試みなのである。とすれば超越性への意志は三島氏の試みの敵でなければならないのである。というのも、それは有限性においてあるこの世界への否定の意志だからである。（傍点原文）[*9]

ここで言う「超越性への意志」とは、千葉の言葉でいえば無限に「意味」を吐き出し続ける「穴」を求める試みである。一方で三島が救おうとする、その「有限性においてあるこの世界」、例えば「肉体」や「現実」は、『太陽と鉄』において次のように示される。

> 例外的な自分の肉体存在は、おそらく言葉の観念的腐蝕によって生じたものであろうから、「あるべき肉体」「あるべき現

実」は、絶対に言葉の関与を免れていなければならなかった。その肉体の特徴は、造形美と無言ということに尽きたのである。[*10]

かなしい逆説だ。丹生谷も指摘することだが、三島には「言葉」に介在されないナマの「肉体」や「現実」があるはずだ、という「倒錯したかたちで」の超越性がとり憑いていた。[*11] この倒錯によって三島はみずからの肉体を「盛り」まくった。モリモリにした。男性的であろうとすることは、本質的に「文人」であった三島にとって自己の虚構化でしかない。そしてその「無言」で盛り上がる造形美、すなわち彫刻された「石」は、誰のためでもなく、ただ自分によって見られなければならない。そう、まさにオスカー・ワイルドの戯曲『サロメ』が、ヨハネの首を欲し、「見られる」ことに執着していたように。三島は求めた、サロメとヨハネというこの不可能な一人二役を。そのことを三島は「林檎」の比喩で語っている。

林檎はたしかに存在している筈であるが、芯にとっては、まだその存在は不十分に思われ、言葉がそれを保証しないならば、目が保証する他はないと思っている。事実、芯にとって確実な存在様態とは、存在し、且つ、見ることなのだ。しかしこの矛盾を解決する方法は一つしかない。外からナイフが深く入れられて、林檎が割かれ、芯が光りの中に、すなわち半分に切られてころがった林檎の赤い表皮と同等に享ける光りの中に、さらされることとなのだ。そのとき、果して、林檎は一個の林檎として存在しつづけることができるだろうか。すでに切られた林檎の存在は断片と堕し、林檎の芯は、見るために存在を犠牲に供したのである。[*12]

林檎の割腹。この「マゾヒスティックな自己破壊」の欲望は、「死」を呼び込まずにはいられない。梶尾文武が言うように、三島の「死の欲動は、もはや自作中の人物にとどまらず、彼自身をとらえている。死の受苦こそが、明晰の極まるべき瞬間、作品が単なる「物」の擬制」であることを超えて現実《リアル》へと到達する瞬間として待望されるのである」[*13]。通常の場合、「作品」とはもちろん「物」を表象する「言葉」に他ならない。ただここでの場合、その「作品」＝フィクショナルな存在が「物」になるこの瞬間、その確信に、つまり「死」に到達せんとする三島の身体は、どこまでも自閉的かつ孤独である。それを指摘したのが、「エロ」は分かるが「エロティシズム」は分からぬと言うこの男、野坂昭如だった。

三島はすでに男色者たり得ぬ自分に気づいていたのではないか。正常なら女性を愛し、行為は生殖に結びつく、結びつかないのが性倒錯、このうちの男色、サド、マゾは相手を必要とする。生殖を抜きにすれば、以上は他人との関わりにおいて営まれることでは同じ。ノゾキ、パンティ泥棒、それにマゾヒストも厳密にはこちらの部類らしいが、これ等は、マスターベーションにより究極の満足を得る、他人は不要なのだ。三島は、後者よりなお純粋なオナニストだった。自分以外の人間と交流できない。[14]

この「正常／異常」という線引きや言葉の使い方は、今日においては妥当ではないだろう。しかしここで重要なことは、三島が「純粋なオナニスト」であり、「自分以外の人間と交流できない」ということである。もちろん、おれは他人の性的嗜好に文句をつけるほど愚かな人間ではないつもりだ。シコりたければシコるがいい。おれもシコる。

ただ、問題は事が「暴力」になった場合である。千葉にせよ、三島にせよ、ナルシシズムに自閉する身体に居直っているわけだが、そのことによって、みずからを殴らせ、あるいは介錯させる他者の存在をシカトしているのだ。しかし千葉はこの非倫理にさえ居直る。「物化しつづける自他」が、互いに無関心な戦争状態のただなかで「ひたすら無関心な平和を希望するという、倫理ですらない希望に賭けること」[15]という千葉の中島隆博解釈におれは可能性を感じない。したがって、プロレス論のように他者を使っておのれの身体を破壊したいという暴力の欲望が美学化された瞬間、それは他者への盲目的な暴力に転化するとしか思えないのだ。おれは「暴力はいけません」と言っているのではない。ただ、マゾヒズムとナルシシズムがセットになった倫理なき暴力とは、結局のところ自分が気持ちよければ誰がどうなろうとどうでもいいという最悪の個人主義ではないか、と思うのである。

他者に触れるということは、おのれの身体が他者に拓かれるということだ。そして、それは自己に自足するナルシシズムが解体されるということでもある。しかし三島はそれが分からなかった。なるほど、「自己の外部を知る」といったレベルで言えばあるいは別かもしれない。だが、「他者に触れる」ことはついにできなかったのではないか。おれはこの点を厳密に分けたい。なぜなら「知ること」と「行うこと」は決定的に異なるからだ。そして後者は、知っていても、分かっていても、変えることの難しい領域に属する。

実際『奔馬』において、「自分の世界を信じすぎていた」勲は、槙子に裏切られることによって「彼の純粋世界にはじめてあらわれた異物の影」を認め、そして「金甌無欠の球体に、「外部」の存在することを学んだ」のだとされる。[16]しかし、勲にそれを学ばせた三島自身の身体性はどうか。例えば『太陽と鉄』において「心臓のざわめきは集団に通い合い、迅速な脈搏は頒たれていた。自意識はもはや、遠い都市の幻影のように遠くにあった」[17]と三島が夢見るとき、「心臓のざわめき」によって通い合うその「集団」は、「自意識」からは遠いかもしれないが、しかしそれは換言すれば「ひとつの身体」という閉域にすぎないのである。それは結局のところ、同心円状に拡張したナルシシズムではないのか。

したがって千葉雅也と三島由紀夫のちがいは、そのナルシス的身体が自他のあいだで「分割」されているか「拡張」されているか、ということにある。だが、このちがいは「暴力」の次元において他者の身体に対する無感覚とその居直りという点で通底しているのだ。

　こうしたナルシス的身体の閉域のなかにいる三島は、すでに述べたように、リアルに、死に到達した自分の身体を見ることを願っていた。しかし『サロメ』の筋書き通り、すぐ首を落とされては自分を見ることが叶わない。だから、三島は割腹したときに自分の身体から湧き出る「血」を使おうとしたのである。三島の伝記を書いたジョン・ネイスンによれば、それは次のような出来事だった。

> 三島は両手で短刀を握り、気合もろとも刃を左脇腹に突き立てた。その鋼刃をゆっくりと右の脇腹へ引きまわす。筆と色紙が用意されていた。三島は「武」の一字を自分の血で書くつもりだったのである。苦痛はあまりに激甚だった。三島は前のめりに倒れた。森田が首に刃を下ろす。[*18]

　この部分は解釈の仕方によっては、最後まで三島が「言葉」から脱出できなかったという見方もできる。しかし、「死」と「見ること」というナルシシズムの背理を自覚していた三島にとって重要だったのは、むしろ「物」の擬制」としての言葉という通常の関係を超え、身体そのものである「血」を素材にしてマテリアルな「武」を造形することだったのではないだろうか。すなわち、それは三島にとって本来虚構であった身体が超越的かつ現実的な「物」になることを意味した。三島は賭けたかったのである、おのれが「物」となるその一瞬の分身化に。しかし、その試みは果たされなかった。

　三島由紀夫の大失敗、その原因は身体をナメていたということである。換言すれば、「造形美」というコンセプトによっておのれの身体を獲得しなおそうとし、それを使用しようとしたところに、三島の躓きの石がある。その結果、造形された「石」としての身体ではなく、生きている身体の方から三島は裏切られた。しかし、この「生きている身体」とは、ソーマ的な労働者＝消費者の身体でしかありえないのではないか。ここで話は振出しに戻る。資本主義と破滅的美学のあいだで、いま身体は挟撃されているのだ。

　ところで、こうした状況が始まりつつあった一九七〇年代、日本の医学における戦前から戦後への過程に「「死にゃあいい」から「生きてさえいればいい」への転換」を読み込み、[*19]おそらくは思想的嗅覚だけでフーコーの問題系に合流した男がいた。偶然にも三島由紀夫の本名である平岡公威と同じ苗字をもつこの男、平岡正明である。

平岡正明の「やる」身体

　三島由紀夫の事件を「一場の、演出され閉じられた劇[*20]」として捉えていた平岡正明は、当時そのイローニッシュな「政治的直接的効果ゼロの死[*21]」が炙り出した一つの問題系を読み取っている。それは「生きていることは、なにがなんでも崇高であり、めちゃくちゃに正しい」という「戦後民主主義の一つの売りもの」であり、その売りものとは「生命と生活を混同することから生じる」

ところの「いのち」[*22]である。このめちゃくちゃに正しいとされる「戦後民主主義」的な「いのち」の言説とは、言ってみれば「意味なんかないさ暮らしがあるだけ」という安全な露悪としての星野源的ニヒリズムである。
　この地点において「生」と「死」は、決して対立する概念ではなく、イロニーという名のコインの表と裏でしかない。これは現状に対するおれのテーゼだが、「あえて」の言説は時間の経過とともに「ベタ」へと墜落する。イロニーはおのれの堕落に気づくことなく腐りはじめる。しかしその腐臭に人々は慣れてしまうものだ。平岡正明は、そうした麻痺する身体性のなかに「生きてさえいればいい」という戦後の生政治を嗅ぎ当てた。

　私見によれば、流行する健康論には二つの根本的欠陥がある。第一に、健康を自己目的にしていること、第二に「やる」という構造がないことである。つづめて言えば、哲学がない。[*23]

　健康の自己目的化（身体の消費財化）は冒頭で述べたとおりだが、実はここで平岡は奇妙なことを言っている。というのも、「やる」（実践）と「哲学」（思弁）とは本来的には対極の存在だからだ。しかし平岡はこの「やる＝哲学」を体現した人間を二人挙げる。毛沢東と大山倍達である。「毛沢東と大山倍達がなぜいいかと言えば、（引用者註：健康書を）書いた男がやった男だからである」[*24]という、このあっけらかんとした言明はいったいどういうことなのか。

　まず市田良彦が言うように、「哲学」を代表するヘーゲルは、「誰かが最後に勝つはずだ」という「理性の狡知」によって「生と死の、自由と従属の、勝利と敗北のディレンマをメタ・レヴェルで解消」するのであり、だからこそ「やる」という次元をスルーすることができる。つまり「彼（引用者註：ヘーゲル）は自分で賭けることが嫌いなのだ」[*25]。一方で、毛沢東の「哲学」は「精神が精神のままで身体となり、ドグマが現実的で能動的な技術に変容しなければならない」のである[*26]。この矛盾を生きること、それが「やる＝哲学」である。
　しかし、このままでは抽象的すぎる。再度平岡の「やる」身体論に戻ろう。たとえばチャーリー・パーカーの例が分かりやすい。

　殺《や》る。演《や》る。飲《や》る。姦《や》る。遣《や》る。どれもおかしくない。パーカーはインスピレーションのただなかでは半神的存在である。手順も、段取りも、地位も、資格も、パーカーが演《や》れば自ずと生じる。動詞原型「やる」は働きかけであり、働きかけられた名詞は元のものから変わって別の存在になる。別の毛は行う。パーカーは演らなければなにも生じず、地位も資格も組織もないから、チャーリー・パーカーの実存は毛をむしられた鶏のようになんにもない。[*27]

　ここで大事な点は二つだ。一つ目は「殺」「演」「飲」「姦」「遣」というように、極めて具体的なレベルで動詞「やる」が提示されていることである。「ドグマが現実的で能動的な技術」と化すとき、それは何らかの対象を捉える身体運動となるほかない。すなわち、「働きかけ」としての「やる」である。この名詞的対象に対する働きかけ。ここでは毛沢東の言を直接引っこ抜いてみよう。「梨の味を知ろうと思えば、梨を変革して、自分の口で食べてみなければならない」のである。[*28] そして重要なことの二つ目は「やる」ことによってその存在が生成されているという点であって、それは裏返せば、「パーカーは演らなければなにも生じ」ないということでもある。したがって、「やる」は存在に先立つ。それが平岡正明の「やる=哲学」の真意である。

そしてこうした原理は身体の全体運動への重視に結び付く。身体をこま切れの各部位に、あるいは分子レベルにまで分割する生物医学的な管理主義に対して、平岡の身体論はあくまで身体の全体性を対置する。いわく、「武道ないしスポーツは全体的なものだから楽しく、また深みがあるので、これなしに個々の補助運動など退屈でやれはしない。この全体性のない健康法は、綿密になればなるほど、あれをぬかした、あの手順を忘れたと気になって、かえって病気になるだけだ。人体の自律性が、健康法の手順とプログラムに付属してしまうこと、これでは逆だ[*29]」ということである。すなわち、強迫神経症的にプログラムされた「生」から身体を解放すること、そして「やる」という運動の全体性から生成される身体へ、これが平岡正明の身体論の基調だ。

そうしてこの身体の全体運動の最たるもの、それが暴力である。平岡正明は暴力をどのように考えていたのか。平岡にとって暴力とは「単純素朴」ではない。「われわれが暴力に到達するには、凄まじい知性がなければ暴力は持続することができない[*30]」という、いささか日本語がぶっ壊れているこのテーゼは、その後に「バカ論」という名の思想に結実する。平岡いわく、「知性はその低次の段階では二枚目としてあらわれ、やがて発展して三枚目にいたる。ついに最高の発展段階として実現するものは無手勝手流であろう[*31]」。これは「批評」にも言える発展法則であるとさえおれは思うのだが、ともあれ従って次のように言うことができる。暴力における最高の発展段階とは、無手勝手流である、と。

平岡正明にとってはその理想像こそが大山倍達であった。東洋神秘めいてきたか？　ちがうね。平岡にとって大山カラテとは、いわば「ひとりっきりの世界最終戦争」であり、「国際主義」そのものであった。

第二次大戦の敗戦という国民的体験を空手という一点でとらえ、東洋武術というものの家元制度的、秘教的な外枠が解体したのち、なおかつ東洋武術の技と思想が西洋的なものの前にはまったく反古と化してしまうのかと疑い、実践を通じてたしかめていった大山倍達という武道家がいなかったなら、空手はオリエント・ダンスの一種としてのこっただけかもしれなかった。だから大山倍達は武道のスポーツへの解消をけっして認めようとしない。歴史における個人の役割というのはあるのだ。[*32]

それにしても平岡の大山カラテ理解は奇妙だ。西洋vs東洋という近代的な図式を取っているが、その典型的な弁証法の過程において、フェティッシュな対象たる「オリエント」を否認しつつ、しかし「武道のスポーツへの解消」を許さないのである。なぜこのような捻じれた論理が成立するのかと言えば、ここには千葉や三島のところで問題となった「暴力」と「倫理」の関係が介在しているからである。

周知のとおり、近代における西洋由来のスポーツや体育は産業革命や国民国家と浅からぬ関係を持っている。つまり、そこには労働者＝兵士の創出という意義があった。そしてその合理主義的な身体は、兵器を媒介にして無際限に拡張し、ついにはロジェ・カイヨワが言うように「手段が目的から分離して、どこまで成長するかわからぬほどの、旺盛な生命を得たようなもの[*33]」としての政治なき暴力を獲得する。すなわち、みずからの地球さえも破滅させうるようなマゾヒスティックかつ無原則な暴力が「最終解決」となるのだ。しかし平岡に言わせれば、それはせいぜい知性における「二枚目」から「三枚目」への過程である。

無手勝流の暴力と西洋由来の暴力のちがい、それは「道」があるかどうかである。あらゆる武道には本来的に運動論と倫理がセットで組み込まれているのだが、しかしそれはもちろん三島由紀夫が言う『葉隠れ』的な「死の美学」ではない。つまり、「エネルギー賛美」の「ヒュブリス（傲慢）」を踏切板とする、自由意思としての「自死」への「道」ではないのである[*34]。むしろここで言う「道」は、自分が他人を殺傷する暴力をいつでも行使しうるという意味で、いわばストリート・ファイトのリアリズムに基づいたものだ（例えば柔道の投げ技にしたって、コンクリートの地面に向かって一本背負いを決めたら人間の頭蓋骨は割れるだろう）。三島や、あるいは千葉のマゾ的傾向とはちがい、平岡は暴力におけるサド的な側面を、つまりその欲望を、その快楽を、きわめてよく自覚していた。だからこそ、正しく暴力を振るわねばならない。したがって、それは「貧しい者の側に立ち、抑圧された民族の側に立つ[*35]」ところに生起する暴力である。

こうした平岡の倫理は盲目の人斬り「座頭市」を論じるときにもその基底となる。今日の言説状況に照らせば、往々にして「障害者」は無垢にして非力と相場が決まり、したがってこの論理でいけば座頭市は守られるべき存在のように言われてしまうだろう。しかし、平岡の座頭市はそうはならない。「座頭市は自分がめくらであるだけに人一倍、弱い者に同情する。（中略）おどけたしぐさで踊ってみせて泣く子をあやしたり、飛んでいる蝶をつかまえて悲しみに沈んでいる娘をいっとき笑わせてみたり、それらのエンターテインメントを行ったのち、座頭市は人を殺しに行く[*36]」。健常な人間が他人を「弱者」と名指してその存在を「弱さ」に固定することには、何か裏返された優生思想があるのではないか。むしろ座頭市的な「強さ」が必要である。

座頭市におけるフリークスの思想にこそ、福祉国家的枠組や差別告発論者の人道主義をこえてハンディキャップのなかにハンディだけを見ず、不具のなかに不具を見ず、貧乏のなかに貧乏だけを見ず、それゆえに敵をやっつけてやり勝利するという反対物への転化の盲導犬がいる。*37

ワン！　身も蓋もないことを言うぜ。暴力は勧善懲悪でなければならない（と同時に、何が「善」で何が「悪」かの議論がなければならない）。したがって、無手勝流における暴力の「道」とは、強きを挫き弱きを助ける革命への道である。と、話を大きくするには紙幅が足りねぇ。最後に「道」のはじまりだけ記しておこう。

それは平岡正明に言わせれば「グゥの音が出ないまでにやられて人間は変わる」*38ということである。これは千葉雅也や三島由紀夫が「自己破壊」にマゾ的美学を見出したのとはちがって、その触発は自己愛の閉域に還流するのではない。天狗のごとく伸びたおのれの鼻がヘシ折られるという事態は決して自分にとって無意味ではありえない。それは他者によっておのれの身体が問いに付されるということだ。善意によるものであれ、悪意によるものであれ、他者の暴力は自己にとっての契機である。例えば、おまえの拳は何のためにあるべきなのか、と。この契機こそ、殺伐とした倫理なき闘争のなかで逆説的にはじまる、「暴力」に関する革命である。

注

*1　ミシェル・フーコー／小倉孝誠訳「医学の危機あるいは反医学の危機？」『フーコー・コレクション4 権力・監禁』二八四頁、ちくま学芸文庫、二〇〇六年

*2　ニコラス・ローズ／檜垣立哉監訳、小倉拓也・佐古仁志・山崎吾郎訳「第一章 二十一世紀における生政治」『生そのものの政治学 二十一世紀の生物医学、権力、主体性』（新装版）四九頁、法政大学出版局、二〇一九年

*3　余談だが、いわゆる「非モテ」や「インセル」、あるいは「ミグダウ」問題についての記事で「（ミグダウは）インセル同様、自分は遺伝子のレベルで絶対に女性には相手にされないのだ、という確信もある」という一文を見かけたとき、その思い込みが正しいかどうかは別として、ローズの言う「ソーマ的個人」という把握はかなり深刻な事実を言い当てていると思った（八田真行「女性を避け、社会とも断絶、米国の非モテが起こす「サイレントテロ」」）。https://gendai.ismedia.jp/articles/-/56526?page=2

*4　ニコラス・ローズ／檜垣立哉監訳、小倉拓也・佐古仁志・山崎吾郎訳「序章」『生そのものの政治学 二十一世紀の生物医学、権力、主体性』（新装版）一三頁、法政大学出版局、二〇一九年

*5　ルイ＝フェルディナン・セリーヌ／生田耕作訳『夜の果てへの旅（下）』一五五頁、中公文庫、一九七八年

*6　千葉雅也「力の放課後――プロレス試論」『意味がない無意味』二八四頁、河出書房新社、二〇一八年

*7　千葉雅也「力の放課後――プロレス試論」『意味がない無意味』二八六頁、河出書房新社、二〇一八年

*8　千葉雅也「意味がない無意味――あるいは自明性の過剰」『意味がない無意味』一一頁、二二―二三頁、河出書房新社、二〇一八年

*9　丹生谷貴志「月と水仙」『砂漠の小舟』一九三―一九四頁、筑摩書房、一九八七年

*10　三島由紀夫『太陽と鉄』一五頁、中公文庫、一九八七年

*11　丹生谷貴志「「何もない」が現れる」『三島由紀夫とフーコー〈不在〉の思考』九頁、青土社、二〇〇四年

*12　三島由紀夫『太陽と鉄』七三頁、中公文庫、一九八七年

*13　梶尾文武「序章 読む存在」『否定の文体 三島由紀夫と昭和批評』一六

頁、鼎書房、二〇一五年

*14 野坂昭如『赫奕たる逆光』二〇〇頁、文春文庫、一九九一年

*15 千葉雅也「エチカですらなく——中島隆博『荘子』——鶏となって時を告げよ』」『意味がない無意味』二七九頁、河出書房新社、二〇一八年

*16 三島由紀夫『豊饒の海（二） 奔馬』四六二—四六三頁、新潮文庫、一九六九年

*17 三島由紀夫『太陽と鉄』九八—九九頁、中公文庫、一九八七年

*18 ジョン・ネイスン／野口武彦訳「第八部 昭和45年」『新版・三島由紀夫—ある評伝—』三三七頁、新潮社、二〇〇〇年

*19 平岡正明「極真空手的健康論批判」『ボディ&ソウル』一九七頁、秀英書房、一九八一年

*20 平岡正明「大衆切腹論」『官能武装論』二〇八頁、新泉社、一九八九年

*21 平岡正明「反面同志の死」『永久男根16』二一〇頁、イザラ書房、一九七三年

*22 平岡正明「反面同志の死」『永久男根16』二二三頁、イザラ書房、一九七三年

*23 平岡正明「極真空手的健康論批判」『ボディ&ソウル』一九九頁、秀英書房、一九八一年

*24 平岡正明「極真空手的健康論批判」『ボディ&ソウル』一九二—一九三頁、秀英書房、一九八一年

*25 市田良彦「毛沢東の戦争論」『闘争の思考』二二一頁、平凡社、一九九三年

*26 市田良彦「毛沢東の戦争論」『闘争の思考』二一七頁、平凡社、一九九三年

*27 平岡正明「インスピレーション独裁」『チャーリー・パーカーの芸術』四〇四頁、毎日新聞社、二〇〇〇年

*28 毛沢東／松村一人・竹内実訳「実践論」『実践論・矛盾論』一六頁、岩波文庫、一九五七年

*29 平岡正明「極真空手的健康論批判」『ボディ&ソウル』二〇〇頁、秀英書房、一九八一年

*30 平岡正明「狂気はどこまで成熟したか」『地獄系24』二三三頁、芳賀書店、一九七〇年

*31 平岡正明「バカ論」『ボディ&ソウル』二六〇頁、秀英書房、一九八一年

*32 平岡正明「体力論丹田編」『ボディ&ソウル』一八〇—一八一頁、秀英書房、一九八一年

*33 ロジェ・カイヨワ／秋枝茂夫訳『戦争論』一六六頁、法政大学出版局、一九七四年

*34 三島由紀夫『葉隠入門』三八、四〇頁、新潮文庫、一九六七年

*35 平岡正明「石原莞爾と若き大山倍達」『石原莞爾試論』二一七頁、白川書院、一九七七年

*36 平岡正明「フリークス——座頭市および風太郎忍者の発展としての」『官能武装論』九一頁、新泉社、一九八九年

*37 平岡正明「フリークス——座頭市および風太郎忍者の発展としての」『官能武装論』九六頁、新泉社、一九八九年

*38 平岡正明「バカ論」『ボディ&ソウル』二七七頁、秀英書房、一九八一年

（文芸批評家）

美の論理と政治の論理

——三島由紀夫「文化防衛論」に触れて

橋川文三

1

　私のここでの課題は、三島由紀夫氏が本誌（『中央公論』）七月号に書いた「文化防衛論」についての感想を述べるということである。この課題は、私にとって、本当をいえば、かなり愉快なはずのテーマである。というのは、私の知るかぎり、三島は、ある種の危険を冒しても、ものごとを率直に述べようとする人であり、しかもその発言は、私にいろいろと考えさせることが多いからである。三島という人は、世評によれば、それこそ海千山千のしたたかな才子であるのかもしれないが、私はほとんどそうは思わない。私見はいつか三島由紀夫伝めいたもので述べたことがあるが、私は三島を（国木田独歩流にいえば）一種の「非凡なる凡人」としか考えたことはない。そして、そういう愚直な人物の正直な発言というものは、近頃では稀少価値をさえもっているのではないかと思う。自分の眼で、自分の直覚でものごとをとらえることのできる人間は（少なくとも、もの書きの世界では）だんだんと少なくなっているのではないかと私はひが目で見ているのだが、三島はそうでない人物の一人に見えるからである。そして、そういう人物の書いたり、したりすることは、私などにはいつも共感と刺激の種になるからである。

　たとえば、三島は先頃『葉隠』についての註釈書を刊行した。私は正直なところやれやれと思ったけれど、その気持はわからないことはなかったので、人にすすめられるままに推薦文めいたものを書いたことがある。しかし、その時も、三島という人物の、ほとんどなりふりかまわぬ精神には感心しないではおれなかった。『葉隠』を書いた山本常朝にいわせたならば、恐らく三島の註釈などは、つまらないイロニイに思えたかもしれないのに、三島は、私の想像では、それをあえて気にしなかったようである。そういうところに、私は稀少価値を認めるのである。

　こんどの論文にもまた、三島の愚直さはハッキリとあらわれている。ただそこに提示された問題を考えることが「本当をいえばかなり愉快なはずのテーマである」などと言ったのは、実はこの論文が三島のエッセイとしてはあまり魅力がないからである。三島はこういうテーマを書かせたならば、もう少し刺激的な筆力をもつはずの文学者である。しかし、少なくともこの論文における三島は、「月並」よりも少し低いというのが私の印象である。

2

ただ、にもかかわらず、三島の提起した問題はやはり私を考えさせる。恐らく三島は怱卒にこの文章を書いたのかもしれないが、その基本的な論点は、誰もが避けて通ることのできないものであると私は思う。（という意味は、三島の問題提示など、はじめからナンセンスと考える人々も少なくないであろうと思うからである。）三島がここでやや遠廻しに提起しているのは、日本人の文化における天皇（この場合、天皇制、もしくは皇室、いずれでもよい）の意味づけは如何という問題である。そして、この問題は、これまでのところ、誰もが正直に、正確に答えたことのない問題ではないかと私は思っている。三島はいつもそういう答えがたい問題を契機としてその創作と行動を開始する傾向があるが、この場合もそれは同様である。日本人の文化とは何か、――その前に日本人とは何か、文化とは何か、という誰にも容易に答え得ないような問題がここには提示され、さらにその「防衛」ということが論じられている。その結論は「文化の全体性を代表するこのような天皇のみが究極の価値自体」であり、「天皇が否定され……るときこそ、日本の又、日本文化の真の危機」であるというものである。いいかえれば、日本人の文化としての一体性を保障しうるものは「天皇」だけであり、日本人が日本人たらんとするならば、「天皇」の「防衛」は必然であるというのがその骨子である。そのことは、私流にさらにいいなおせば、日本人のあらゆる文化的表現形態（いわゆる「文化」から生活・行動のすべての様式を含む）は、もし「天皇」を抜きにするならば、他の何らかの意味をもちうるとしても、決して日本の文化という統合的な意味はもちえないであろうということである。

　これは、一見するならば、ごく月並な伝統的日本ナショナリズムの主張をくりかえしたものにすぎない。凡そある民族の統一性を支える根拠がその文化的一体性にあることは、スターリンの教条をまつまでもなく自明のことである。そしてまた、日本文化の場合、「天皇」ないし「皇室」の伝統がその一体性の究極の根拠としてしばしば指示されるところに、日本のいわば特殊事情があることも、すでにひろく知られているとおりである。そのことは、それぞれの意味での天皇制否定論者といえども、正直に認めないわけにはいかない事実であろう。というより、日本における思想問題（政治学と美学とを含めて）が、たえず天皇制の肯定と否定をめぐって展開してきたことが、何よりもその事実の明らかな一証拠となるはずである。

　三島は、そのことを論証するために、まずこの論文の前半部をさいて文化の「再帰性、全体性、主体性」ということを説いている。この部分は、それを一読された読者には説明するまでもなく、凡そ「文化」の意味について、少しでも考えたことのある人々には自明のことがらであろう。「再帰性」というのは一般に「伝統」とよばれるものにほかならないし、「主体性」というのは、凡そ文化がたんなる日常的な慣習もしくは画一化に退行しないための根本条件にほかならない。いずれも当然のことを言ったものにすぎないが、もしここで三島の天皇＝文化論の特質を明らかにしようとするならば、そのいわゆる「全体性」という考え方に注目するのがわかりよいかもしれない。「再帰性」も「主体性」もあらゆる時代、あらゆる地域における文化の必要な機能的条件にほかならないが、その「全体性」の意味においてこそ、実はそれぞれの民族ないし国民の文化的特質がもっともよく示されるはずであり、「文化概念としての天皇」という理念も、それと結びついて生まれるからである。三島のいう日本文化の全体性というのは、たとえば以下のように述べられるものである――

「……文化とは、能の一つの型から、月明の夜ニューギニヤの海上に浮上した人間魚雷から日本刀をふりかざして躍り出て戦死した一海軍士官の行動をも包括し、又、特攻隊の幾多の遺書をも包含する。源氏物語から現代小説まで、万葉集から前衛短歌まで、中尊寺の仏像から現代彫刻まで、華道、茶道から、剣道、柔道まで、のみならず、歌舞伎からヤクザのチャンバラ映画まで、禅から軍隊の作法まで、すべての『菊と刀』の双方を包摂する、日本的なものの透かし見られるフォルムを斥《さ》す。」

要するに、「芸術作品のみでなく、行動及び行動様式」を含んだ全体的人間集団の生の様式を文化と考えるということであるが、これもまた、それ自体尋常な考え方としてよいであろう。ただ、問題は三島の場合、それら多様な人間の生の諸様式に一定の意味体系を与えるものが、日本においては「天皇」以外にはないとするところにあろう。三島はそういう言葉を使っていないし、いくらか私の我流の概括になるかもしれないが、三島はここで一般に文化を文化たらしめる究極の根拠というべきもの、いわば文化の「一般意志」を象徴するものとして天皇を考えているといってよいであろう。むろんここでいう「一般意志」はルソーのいう意味である。すべての個人の特殊な利害関心にもとづく多様な意志の集合に対し、一つのネーションとしての統一的意味を付与するものこそ、絶対に誤ることのない自然法則のごとき「一般意志」である、というのがルソーであるが、三島が日本人のありとあらゆる行動（創作を含めて）に統一的な意味を与えるものを天皇であるとみていることは間違いないであろう。三島はあるていど用心ぶかく天皇を政治から引きはなしているから、それに対応させていえば、日本文化における美的一般意志というべきものを天皇に見出しているといえばよいかもしれない。

ここで唐突に「一般意志」などをもち出したように思われるかもしれないが、政治的な天皇制を「一般意志」によって説明する例は現代においてもないわけではない。たとえば、いわゆる「右翼」思想家の一人葦津珍彦氏はその著書『日本の君主制』の中の「天皇意思と一般意思」において、次のように述べている――

「ここで大御心（天皇の意思）というのは、アメリカ人が理解するような意味での一裕仁命の後天的思慮や教養から生じて来る意思なのではない。（略）それは分り易く言えば、日本民族の一般意思とでも言うべきものである。それは万世不易の民族の一般意思である。この民族の一般意思を日本人は神聖不可侵と信じているのである。」

三島は、そのようなカテゴリイによって日本文化の全体性の意味を説いていないが、恐らくそのようにパラフレーズしても不服はないだろうと私は思っている。なぜなら、彼のいう「防衛」という「行動」は、一般に「意志」を前提としないで成立するわけはないからである。

3

一般に日本文化の統合点を皇室に求めるという考え方は、それ自体久しい伝統をもつものである。三島のいうように、守るという行為にもまた、文化と同様の「再帰性」があるとすれば、三島の「文化防衛論」もまた、その先蹤をもたないわけはない。その原型はもっとも手近には三島自身の文学的故郷ともいうべき「日本ロマン派」の中にも求められるが（たとえばそのいわゆる「皇神の風雅」という発想を想起せよ）、私はむしろもっとさかのぼって、幕末維新期にか、もしくは北一輝あたりにそれを推定したいと感じる。というのは、三島はこの論文において、明治国家体制と天皇の関係について論じ、もしくは「二・二六事件のみやび」ということなども述べているからである。たとえば、北一輝における美と政治との交渉形態をはじめにとりあげて見ると、そこにはどこか三島の「文化概念としての天皇」に似た発想が含まれていることがわかるはずである。彼の処女作『国体論及び純正社会主義』は、読み方をかえるならば、最も美しい日本政治の形態は何かを追求した著作と見ることもできるのである。そのさい北がよりどころとした論証の方法は、周知のように進化論という科学の方法であった。彼は人間進化の行きつくところを、排泄作用も行わず、醜い（と北によってみなされた）男女の生殖行為をも必要としないような、天使のように美しい「類神人」への到達であるとしているが、そのようなラジカル進化論者北の眼に映じた日本の天皇は、「国家の生存進化のために発生し、継続しつつある機関なり」というものであった。この間の事情を詳しく説明することは省略するが、要するに北は、天皇を日本国家の到達すべきユートピアへの美しい意志の象徴とみなしていたのである。北が天皇をきわめてロマン的な美的イメージとしてとらえていたことは、周知のところであろう。歴代の天皇が地位を説明して、あるいは「グレゴリオ七世の如くならず、大いに優温閑雅にして」とか、あるいは「他の強者の権利に圧伏せられたる時には優温閑雅なる詩人として政権争奪の外に隔たりて傍観者たり」とか、要するに皇室が日本の美の擁護者として存在したことを北は随所で述べている。そこには、ほとんど中世・近世を通じ草莽の中に伝承された朝廷への憧憬に似た感情が流露している。それは、日本ロマン派の同様な「風雅」への翹望とそれほどちがったものでもなかったのである。

　こうした北の皇室憧憬は、その少年期以来の環境と教養にもとづくものであったとみてよい。「吾人は今なお故郷（＝佐渡）なる順徳帝の陵に到るごとに、詩人の断腸を思って涙流る」というような文字が『国体論』の中にはあるが、たしかに北の思想は、その弟昤吉のいうように「藩閥打破の民権思想と詩人的情操から来る勤皇心との不思議な結合」というべきものであった。とくにその明治天皇論を見るならば、彼がいかにロマン的な詩人と英雄の姿をそこに投射しているかは明白である。「詩人と英雄」「革命と詩人」などというのは由来ロマン派のお気に入りの発想であったが、北の著作を通じて同じものの貫通を認めることは容易である。

　ところで、ここで北一輝をもち出したのは、三島の論文の中に「二・二六事件のみやび」という言葉があらわれてくる関係からであった。いいかえれば、それは美としてのテロリズムという考え方を示したものである。

　もっとも北一輝の初期の思想の中に、直接にテロールを肯定する要素が含まれていたと見ることは、恐らく後からの溯及解釈である。彼はその『国体論』当時、革命家たちの間で大問題となっていた直接行動か議会政策かという論争においては、むしろ普通選挙による議会主義の拡大という平和的手段を考えていたと思われるし、後年の『日本改造法案』に明示されたような、戒厳令下のクーデタという思考が発生するのは、やはりその後における彼自身の体験と日本内外の情勢の変化によるものと見るべきであろう。テロールがそれ自体として重要視されていたとは、その青年期についてはいえないように私は考えている。

　ただ、彼の国家理論の中には、必要に応じて対外戦争というテロールはもとより、国内的なテロリズムをも正当化するような構造が積極的に含まれていたことは否定できない。そしてその構造というのは、実はフランス革命期に始まる古典的テロールの正当化と正確に一致するようなものであった。

　つまり、フランス革命後におけるジャコバンの恐怖政治は、ある意味ではルソーのあの「一般意志」の必然的帰結であったとされるように、北の国家思想において考えられた国家の究極的意志もまた、その意志に背反するものを強力的に矯正しうるという意味を含んでいた。北の場合、ルソーの「一般意志」に相当するものが、国家意志の「最高機関」としての「天皇と国民」にほかならないことは『改造法案』冒頭に述べられた「天皇ハ全国民ト共ニ国家改造ノ根基ヲ定メンガタメニ、云々」という有名な文字を見ても明かである。すなわち、ここでは、天皇の個人的意志ではなく、天皇＝国民の意志が一般意志とされている。このような仮定が成立つのは、北における独特の国家人格実在説と歴史論とが前提とされているからであるが、ここではその点を詳論する必要はない。ただ、テロールについていえば、それは国民の一部による他の国民に対する暴行などではなく、ちょうど神のように必然的に実在し、必然的に真・善・美であるような一般意志の自己実現過程にほかならないことになる。北の場合でいえば、あらゆる正常なテロールは、天皇＝国民の一体性の名のもとに正統化されている。

ここで、一般意志という概念に立って考えるとき、そうしたテロールには、本質的に責任という問題が生じないことも了解されるはずである。あたかも、神にとってその責任ということが無意味であるのと同じことであるが、そのことをすなわち「みやび」というと考えてもよいであろう。神意の代行者の行為は何人によっても責任は追及されないはずであるから、これほど優雅なことがらはない。三島がその論文の中で「自由と責任」にかえて「自由と優雅」ということをいっているのは、その意味でいかにも的確である。ただ、さらにつけ加えていえば、この自由と優雅の理念には、ルソーやジャコバンの場合と同じように、ストイシズムの要因もまた含まれねばならないであろう。なぜなら、一般意志の理念そのものが個人的な情熱や欲望から自由な普遍性をその本質としているかぎり、恣意による行為はすべて排除さるべきであり、テロールそのものもまた、精確な法則性に服従すべきだからである。こうして、一般意志論から演繹されるテロールは、自由でストイックな優雅さをおびねばならないことになる。

三島は、その種のテロールの典型を二・二六の青年将校の行動に見出しているようだ。というより、正確にいえば、そうしたテロールの意味がすでに了解されなくなった時代に、このテロールが生じたという悲劇性を解明することによって、日本の近代文化批判の原理を構想しようとしているようだというべきであろう。それはさし当り、三島の明治国家体制と、それにビルト・インされた「天皇制」への批判という形で示されている。

4

「国と民族の非分離の象徴であり、その時間的連続性と空間的連続性の座標軸であるところの天皇は、日本の近代史においては、一度もその本質である『文化概念』としての形姿を如実に示されたことはなかった。

このことは明治憲法国家の本質が、文化の全体性の浸蝕の上に成立ち、儒教道徳の残滓をとどめた官僚文化によって代表されていたことと関わりがある……

「明治憲法による天皇制は、祭政一致を標榜することによって、時間的連続性を充たしたが、政治的無秩序を招来する危険のある空間的連続性には関わらなかった。すなわち言論の自由には関わらなかったのである。政治概念としての天皇は、より自由でより包括的な文化概念としての天皇を、多分に犠牲に供せざるをえなかった……」

この引用文あたりに、三島の明治国家批判はかなり鮮明に示されているといえるかもしれない。ただ、文化の「時間的連続性」と対になっている「空間性」という風変りな概念については、いくらか説明が必要かもしれない。この概念は、別のところで「空間的連続性は時には政治的無秩序をさえ容認するにいたることは、あたかも最深のエロティシズムが、一方では古来の神権政治に、他方ではアナーキズムに接着するのと照応している」などと書かれていることから、また前記引用文の中に「空間的連続性……すなわち言論の自由」とあることからも了解されるように、「文化の全体性」を構成する重大な契機の一つとして用いられている。すなわち、「文化概念としての天皇」は、日本の文化的伝統のすべてを象徴するとともに、またあらゆる日本人の多元的な横への拡がりによって生成する政治や文化におけるすべてのアナーキーをも包容しうるものでなければならなかった。

「すなわち、文化概念としての天皇は、国家権力と秩序の側だけにあるのみではなく、無秩序の側へも手をさしのべていたのである。」

こうした文化概念としての天皇に対して、政治概念としての天皇は、どこまでも権力の集中化と秩序化、それに対応するあらゆる「正統的」文化＝イデオロギーのみと結びつくものであることはいうまでもない。それが明治憲法によって作り出された「天皇制」にほかならないというのが三島の見解である。そして、そのような天皇制は、大正・昭和の過程において、「西欧的立憲君主政体に固執」することをますます強め、そのことによってついには「二・二六事件のみやびを理解する力を喪ってしまった」というのが三島の痛恨であり『英霊の声』の背後によこたわるモチーフの一つでもあった。なぜ天皇は、二・二六事件をたんに秩序紊乱の行動としか見られなかったのか、なぜそこに生ずべきアナーキーにも「手をさしのべ」られなかったのか、というのが「文化概念としての天皇」論からする三島の恨みにみちた批判である。

このような明治国家解釈は私にはなかなか興味がある。ただ、ここでは三島は歴史的に記述しているのではないので、その解釈は意味づけは読者の自由に委ねられている形になっている。以下、私は、三島のカテゴリィを引照しながら、「文化概念としての天皇」の可能性ということをめぐって、思いつくままに歴史的な連想をたどってみることにしたい。

まず三島の「文化概念としての天皇」という概念が私の中によびおこす最初のイメージは、思想史の領域でいえば、幕末期国学者たちのいだいた天皇のそれに近いものである。もう少しそれを限定していえば、現実の政治権力からは全く疎外されながら、かえってすべての政治秩序に対する批判原理となりえているような、そういう存在としての天皇ということである。国学者たちがその古代文芸の文献学的研究を通して発見したものは、一方では日本のすべての文化の精神を伝承しつつも、現世的権力には全くかかわることのない神々の「御真名子」としての永遠の天皇であり、他方では、その対極にあるものとして、すべての政治的統制力に従順に服従している民衆の心の無限の奥深さということであった。少し図式的にいえば、国学の人々は、一方には世界＝宇宙の神秘的な深遠さと、他方にはエロティシズムを含めた人間の心の動きの限りないひろがり（＝文化）との中間に、いわば曖昧な虚構として存在する政治的世界の相対性をはっきり認めたということになるであろう。

いいかえれば、政治と非政治の世界を比べるとき、前者は矮小な人為の世界を意味しており、後者にこそ、人間の生命や文化の普遍的な意味があらわれているということである。真淵にせよ、宣長にせよ、篤胤にせよ、すべて人為のはからいとしての政治に対し、人間の「真心《まごころ》」と「もののあわれ」を対置したとき、彼らの考えたものは不可知の神意に対する非政治的な恭順ということであった。そして天皇＝朝廷はその究極の保障者であった。

よく知られているように、彼らは政治権力への恭順の根拠を、その権力自体に内在するなんらかの規範性によってではなく、かえってその存在がただ非政治的な神意の道具であるという先験性によって理由づけている。たとえば彼らは「凡てこの世の中のことは、春秋のゆきかはり、雨ふり風ふくたぐひ、また国の上の吉《よし》凶《あし》きよろづのこと、みなことごとに神の御所為《みしわざ》なり。さて神には善もあり悪きもありて、所行《しわざ》もそれにしたがふなれば、大かたの尋常のことわりを以ては測りがたきわざ」であるとみなし、それ故に、政治の善悪、体制の良否にかかわりなく（恐らく、ファシズムにさえ）、すべて「時々の御法は神の御命《みこと》」として服従すべきことを説いている。これはある意味では人間思想史上にあらわれたおどろくべき理念といってよいであろう。私はしばしば国学の思想を思うとき、あのプラトン的なポリス的（＝政治的）人間の美化に対し、アウグスチヌスが提示した全く異る人間論を連想することがある。端的にいえば、それは「政治は人間のすべてを蔽いえない」という認識であり、凡そ一切の政治は、その存在の事実、その目的を含めて悪にほかならないと考えるものであったが、そこから、実は人間の生き方の二つの傾向が生れてくる。一つは、一切の政治からの引退であり、他の一つは、一切の政治に対する非政治的な反逆である。前者は官能的なエピキュリアンの道であり、後者は後年のアナーキズムの原型ということになるであろう。幕末国学の場合にも、そうした分化があらわれたように思われる。一つは本居派の歌への沈潜であり、他の一つは平田派神学者たちのあのラジカルな実践への捨身であった。

こうした国学の流れが、幕末＝維新期においていかなる運命に逢着したかはすでによく知られている。彼らは、古代的な神政政治、神と人との自然な交感によっていとなまれるユートピアを現世に樹立しようとして、すべての不純な人為的営造物の破壊に邁進した。さながらの神国を日本の国土に実現しようとしたわけである。

しかし、周知のように、彼らのその試みは大いなる幻想におわった。それは、彼らの非政治的政治世界の構想が、かんたんに政治の論理によって破綻せしめられたからである。国学を知らざるものは人にあらずという一時の昂揚から、無知蒙昧の代名詞にまで顚落せしめられたのが維新後わずか六、七年頃の彼らであった。政治と「文明開化」とは、すべてを神々の所為に帰せしめようとする「優雅な」政治者たちを手あらく排除してしまった。岩倉具視の最高ブレーンであった玉松操が「奸雄のために售《う》らる」と長嘆して消えていったなどはその象徴であった。

しかし、もともと主情的美学という要素のつよい国学の論理からは、「可能性の技術」であり、「悪魔との取引」である政治との恒常的関係は成立しえない。彼らの「みやび」にみちた政治行動は、結局「售らる」るほかはないのである。史上、その類例は全く乏しくない。国学者のあるものたちは、彼らの幻想の第一の破綻――攘夷ではなく「開国」への転換――に直面して、これもまた霊異なる神々の意志であり、前後を矛盾と考えるのは「さかしら」であるという論理によって自ら転身した。しかし、それが政治の論理でないことはいうまでもなかった。

三島のいうアナーキーをも包容しうる全体的文化の「無差別的包括性」という考えから、私はやや気ままな連想をひき出しすぎたかもしれない。しかし、三島が明治国家を批判して「文化の全体性の浸蝕の上に成立」っているとしたのは、まさに維新期国学者の明治権力に対する批判と同質のものを含んでいるように私には見える。明治国家はその「政治機構の醇化によって、文化的機能を捨象して行った」というのも、政治に裏切られた国学的心情主義の長嘆に似ている。そしてこの嘆きは、神風連から西郷党の一部にまで、北一輝から二・二六の青年将校たちにまで、さまざまなヴァリエーションを含みながら継承されている。三島もまた、その意味では、あの数多くの良い和歌を遺した純粋尊攘派の系譜につらなるものかもしれない。ただし、彼らの多くは寂しい浪士たちであったが、三島はかえって賑かすぎるくらいの人物であるところがどうも印象がちがうのだが……。

ともあれ私は、最近の三島がそのままかつての「尊皇攘夷」派に似ているように思っているが、いうまでもなくそれは冷笑の意味ではない。私は、およそある一つの文化が危機にのぞんだとき、その文化が「天皇を讃美せよ！　野蛮人を排斥せよ！」というのと同じ叫びをあげるのは当然のことだと思っている。それはほとんど危機におかれた人間の生理的反射に似た現象であり、日本にかぎらず、それぞれの時期において、人類史上の普遍的な現象であると思っている。とくに日本のように社会組織の有機的性格が濃密な地域では、危機への反射的反応はそれだけ強烈であるのは当然である。人は、たとえば幕末における国学者たちの神国思想や、天皇を以て「万国の総主」とみなし、日本を以て世界の最善・最美の「上国」とみなすような思想を嘲笑するであろう。しかし、私たちに必要なことは、彼らの非理性的錯乱を笑うことではなく、凡そ日本のような地理的・歴史的に特色のある国家が、その全身に感じとった危機感の巨大さを想像することであろう。水戸学でも、平田派神学でも、ただその誇大妄想を笑うだけならば、手間もひまもいらないことである。

もちろん、三島が「尊皇攘夷派」だということは一種のひゆにすぎない。「尊皇」の意味も、「夷狄」の意味も全くかわっているはずである。前者は、幕末の日本人が、圧倒的な外圧に直面して、いわば応急に見出した自尊心回復の媒体であったと竹越三叉などはやや皮肉に述べているが、それはいいかえれば、混濁した忠誠心喪失の状況の中で、人々がその心のよりどころを、より安定した価値に求めようとしたというだけのことである。そこには奇怪さはなかった。

現代の危機は、封建制というある意味では責任負担を分散させるようなシステムがないために、かえってその事実が空想的に拡大され、個々人の内部に異常な重圧をひきおこすという特異な性格をおびている。たとえば、現実の軍事的危機とか、革命の危機というよりも、情報機構を通じて人々の心中によびおこされるイメージとしての危機の切迫性が、そのまま、人々をパニックにおとしいれることもできるという形をとっている。それにともなって、人々は演技的なヒステリアの発作にとらわれることもますます多くなっている。しかし、いずれにせよ、想像された危機が危機でないとはいえない。そしてそれに対応して、新たなよりどころとしての忠誠対象の追及がほとんどけいれん的な様相を呈してくることも、知られているとおりである。ただ、私の考えでは、少なくとも政治の世界では、すべての身ぶりも、理論も、信条も、忠誠心も、あまり役に立つことはない。アナーキズムは政治思想ではないといったカール・シュミットの言葉を私はよく思い浮かべるのだが、私などはとかくそのような考え方に反撥したくなる。それはやはり私などの内部に、根源的にあの国学的なユートピアへの憧れが潜在しているからかもしれない。その内なるものがあるいは「国家」「民族」とよばれ、日本ではとくに「天皇」とよばれているものにほかならない。しかし、いったい、幸徳秋水を生かしておくような「文化概念」としての天皇制とはいかなるものであろうか？

5

しまいに、三島の論文の終わりの方を見ると、私にはどうもすっきりしないところがいくつかあらわれてくるので、そのことについてふれておきたい。たとえば「時運の赴くところ……代議制民主主義を通じて平和裡に『天皇制下の共産政体』さえ成立しかねないのである」とし、そのときは「文化概念としての天皇はこれと共に崩壊して、もっとも狡猾な政治象徴として利用されるか、あるいは利用されたのちに捨て去られるか、その運命は決っている」と述べているところはその一つである。

もちろん、三島のいうのは、共産体制とは「言論の自由」と、それによって支えられる「文化の全体性」に対するそもそもの反対概念であり、その体制下では、文化の全体性を象徴する天皇の意味は当然にありえないという論理になっているのだが、ここでの疑問は、あえて共産政体をもちだすまでもなく、すでに明治憲法体制の下で、天皇はその意味での機能を失ってしまったというのが三島の見解だったのではないか、ということである。近代史以降、天皇は「一度もその本質である『文化概念』としての形姿を如実に示されたことはなかった」ということは、凡そ近代国家の論理と、文化概念としての、いわば美の総攬者としての天皇の論理とがどこかであい入れないものを含んでいたことにもとづくはずである。

事実、国学者たちが構想した天皇統治の美的ユートピアは、維新後数年ならずして、次々と崩壊しなければならなかったし、神風連の乱やある意味ではまた西南戦争は、その敗亡の道標となっている。二・二六事件をまつまでもなく、すでに西郷の反乱というアナーキーを許容しえないほどに、天皇はもっぱら政治的装置として利用されるにいたっている。三島はそうした転化が決定的に生じたのは、大正十四年の治安維持法第一条が「国体を変革し又は私有財産制を否認することを目的として……」という風に、国体と私有財産制とを同一視する「不敬」を犯したときであると述べているが（もっともこの条文は、のちに別々に書きわけられたが）、それは政治概念としての天皇制が、その作用局面をより拡大深化したというだけのことで、そもそも政治的な「国体」観念の形成そのものと同時に、或はもっと早く、その転換は始っていたと見るべきではないだろうか。でなければ、北一輝が、彼一流の文化概念として天皇を救出するために、あれほど猛烈に「国体」批判をやらねばならなかった理由もなくなるし、まさに文化の「空間性」のあらわれであるアナーキズムを、謀略的に殺戮し去った機能の説明もつかなくなる。

それともう一つの疑問は、天皇擁護のために「天皇と軍隊とを栄誉の絆でつないでおくことが急務」とされ、しかもその目的は「政治概念としての天皇ではなく、文化概念としての天皇の復活を促すものでなければならぬ」という部分である。ここでは、私なりに三島のイメージがわからないではないが、その論理がどうなるのかはほとんどわからない。

すでに国民皆兵の制度がとられていた明治国家においてさえ、軍はあるいは軍閥という形において、あるいは議会との関係において、国民の「文化の全体性」に対するむしろ反措定の機能を果した。しかし、それでも、国民のすべてが兵士であるという体制の下では、北一輝のように、軍を「天皇と国民」のシンボルによって結びつけようとする企図には、まだしも論理的な矛盾はなかった。憲法改正ということを三島が考えているのかどうかは知らない。恐らくそうではなく、私の理解では、まさに「文化概念としての天皇制」が現実化したのちに、はじめて成立しうるような天皇と軍との関係を三島はロマンティクに先取りしているのではないかと思われるのだが、もしそうだとすれば、それは論理的にはもちろん、事実の手順からいっても、不可能な空想である。実現の可能性があるのは、天皇の政治化という以外のものではないであろう。かつて、天皇親率というヒロイックなイメージの下に、「政治に関わらず」とされた国民皆兵の軍隊が、後遺症のように残したものこそが「政治的天皇」の記憶であった。だからことがらは、三島の考えるようにロマンティクには進まないだろうと思う。

ただ、ここで三島が、共産革命防止を究極の目的として天皇と軍隊の直結を言っているのなら、それは政策論として少しも非論理的ではない。ただし、その場合は、実はかえって明治の士族反乱に似たものをひきおこすであろうという可能性を計算に入れなければならないが、少なくともそれ自体は合理的な考え方である。しかし、もしこの三島の目的が「文化概念としての天皇」の擁護にあるとするならば、それは論理的でもなく、現実的でもないことになる。——私のわからないのはその点である。もちろん、個人の生活という範囲でいえば、その内部において、まさに三島のように、文と武とを兼備することは、その人物の文化の全体性と少しも矛盾しないはずである。しかし、歴史的にいっても、きわめて稀有の場合において、しかもかなり短い期間においてしか実現しなかったようなケースを念頭におくのでなければ、私には「文化」の一般意志と、政治のそれとが一致するような人間生活のシステムを考えることはむずかしいのである。

解題

三島由紀夫は「楯の会」を準備していたさなかの一九六八年、「中央公論」七月号に執筆した「文化防衛論」を発表した。この「美の論理と政治の論理」はこれに対する応答として橋川文三が同誌九月号に掲載したものである。三島はこれに対して同誌一〇月号に「橋川文三氏への公開状」を発表（本誌に収録）したが、これに橋川が直接、応えることはなかった。三島と橋川の関係とそこでのこの論文の位置については本誌収録の杉田俊介氏による「三島由紀夫と橋川文三」を参照されたい。同氏は「すばる」で「橋川文三とその浪漫」（二〇一九年六月号〜）を連載中だが、そこでこの両者の相互影響はさらに詳しく論じられることになるだろう。また本誌の中島岳志氏のインタビューもまた三島と橋川についてふれている。この論文は『政治と文学の辺境』（冬樹社、一九七〇）に収録され、その後、『橋川文三著作集』（筑摩書房、一九八五）、『橋川文三セレクション』（中島岳志編、岩波現代文庫、二〇一一）などに再録された。またこれをふくむ橋川の三島をめぐる文章、対談などは橋川文三『三島由紀夫論集成』（深夜叢書社、一九八九）にまとめられている。

（編集部）

◉三島由紀夫論集

情況への発言

――暫定的メモ

吉本隆明

三島由紀夫の劇的な割腹死・介錯による首はね。これは衝撃である。この自死の方法は、いくぶんか生きているものすべてを〈コケ〉にみせるだけの迫力をもっている。

この自死の方法の凄まじさと、悲惨なばかりの〈檄文〉や〈辞世〉の歌の下らなさ、政治的行為としての見当外れの愚劣さ、自死にいたる過程を、あらかじめテレビカメラに映写させるような所にあらわれている大向うむけの〈醒めた計量〉の仕方等々の奇妙なアマルガムが、衝撃に色彩をあたえている。そして問いはこの数年来三島由紀夫にいだいていたのとおなじようにわたしにのこる。〈どこまで本気なのかね〉。つまり、わたしにはいちばん判りにくいところでかれは死んでいる。この問いにたいして三島の自死の方法の凄まじさだけが答えになっている。そしてこの答は一瞬〈おまえはなにをしてきたのか！〉と迫るだけの力をわたしに対してもっている。しかし青年たちが三島由紀夫の自死からうけた衝撃は、これとちがうような気がする。青年たちは、わたしが戦中、アクロバット的な肉体の鍛錬に耐えて、やがて特攻機でつぎつぎと自爆していった少年航空兵たちに感じたとおなじ質の衝撃を感じたのではなかろうか？

青年たちのうけたであろうこの衝撃の質を、あざ嗤うものはかならず罰せられるような気がする。そして、この衝撃の質は、イデオロギーに関係ないはずである。どんなに居直ろうと、〈おれは畳のうえで死んでやる〉などという市民主義的な豚ロースなどの弛緩した心情になんの意味もないのだ。〈言葉〉は一瞬世界を凍らせることができる。しかし肉体的な行動が一瞬でも世界を凍らせることは〈至難〉のことである。青年たちの衝撃はこの〈至難〉を感性的に洞察しえているがためにちがいない。わたしが青年たちと、うけた衝撃の質を異にするのは、恥かしさや無類の異和感にたえて戦後に生き延びたことから〈死〉を固定的に、つまり空想的にかんがえないという思想をもっているためである。

三島由紀夫の割腹死をもっておわった政治的行為が〈時代的〉

でありうるかどうか、〈時代〉を旋回させるだけの効果を果しうるかどうかは、だれにも判らない。三島じしんが、じぶんを正確に評価しえていたとすれば、この影響は間接的な回路をとおって、かならず何年かあとに相当の力であらわれるような気がする。だが、かれ自身が、じぶんを過大にかあるいは過小にかしか評価できていなかったとすれば、まさに世の〈民主主義〉者がいうように、時代錯誤、ドンキホーテ、愚行ということにおわるだろう。この問題はいずれにせよ早急に結果があらわれることはない。

　わたしがまさに、正体不明の出自をもつ〈天皇〉族なるもののために演じた過去の愚かさを自己粉砕する方法の端緒をつかみかけたとき、三島はこの正体不明の一族にあらゆる観念的な価値の源泉をもとめるという逆行に達している。このちぐはぐさはどこからくるのか。かれは自衛隊の市ヶ谷屯営所の正面バルコニーで、一場の無内容なアジ演説を隊員にぶったあと、もっとも愚かしい〈天皇陛下万歳〉を叫んだ。そして、この最も愚かな叫び声のすぐあとに、もっとも不可避の衝撃力をもつ割腹、刎頸の自死の方法が接続される。潜行する衝撃の波紋と、故意にこの衝撃の深さに蓋をしようとしている大手新聞をはじめとするマス・コミの報道は、かれの自死の凄まじさにだけは拮抗できないし、また、これを葬ることもできない。

　肉体の鍛錬に思想的な意味をもたせるすべての思想は駄目である。〈若者よ、からだを鍛えておけ〉という唱歌をつくった文学的政治屋が駄目なのはそのはなはだしい例である。肉体を練磨すること、健康を維持し、積極的にこれを開発すること自体にはそれなりの意味が与えられる。しかし、それは個体にとってだけだ。戦中派と称せられる世代には、これを錯覚して肉体の練磨に公的な意味をもたせようとする抜きがたい傾向がある。そのあげく、人工的にボディビルし、刀技をひけらかし、刀を振りまわしたりするところへつっ走る。もちろん、これとて個体の内部では意味をもつにちがいない。最小限に見積っても、飯《めし》が美味《うま》くたべられるとか、気分が爽快になるだとかいう有効性はある。しかし、刀が肉体をふりまわすに至ることだってありうるのだ。そして刀は肉体だけではなく精神をもふりまわす。

　愚行を演技したものにむかって、愚行だと批難しても無駄である。ご当人が愚行は百も承知なのだ。

〈三島由紀夫に先をこされた。左翼もまけずに生命知らずを育てなければならぬ〉という左翼ラジカリズム馬鹿がいる。〈三島由紀夫のあとにつづけ〉という右翼学生馬鹿がいる。そうかとおもうと〈生命を大切にすべきである〉という市民主義馬鹿がいる。三馬鹿大将とはこれをいうのだ。いずれも三島由紀夫の精神的退行があらかじめはじきだした計量済みの反響であり、おけらたちの演じている余波である。しかし、いずれにせよ、この種の反応はたいしたものではない。真の反応は三島の優れた文学的業績の全重量を一瞬のうち身体ごとぶつけて自爆してみせた動力学的な総和によって測られる。そして、これは何年かあとに必ず軽視することのできない重さであらわれるような気がする。三島の死は文学的な死でも精神病理学的な死でもない政治行為的な死だが、その〈死〉の意味はけっきょく文学的な業績の本格さによってしかまともには測れないものとなるにちがいない。

三島由紀夫の死は、人間の観念の作用がどこまでも退化しうることの怖ろしさをあらためてまざまざと視せつけた。これはひとごとではない。この人間の観念的な可塑性はわたしを愕然とさせる。〈文武両道〉、〈男の涙〉、〈天皇陛下万歳〉等々。こういう言葉が、逆説でも比喩でもなくまともに一級の知的作家の口からとびだしうることをみせつけられると、人間性の奇怪さ文化的風土の不可解さに慄然とする。

知行が一致するのは動物だけだ。人間も動物だが、知行の不可避的な矛盾から、はじめて人間的意識は発生した。そこで人間は動物でありながら人間と呼ばれるようになった。

〈知〉は行動の一様式である。これは手や足を動かして行動するのとまさしくおなじ意味で行動であるということを徹底してかんがえるべきである。つまらぬ哲学はつまらぬ行動を帰結する。なにが陽明学だ。なにが理論と実践の弁証法的統一だ。こういう馬鹿気た哲学を粉砕することなしには、人間の人間的本質は実現されない。こういう哲学にふりまわされたものが権力を獲得したときなにをするかは世界史的に証明済みである。こういう哲学の内部では、人間は自ら動物になるか、他者を動物に仕立てるために強圧を加えるようになるか、のいずれかである。

ひとつの強烈な事件を契機として、いままで潜在的であったものが、誘発されて顕在化し、その本性を暴露するということがありうる。三島由紀夫の自死の衝迫力は、いままで知識人であったものから蒙昧をひきだし、いままで正常にみえたものから狂者をおびきだし、いままで左翼的な言辞をもてあそんでいたものから右翼的言辞をひきだし、いままで市民主義をひけらかしていたものから、たんなる臆病をひきだし、いままで公正な与論を装ってきたものから、狼狽した事なかれ主義の本性をひきだした。

死は、とくに自殺死は〈絶対〉的である。ただしその〈絶対〉性は〈静的〉である。わたしたちが〈自殺〉死にたいしてもつせん望や忍び難さの感じは、〈死〉にさえ意志力を加えているという驚きと、〈死〉の唐突さに根ざしている。

なぜならば、黙ってほっておいても人間はいつか〈死〉ぬものであるという識知は、ほんとうは疑わしい識知であるにもかかわらず、一定の年齢に達した以後のすべての人間を先験的に捉えているからである。しかしながら、ある個人の〈死〉に加えられた本人の意志力は、まったくその本人の意志と私的事情に属するとともに、本人が意識すると否とにかかわらず、ある〈共同意志〉からやってくる。そして〈共同意志〉なるものは、人間の観念の生みだしたもののうち、もっとも不可解な気味の悪いものであり、それは人間だけが生みだしてきたものである。そして、同時に、人間は個人として、具体的に〈共同意志〉に手で触れることもできなければ、眼でみることもできない。だから、〈自殺〉死は〈絶対的〉であるとともに、どこか〈静的〉にしかみえない。

青年がとくに〈自殺〉死にたいしていだく〈先をこされた〉とか〈及び難い〉とか、〈あとにつづかねば〉という感じと焦燥は、〈自殺〉死のもつ〈絶対〉の〈静止〉を〈動的〉なものと錯覚するからである。つまり、〈死〉は自殺であろうが他殺であろうが、自然死であろうが、また逆に〈生命を粗末にするな〉とか〈生命を尊重せよ〉とかいう〈反死〉であろうが、いつもたれにとっても可能のある世界で、これは臆病だとか勇気だとかに無関係であるということが、青年期には判らないように人間はできている。人間の存在の仕方と認識の在り方の〈動的〉な性質は年齢によってはよくのみこめないのである。きみが臆病であろうが勇気があろうが〈死〉だけはきみの体験や意志力の〈彼岸〉からきみにやってくることができる無責任さと可塑性をもっている。

サルトルを研究すればサルトルにかぶれ、メルロオ＝ポンティを研究すればメルロオ＝ポンティにかぶれる。毛沢東を研究すれ

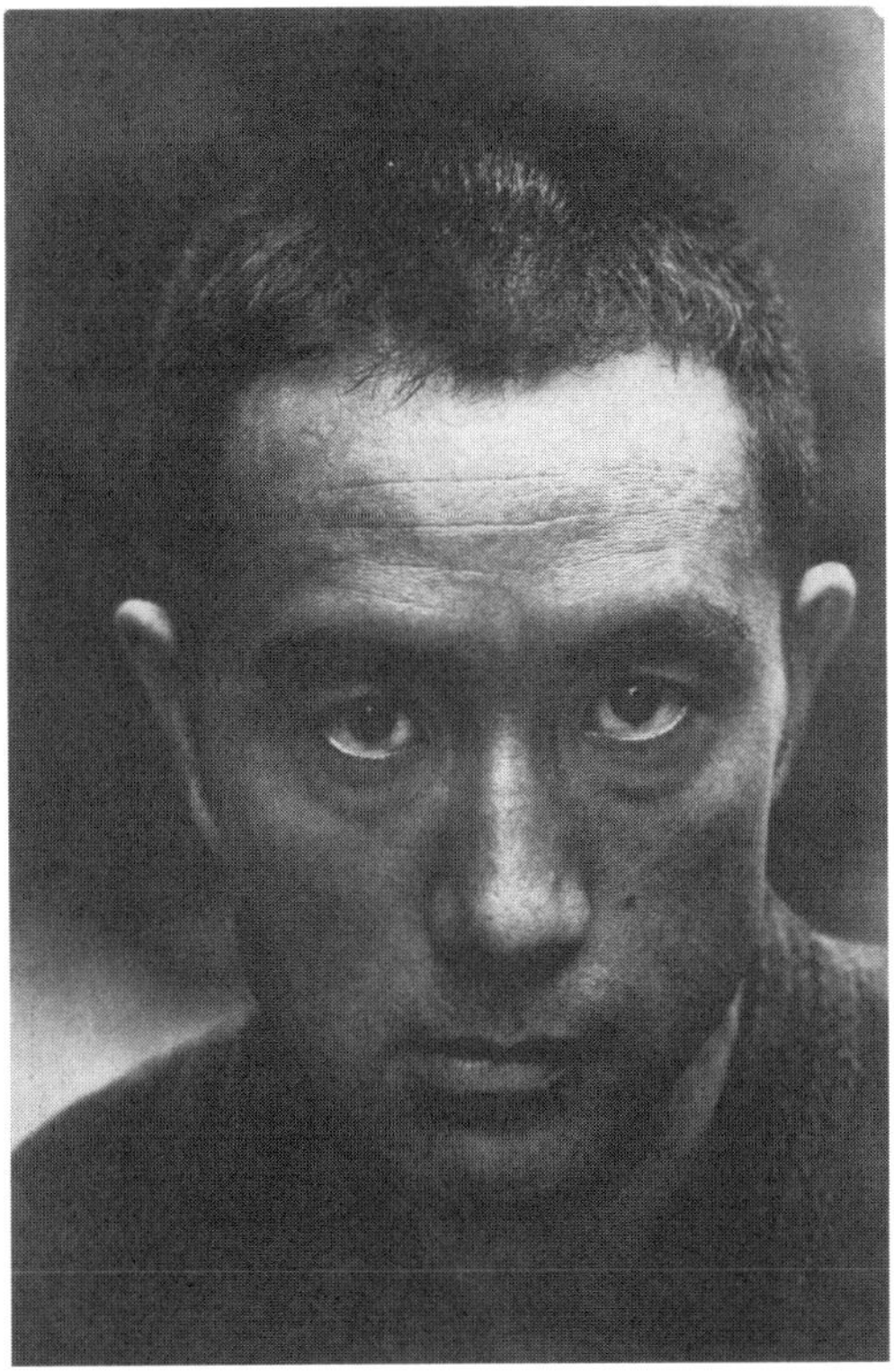

1960年頃、剣道着姿で

ば毛沢東主義にかぶれる。そしてもしかすると、天皇制を研究すれば天皇主義にかぶれる。サドを研究すればサディズムにかぶれ、バタイユをよめば〈死〉と〈エロス〉のつながりとやらにかぶれる。これは〈空間〉的なかぶれである。

したがって〈時間〉的かぶれというのもある。古代を研究すれば古代主義にかぶれ、武士道を研究すれば〈サムライ〉にかぶれて、比喩でもなんでもなく〈サムライ〉気取りになる。これこそが日本の文化的悲喜劇である。

ところで、人間的悲喜劇というのもある。肉体を鍛錬すれば肉体主義にかぶれ、武器をもてあそべば武装主義にかぶれる。そのあげく〈自衛隊〉などに肯定、否定にかかわらず過剰な意味をつける。なるほどそれは巨きな武装力をもち、いつでも〈命令一下〉武器を暴発してわたしたちをも、仮装敵国をも殺りくできる存在である。しかし武器をもてあそび、それに至上の価値を与えるものほど〈人形〉にすぎないということを忘れるべきではない。それらは〈命令一下〉どんなもったいないほど税金をしぼってつくった武器でも屑鉄のように捨ててしまえる存在である。そのあとには〈人形〉、〈御殿女中〉しかのこらない。あるいは貧しい〈サラリーマン〉しかのこらない。〈自衛隊〉に反戦や反乱の拠点をつくれという発想も〈自衛隊を利用せよ〉という発想も、シビリアンコントロールによる〈自衛隊〉の国軍化という発想も、〈自衛隊〉に拮抗しうる軍事組織をつくれという発想も、〈自衛隊をつぶせ〉という発想も、中途半端に威かくされたり、なんの役にもたたない刀などをふりまわしたりした経験のあるものの考えそうな頓馬な〈空想〉である。〈自衛隊〉をどうするかなどという発想には〈政治〉的にも〈階級〉的にもなんの意味もない。

これらの発想は三島由紀夫の政治的行動のうち、もっとも劣悪な側面が誘発した劣悪な反応であり、また余波である。

三島由紀夫の〈死〉にたいする観念には、きわめて〈空想〉的な部分がある。それは、かれが〈法〉に抵触した行為をしたときには〈死〉ぬべきだとおもいつめていたところによくあらわれている。この思いつめは、もともと本質的な〈弱者〉であり、本質的な〈御殿女中〉である封建武士が考えだしたものである。〈サムライ〉なる江戸期の体制べったりの徒食者層が、恥をかくとやたらに腹を切ったかどうかはしらない。しかし、この体制的徒食者層の教養が、事実の〈過程〉にあるみじめさや屈辱や日常の些細さに耐ええないで〈跳び超したい〉という生活的弱者や空想家の願望に根拠をもっていることは確からしくおもわれる。

三島由紀夫は座談集のなかで、安田講堂にこもった全共闘の学生指導者は自死すべきであるのに、ひとりもそういう行為に出たものがいないのに落胆したという意味のことをのべている。また、安田講堂事件のとき機動隊に排除されてゆく学生たちの姿を指を銜えて傍観していた戦中派教授が〈なんだひとりくらい飛び下り自殺でもするかとおもった〉と冷笑したという風評を当時耳にしたことがある。これらの発想は一様に〈死〉についての〈空想〉家のやる発想にほかならない。

なんべんでもいうが、〈死〉はどんな死に方でも〈空想〉ではないかわりに、どんな死に方でも、傍観教授や〈畳の上で死んでやる〉という市民主義ボスをも不可避的におとずれる可能性があるものである。そして人間は、不可避的にか、あるいは眼をつぶった〈跳び超し〉以外にはどんな死に方も可能ではない。可能でないところでは死ぬことはできないし、死なぬ方がいいのである。

　三島由紀夫の〈天皇陛下万歳〉は、これを嗤うこともできるし、時代錯誤として却けることもできる。また、おれは立場を異にするということもできる。しかし、残念なことに天皇制の不可避な存在の仕方を〈無化〉し、こういうものに価値の源泉をおくことがどんなに愚かしいことかを、充分に説得しうるだけの確定的な根拠をたれも解明しつくしてはいない。したがって三島の政治行為としての〈死〉を完全に〈無化〉することはいまのところ不可能である。根深い骨の折れる無形のたたかいは、これからほんとうに本格的にはじまる。ジャーナリズムにやたらにあらわれた三島由紀夫の自称〈好敵手〉などは、このたたかいの奥深さとはなんの関係もない存在である。それらは、三島由紀夫の同調的または非同調的なおけらにしかすぎない。そうでなければもともと三島の思想とは無縁のすれちがいのところで思想的な営為をやってきたものにしかすぎない。

　才能ある文学者には才能あるものにしかわからぬ乾いた精神の砂漠や空洞があるかもしれぬ。わたしにはそれがわからぬ。

　三島は生きているときも大向うをあてにしてずいぶん駄本をかいてサービスしている。そして《死》にいたるまで大向うにたいする計量とサービスを忘れなかった。これは、充ちたりた分限者か、成り上った苦学生のつかう方法である。ほかのどこが似ていても、三島由紀夫と二・二六の青年将校たちとはこの点で似ていない。あの将校たちの背後には、飢饉で困窮した農民たちの現実的な姿があり、その姿はかれらの部下の兵士たちの故郷の平野の中にあった。三島の思想にも政治的行為にも、そんなものはひとかけらもない。いはば〈宮廷革命〉的な発想である。比喩的にいえば、〈蘇我氏〉にたいする〈物部氏〉の反動革命などになんの意味があるか。わたしたちが粉砕したいのは、それら支配のすべてである。

　三島が〈日本的なもの〉、〈優雅なもの〉、〈美的なもの〉とかんがえていたものは、〈古代朝鮮的なもの〉にしかすぎない。また、三島が〈サムライ的なもの〉とかんがえていた理念は、わい小化された〈古典中国的なもの〉にしかすぎない。この思想的錯誤は哀れを誘う。かれの視野のどこにも〈日本的なもの〉などは存在しなかった。それなのに〈日本的なもの〉とおもいこんでいたのは哀れではないのか？

　神話や古典は大なり小なり危険な書物である。読みかたをちがうと、それをあつめ編さんし記した勢力の想像力の軌道にしらずしらず乗っかり、かれらの想像力の収斂するところに〈文化的価値〉を収斂させることになる。これはある意味では不可避の必然力をもっている。こういうときには、神話や古典時代のわれわれが竪穴住宅に毛のはえた掘立小屋で、ぼろを着て土間にじかに起居していたのだということを思いだすのも、けっしてわるくはない。小唐帝気取りだった初期天皇群は、衣・食・住のすべてにわたって等級と禁制を設けて、中国の冊封体制に迎合した。文学者がさわりだけで神話や古典をいじるのはあぶない火遊びである。

閉じられた思想と心情とは、もし契機さえあれば肉体の形まではいつでも退化しうる。これはどんな大思想でも、どんな純粋種の心情でも例外はない。

わたしはこの同世代の優れた文学者を二度近くで〈視た〉ことがある。一度はもう二十年ほども前、知人の出版記念会の席であった。もう一度は去年の夏、伊豆の海からの帰り、三島駅から乗った新幹線のおなじ箱に、熱海駅から乗り込んで、わたしの席の四つほど前に座ったのをみた。これが因縁のすべてであるといいたいが、かれは一度、編集者の求めに応じて、わたしの評論集に、親切な帯の文章をよせてくれた。かれは嫌いながらも文士や芸術家や芸能人たちによくつきあい、わたしは嫌いだからつきあわないので、一度も言葉をかわしたことはなかった。これは幸いであった。わたしにかれの死が〈逆上〉も〈冷笑〉ももたらさないのはそのためである。ただ、かれの〈死〉は重い暗いしこりをわたしの心においていった。わたしの感性にいくらかでも普遍性があるとしたら、たぶんこの重い暗いしこりの感じはかれが時代と他者においていった遺産である。

（1971・2）

解題

「情況への発言」は吉本隆明が自身の主宰する雑誌「試行」三二号（一九七一年二月）の巻頭に掲載、『詩的乾坤』（国文社、一九七〇）に収録され、その後、『吉本隆明全集』第一一巻（晶文社、二〇一五）等に収められた。この中にあるように三島由紀夫は吉本が一九六四年に刊行した『模写と鏡』（春秋社）に長文の推薦文を寄せ、そこで「私は『擬制の終焉』からはつきりと吉本氏のファンの一人になつたが、読みながら一種の性的昂奮を感じる批評といふものは滅多にあるものではない。読者は観念の闘技場の観客の一人になつて、闘牛士のしなやかな身のこなしと、猛牛の首から流れる血潮に恍惚とする」と書いた。一方、吉本もその文学論の代表作『言語にとって美とは何か』（勁草書房、一九六五）で三島の『金閣寺』を「戦後文学体の表出を現在までかんがえられうる山稜のところまで転移させた作品」として最高度に評価した（引用は熊野純彦『三島由紀夫人と思想』清水書院、二〇二〇による）。吉本にはその後の三島論として「檄のあとさき」（「新潮」一九九〇年二月号）がある。

（編集部）

三島由紀夫――仮面の戦後派

加藤周一

太平洋戦争直後、いつも戦後世代の他の作家たちが同席している場所で、私は何回か三島に会ったことがある。当時の印象では、三島は非常に小さく、やせぎすで、眼が大きく、態度は神経質でぎこちないところがある一方、他の人たちには興味のない彼自身の問題に頑固に執着しているようにみえた。占領下における社会の大きな変化に頭がくらくらするような思いをおぼえながら、たいていの作家にとっては、自分の戦争体験か、さもなければ日本の歴史と社会の再評価が、強い関心の対象となっていた。三島はそのいずれにも関心は持っていないようすだったが、とはいえ、官能的であれ心理的であれ、彼はみずからの内的世界を探究することによって、青年作家の名乗りをあげていたのである。他の人々が外向的だったとき、彼は内向的だった。他の人々がまず何よりも社会状況にかかわっていたとき、彼は断乎として自己中心的だった。彼は独特で、非凡な才能にめぐまれていた。「仮面の告白」には、決然たる自己探究と、するどい感受性と、独創的な様式との結合がみられる。ついで、創作力にあふれた作家として、みずからの個人的体験を水際立った手腕で想像の世界に移し換えた三島が――ことに「金閣寺」「宴のあと」、いくつかの短篇、「近代能楽集」の三島が、登場した。

三島はしかし、論議の対象とならざるをえない人物であった。自己の観察にかけてはすぐれていたが、他者の人格を理解する能力は限られ、美に対する感受性はゆたかだったが深い文化的素養はなく、怜悧な作家ではあったが抽象的なレヴェルにおける知的訓練に欠けていた。彼はつねに、内部の官能的・情動的自我から外部の歴史と社会へと向かうのに困難を感じ――そして、ついにそれを乗り越えることはできなかったように、私には思える。小説と戯曲の想像の世界において三島がつくり出した人物たちは、その最良の時期においてさえ、単に作者を代弁しているにすぎないふしがあり、その傾向は「鏡子の家」で最高潮に達して、彼の創造力はあきらかに下り坂に向かったのである。三島はしばしば唯美主義者をもって任じていたが、西洋美術にも日本美術にも通じておらず、それはたとえば、陶磁の世界を愛し、深く知っていた川端康成とは、するどい対照をなしている。三島の趣味は時に卑俗に堕し、その大仰な文体のおかげで絵葉書のような印象を与える。京都における建築美の象徴として金閣寺をあげるのは、パリの建築の象徴として凱旋門を持ち出すのと同様、独自性にとぼしいだろう。この小説において、主人公の内部における官能的な起伏は、よく人を納得させる。だが、外部における金閣の美の描写は通俗である。歴史についても同じことがいえるだろう。三島はみずからの個人的反応についてつづる場合には、たとえばラシーヌの「ブリタニキュス」に対するときのように、たとい結果として彼がこの戯曲を、自分の知るところの少ない十七世紀フランスの背景から切り離して観ているにせよ、独創的であり、人をうなずかせる力を持っている。彼が「葉隠」について論じるときも、膨大な十八世紀の武士の修養書のなかから、この書だけをぬき出し、ほかはほとんど読む労をとらなかったようにみえるが、それでもその感想は感受性に富み、刺激的である。みずからの経験について彼が語ることばは興味深いが、それが一般論になると、まったく意味をなさない場合が多いのである。

三島はキリスト教徒でも、仏教徒でも、無神論者でも、あるいは知的に洗練された懐疑主義者でもなかった。少なくともその点においては、彼は近代日本の市井の人々の大多数となんら異なるところはなく、まさにわれわれがとりあげた中江兆民・森鷗外・河上肇・正宗白鳥ら、他の作家たちのすべてとは、根本的に異なっていたのである。乃木は最も三島に近いが、乃木の内には、彼が遵守すべき包括的な武士の原理が存在していた。作家三島には、一般的な準拠の枠組みとしての、より大きな宗教的・哲学的体系が欠けていた。彼の熱情にあふれた、断片的な天皇中心主義の理論では十分でなかった。しかし彼は最後の作品となった四部作の長篇を組み立てるために、それだけでも必要としたのである。過去の作品においては仏教をまともにとりあげたことはなかったにもかかわらず、彼は四部作を方向づける指針として、仏教の輪廻（サムサーラ）の概念を採用したのだった。

創作力の衰えを当然意識していたに違いない三島は、その最後の日々に、文学的名声を盛り返そうとしていた。彼は手のうちにあるあらゆるカードを使った。学習院、「生きのこり」のテーマ、過激なナショナリズム、暴力、同性愛、異常な性愛の現われ。四部作は彼の過去の全作品に対する一種の総論——三島の文学的遺書となった。しかし仏教の枠組みは、浅薄であった。転生の話はむしろ馬鹿げていた。学習院の同窓生ふたりのうち、ひとりは夭折する。あとに残ったひとりは、東南アジアの王女に出会うが、彼女は死んだ友人の生まれ変わりであることがわかる。証拠となるのは大腿部のほくろである——等々。三島が仏教の輪廻について書き、川端が禅の思想について語ったのが、ともに西洋の読者の心に訴えようとしたときだったのは興味深い。ひとりはノーベル賞をめざし、ひとりは賞を手にしたときの演説において。ふたりとも、仏教の概念をとりあげた結果、仏教がまじめな意味においてはどうにも彼らの手に余る対象であり、彼らの涸渇した霊感に活力をよみがえらせるには大して役には立たなかったことを、示すだけに終わった。三島と川端の自殺には、共通点がひとつある。ふたりとも、創造的な作家としての自分たちの将来に、絶望感をいだいていたのである。

Lの表現を借りれば、三島は復古者である。しかし乃木と違って、彼は回復すべき過去を持たぬ復古者であった。三島の漠然とした、ロマンティックな、発作的なナショナリズムはそこに由来しており、それが彼をほとんど論理的な帰結——死に導いたのだと、私は思う。中産家庭の出身である三島は、上流階級の一員となることにあこがれた。創作の主人公として、彼は自分の若き日に学習院で出会った貴族や王族を選ぶことを好んだ。中産階級であれエリート支配階級であれ、いかなる具体的な社会集団に対しても自分が所属していることを心のうちに確認できなかった三島は、西洋、とくに米国との、また「日本」、もしくは彼が「真の日本」と考えたものとの、空想のきずなを強調する方向に傾いたのである。しかし彼が主として文学をつうじて知っていた西洋は、——三島にとってだけでなく、彼の世代の日本人の大多数にとって——まさに、あまりに遠かった。西洋の世界が遠ければ遠いほど、西洋に対する彼の感情は分裂した。讃美と恨み、文化的な民族中心主義と、感傷的なナショナリズム。

西洋の誘惑に対する反応としての三島のナショナリズムは、元来、日本の純正な伝統的価値の主張に基づいたものではなかった。むしろ三島は、「真の日本」を模索していたのだが、彼はそれをほかでもなく、青年時代の好戦的な国であった日本に見出したのである。身近な環境においては、彼は自衛隊に自己固定しようとつとめたが、それは戦後日本の調整者的影響の一環であった。自衛隊はいうまでもなく三島を好ましいスポークスマンとみなしたが、天皇の軍隊という彼の時代錯誤的な考えにはおじ気をふるった。文化的ナショナリストとしての三島には、支柱となる歴史的な実質がなかった。政治的ナショナリストとしての三島には、自分の擬似軍隊をのぞいては、集団とのきずながなかった。彼のナショナリズムはいわば彼を袋小路に追い込んだのだが、三島自身、それを知っていたのである。

一部の観察者が示唆するように、三島の政治思想も、彼の仮面だったのかもしれない。しかしだれでも、自分に合った仮面を選ぶのである。三島はみずからの死にあたって、エロティックな恍惚感を味わったかもしれない。しかしいずれにせよ、彼の政治思想には、死という出口しかなかったのである。Lがいうように、三島の自殺をそのエロティックな死の願望によってのみ説明するのは、一方的になるだろう。人としての三島を非政治的に考えることはできても、日本社会における彼の役割を非政治化することはあきらかに不可能である。——彼の死後、右翼がその命日に記念の催しを行っているからではなく、戦後日本において非政治的であることは、まさに政治的な行動であったし、いまもそうだからである。戦争反対の声をあげないことは、戦争を黙認することになろう。科学的ないし芸術的中立性の名のもとに権力の濫用に対して口をとざすのは、問題の権力を消極的に支持することを意味するだろう。政治的扇動家としての三島を支持したのは、いくつかの右翼の小さな組織だけであった。とはいえ非政治的な唯美主義者としての三島は、社会に一般的である価値観を黙って受けいれ、既存の権力構造を暗に支持するすべての作家たちにとってのすばらしいモデルであったし、いまもそうなのである。彼は天皇が神聖な地位に復権すべきであると説いた。これこそ結局は、近時の日本の歴代政権が、三島よりも微妙で現実的なやりかたで努力している当の目標にほかならない。

三島の場合とくに、死は中断ではなく帰結——衰えつつあった創造力の、実現不可能な政治参加の、涸れつきたショウマンシップの、帰結であったと私には感じられる。大向こうをねらった自殺は、おそらく彼自身にとっては恍惚感をもたらしたのだろうが、観るものにとっては、それは遠い過去からの奇異な叫びであった。乃木の死後に書かれた神話の歴史が、再び繰り返されることはないだろう。日本にとって、三島の切腹が力強い象徴となることはあるまい。その代わりに日本は、戦時中の心性の悲しい記憶をこれかぎりで葬り去るだろう、と私は思う。

解題——加藤周一と三島由紀夫

片岡大右

加藤周一と三島由紀夫。戦争に傷つくことなく戦後の文壇にさっそうと現れた二人の若き自信家、一種の逆説において「戦争の生んだ子」(臼井吉見『文學界』一九五二年十一月号)と言いうる加藤周一と三島由紀夫は、決して幸福に出会ったのではない。三島にとって、彼がマチネ・ポエティックに対して当初抱いた親近感を衰えさせたのは何より、「検事のごとき眼玉」を持つ加藤とその政治的方向性であったようなのだし(「私の遍歴時代」一九六三年)、加藤のほうでは、ある座談会のあとに、「ずけずけしたものの云い方、わずかばかり有名になって、三島さんは小説がうまいなどと云われて、その結果他人に対する言葉づかいがぞんざいになる男」、「警句をいいたがるが、いいすぎて意味が通じない」、等々と記している(「JOURNAL INTIME」一九四九年十二月)。しかしこの相互の悪印象にもかかわらず、両者の歩みは以後も時折交差することになった。一九五一年末に例外的な海外旅行者として日本を発った三島は、南北アメリカを経て翌年三月に欧州入りした、仏政府半給費留学生としてやはり例外的なパリ滞在の日々を送る加藤の司会のもと、音楽評論家遠山一行と対談する(『西日本新聞』三月二九日)。そして一九五五年三月の加藤の帰国後まもなく、二人は岡本太郎を交えて再会するだろう(『藝術新潮』六月号)。「出ていて面白味のある座談会だった」(『小説新潮』七月号)と三島を喜ばせたこの鼎談では、二人の「文学の権威」(岡本)は多少とも意見を一致させ、既存の日本的現実との衝突を生じさせてまで芸術運動を起こすことの困難を主張して美術家を困らせる。ここで加藤は、時を同じくして発表された「日本文化の雑種性」（『思想』六月号）で主題化した、「徹底的な雑種性」に依拠することで「われわれにしかできない実験」をなそうという主張に基づいて発言しているが、三島はと言えば、わずかに時を隔てた八月四日付の『小説家の休暇』の記述のなかで、「古今東西種々雑多な文化的所産」の併存という条件を「未曾有の実験」の契機として、「日本文化の未来性」を生み出すべきことを提案するのだった。一九五〇年代半ばの両者がひととき接近しえたという事実を想起することは、別様の展開もありえた潜在性において日本の戦後史を考えるためには有用であろう。

さて、ここに再録されるのは、そんな三島が「断乎として相対主義に踏み止まらねばならぬ」というこの時点での確信を離れ、「絶対者」のためにあの演劇的な死を死んだのちに書かれた加藤の文章である。イェール大学で二人の同僚と組織した共同セミナーに基づく著作の第六章「三島由紀夫――仮面の戦後派」より、章末の「おぼえがき」の加藤執筆部分を採った（加藤周一、M・ライシュ、R・J・リフトン『日本人の死生観』矢島翠訳、岩波新書、下巻、一九七七年、一七七〜一八三頁）。文中の「L」はリフトンを表す。加藤の単独執筆になる三島についての文章のなかでは最もまとまったものであり、共同執筆の（ただし多くは加藤のアイディアによるものと思われる）第六章本論ともども、その趣旨は数年後の『日本文学史序説』終章（一九八〇年）におけるより簡潔な記述に引き継がれている。

この「おぼえがき」を読んでわかるのは、加藤が終戦直後の悪印象を三島についての最終的な印象として保ち続ける一方、先ほど触れた一九五〇年代の一定の接近と見えるものについては、おおよそ心にとどめなかったらしいということだ。じっさい、本書の終章（『著作集』第七巻や『自選集』第六巻に再録）の加藤執筆部分で、かつて三島が受け止めようとした混淆性について「贋物と本物、古いものと新しいもの、輸入品と自家製品、そのすべてを時代と場所の条件から抜き出してかきまぜたごった煮」といった記述がなされているのを読むなら、そこに自らの「雑種文化」論に通じる何かを見出した者の共感を認めるのは難しい。

もちろん、加藤が三島という現象の冷ややかな観察者にとどまったという事実は、今日の読者が両者のうちに発想の重なり合いを見出すことを妨げない。超越的なものを相対化する雑種性や混淆性の評価の点のみならず、個人的なものと集合的なもののあいだの緊張をそれぞれに生きたという点でも、二人は大いに比較可能だろう。この緊張を、一九五〇年前後の加藤はロマン主義的近代の本質特徴として論じた。しかし日本浪曼派を生んだ国では、ロマン主義の二重性はあまりに容易に、「自我をめぐって展開する形体と、ファシズム政治に収斂する形体〔…〕との融合」（第六章本論）に帰結してしまう。この日本的困難が、三島を論じる加藤の筆致を陰りのあるものとしている。

大衆文化としての天皇制をどう読むか

鶴見俊輔

1　スターと大衆文化

三島由紀夫の仮面

私の報告は「大衆文化としての戦後天皇制」という主題で、まず三島由紀夫を糸口に話をはじめます。

三島由紀夫の自殺は一九七〇年十一月二十五日に起こりました。いまの私の率直な感情をいえば、三島は私をバカにしているような気がする。自殺して「人間の皮」を脱ぎすてた者としてかれは、いまも「人間の皮」を着ている私を、バカにしているような気がするのです。

私には腹を切ることはできないでしょう。私は十三、四歳のころ、いちど自分の腕を切ってみたことがあります。いまも左腕と左手首にその跡が残っていますが、途中で痛くなってやめてしまった。やはり自分の体の一部でも切ると、かなりの血が出るし、静脈を切っただけで手は止まってしまう。動脈まで一気に切れば死ねるけれども、それまでに途中で痛くなって止まってしまうもので、そうした経験をもつ立場からすると、私は三島にたいして、腹を切ったのは偉いなあという感じをもつと同時に、三島からバカにされている感じがします。

このあいだ長田弘氏から、ポーランド土産として三重人形というのをもらいました。大きな人形のなかに、中ぐらいの人形が入っている。またそのなかに、こんどは小さい人形が入っていて、三重になっています。この三重人形を部屋に置いて見ていると、私は三島由紀夫を思いだす。

なぜかというと、三島由紀夫はスターにして演出者であり、戦後日本のベニヤ板のような文化の形に、ひじょうによく適合していたという感じがするからです。私はかれの場合にも、三つくらいの三島があるとおもう。一つの三島のなかにもう一つの三島がいて、さらにそのなかにもう一つの三島が入っている。少なくとも三つはあるという感じがする。それら三つを巧みに演出して、かれは戦後日本文化のなかを生きていたようにおもう。しかも、そうした生き方は、戦後日本文化の組み合せ方と形態的に似ていたので、それにぴったりあったともいえる。

最初に三島が登場したときに操《あやつ》っていたのは、ヨーロッパ風の知的なニヒリズムだったとおもう。それから第二は、王朝文化風の、いわば文化中心の天皇信仰みたいなものです。さらに第三は、三島の少年時代への異常なほどの固執――これは結局、かれの少年時代に起きた二・二六事件とか、青年将校への憧れとも重なるが――それと表裏をなすものとして、老衰への恐れ、また形式の崩れへの恐れ、という問題があるとおもう。ここに「形式の崩れへの恐れ」というのは、たとえば、この本は四角に置いてなければ困るとか、ここにコップが置いてないと困るとか、そういった強い恐怖感が三島にはあったとおもうのです。

三島は、このような三つのマスクを自由に被《かぶ》ったり、取ったりしていたが、その自由な演出意図があるときに崩れていくことを極度に恐れたのが、かれが自殺する動機になったという感じがする。

人間が衰弱していくことへの恐れ

三島は予感として、自分の思想とか、自分の思想表現を支えるものが人工的なものであることを知っていたと私にはおもわれる。かれの思想は人工的であるから、たえず工夫をこらし、意識が強く働いていないと、崩れてしまう。その崩れることへの恐れ、放心状態への恐れというものが強く働いていた。

晩年の『豊饒の海』四部作を通して読んでみた結果、あの作品に作家としての「成熟」といったものではなく、人格崩壊直前の一種の恐ろしさを感じた。私のように自分自身が精神病の経験をもっている者にとっては、あれを読むことは一種の拷問で、読んでいるうちに頭が変になってくるし、自分が衰退してくるような感じがする。もっとも健康な人にとっては、あの作品が魅力らしいけれども（笑）、私にとっては恐ろしい作品です。読みすすむにつれ、作者の衰弱への恐れというものが、知らずに私にも移ってくるような感じがしました。

私は、そうした三島の衰弱への恐れが、かれを自殺に駆りたてたとおもう。一九七〇年十一月二十五日というのは、かれが決定的に衰弱する直前の決断の時刻だった。それを三島は、時限爆弾をセットするように演出したものだと私は考える。かれの自殺は、それまでの政治的な行動の必然性によるというよりも、彼自身の存在が崩壊してしまう危険があったからだ。人形のなかから小さい人形が出てしまって、三つがバラバラに散乱したらどうなるか。それは三島にとって恥とされたのでしょう。

それから、スターとしての三島由紀夫の底には、もう一人の名利を越えた三島がいたとおもう。ふつうのスターと違って、それが大衆にある種の感動を与えていたという側面が三島にはある。

一般に清純スターの場合、その所属する会社の営業マンか何かに操られていて、ゴシップにいたるまで影の演出者がつくって週刊誌などに漏らしている。そのような清純スターにさらに操られている日本の大衆がいるとして、その人たちにとって三島は、いわゆる清純スターの後ろに俗人がいたというのではない。三島の場合、スターであることに自ら賭けて、そのスターの座で自分を焼きつくしてしまったという一種の殉教者であった。そのゆえにかれは、ほかの凡百のスター以上に大衆を引き寄せた。その演技の最後は切腹自殺ですが、それはスターに引き寄せられる大衆を演技によって魅了した。

三島は、清純な人間であったことは確かだとおもう。われわれの子供の時代でいえば、及川道子のような存在です。かの女は結核で青白くて、それで死んでしまったので、映画の役が実人生にはりついてしまった殉教者であった。三島も、戦後の及川道子のようなスターであるという感じを、私は皮肉でなくもちます。

そこで、このようなスターとしての三島由紀夫が、戦後日本の大衆文化に占める位置は何であったか。そこから戦後の「大衆天皇制」との関連を見ていきたい。

演出された大衆天皇制

戦後の大衆天皇制の設計者として、小泉信三を挙げることができる。この人は何をしたかというと、資本主義の合理性を天皇家と深く結合させた。資本主義はある種の合理性をもっていなければ成り立たないので、その合理性を天皇家と結びつけた。

明治・大正時代には、この二つがあまり深く結びついていなかった。昭和の戦争時代においても、結びついていたとはいえない。それを小泉信三は、敗戦の恐怖からの教訓を汲みとって深く結びつけた。これが彼のやった第一の仕事ですね。

二番目には、小泉信三はテレビを通じて「平民天皇」を演出したとおもう。これは、皇太子と美智子さんが引き合わせられた、いわゆるテニス・コートの誓いというのにはじまって、テレビのうえでの結婚式のショーとして演出された。このことによって天皇家が、戦後の時代のスターとして新しく登場した。

ここにもってきたのは、天皇家が戦後のスターとして登場したという私の説の一つの間接的な資料です。それは、私ども戦前に育ったものには興味ぶかい資料ですけれども、戦後の人にとっては当たりまえのことなので、ショックはないんですね。

ここに『少女』という雑誌の一九六〇年七月号がありますが、なかに「あなたの好きなスターを選んでください」といって、いろんな人の顔写真が出ている。並んでいるのは、長嶋茂雄、美空ひばり、石原裕次郎、中村錦之助、山本富士子などがいて、上段右から三人目には正田美智子さんがいる。皇太子妃が入っているのは、すごいことだとおもって集めたのですが、さっぱり反応はなかった（笑）。戦後の読者にとっては慣らされている感覚なのでしょう。しかし、この慣らされている感覚というのが、じつは新しい時代の質であるということを、私は大いに強調しておきたい。ほかの週刊誌にも類似のスター投票があります。たとえば

『週刊公論』には、そのスター投票の結果が出ている。それによると、美智子妃は第四位で、皇太子はもっと下です。それから皇后になると、さらに下のほうにありました。

テレビには「そっくりショー」というのが、よく出ています。つまり、骨相学的にいって、あるスターに似た顔だちというのは、一定の確率をもって日本人種のなかにいるわけです。そのなかで、ある個人だけが当たりクジを引いたという形でスターになるので、特別にその人が偉いわけではない。たまたま当たりクジを引かなかった人は、少なくともテレビの「そっくりショー」には出られるというのが「そっくりショー」の論理ですね。そうすると、美智子妃に似ている人間というのは日本にたくさんいるわけで、そのなかで皇太子妃になったのは当たりクジを引いたという感覚が底にある。

そうした感覚を巧みに利用したのが小泉信三ですが、かれがバックとした言論機関は『文藝春秋』です。その文藝春秋社が発行した『漫画読本』という雑誌の一九五九年二月号に「御成婚祝賀行列」というマンガがあります。それを見ると、みんなが普通の提灯をもって歩いているなかに、何人かフグ提灯をもって、ふくれた顔をして歩いている女性がいるのです。注釈がついていまして「フグ提灯は、お妃になりそこねた一同」と書いてある（笑）、ほかの人は喜んで提灯をもっているが、彼女らはフグのように顔をふくらして歩いているわけだ。これが、まさに「そっくりショー」の論理になる。

われわれ戦前派にとっては、この漫画のような発想はできないですね。それが、いいか悪いかは別として、もう新しい時代がきたという感じがします。菅孝行のように、それこそ天皇制の最高形態だという評価も成り立つけれども、とにかくここでは、新しい時代の質が出現したということだけをいっておきたい。どうしてこのようになったかというと、やはり高度成長のなかで「ゆとり」といったものが出てきて、ゆとりをもって見るという感覚が徐々にあらわれてきたせいでしょう。

ここに、戦争で亡くなった牧師の未亡人で、こどもを育てる期間ずっと働いて、今は引退した中島静恵さんという人が個人で出している通信があります。それは『「のっぽろ」だより』といって、北海道の野幌から出ている。その一九七六年十二月号には、つぎのような記事が載っています。それは、この人が北海道から東京に出てきたところ、公園で老婦人が二人、こんな話を楽しそうに交していたというのです。

一人が「皇太子さまもですってよ。あれでいろいろ言われていらっしゃるけれど、先のことをよくお考えになっていらっしゃるって」というと、もう一人が「でもさ、もし皇太子さまがお立ちになるという時は、国民投票ということになるんじゃないの」という。すると「それもいいじゃないの。その方が国民みんなが納得するもの」という答えがあって、さらに「その時まで今はそっとしておいてあげることよ。なにさ、天皇さまお一人くらいのこと、国民一人あたまにしたら、いくらもかからないわよ」という会話なのです。

この会話を聞いていた中島静恵という老婦人は、夫を戦争で亡くしたということもあって、天皇制には反対です。だから、この二人の老婦人にたいして共感をもって書いているわけではないが、反対の人間が記録しているところに、この会話の信頼できる性格というものがある。しかも、これは時代の空気を、よくあらわしているという気がします。それだけの「ゆとり」が出てきて、天皇制を自発的に支持しているという感じが出ている。――このような時代を、小泉信三が設計し、もたらしたものと私は考えます。

欧米本位の風景

三番目の特徴は、米国政府が天皇制の援助をしているという演出方法です。これは、欧米本位の風景の一部に戦後の天皇制が取り込まれたということと関連している。

ヨーロッパと米国だけを訪問できる天皇、そしてアジアを訪問できない天皇という状態が、戦後になって出てきた。とくに中国や朝鮮には、おそらく行けないでしょう。そういった状態は、戦後だけに育った人の感覚からいえば、これまたショックではなくて、当たりまえのことではないかとおもうらしいけれども、われわれの感覚からいえば、やはり変ですね。

それは、われわれより以前に育った人の感覚からすれば、さらに変な感じを受けるのではないでしょうか。私は明治天皇のことを調べたことがありますが、その当時の世界の見方として一つだけを引きますと、フィリピンのサラザールという人が、明治天皇が亡くなった直後にフィリピンの英字新聞に出したものがあります。これは、日本の政府から頼まれたり、何かを貰ったりしたのではなく、自発的に書いた詩です。そのなかで、明治天皇に向かって「黄色人種の英雄よ」と呼びかけている。日本の天皇が、当時のアジア人には「黄色人種の英雄」であった。少なくともそのフィリピン人は、そうしたものとして明治天皇に肩入れをしていた。

ところが、いまはフィリピン人にも、また韓国人にも、そうした感覚はありませんね。おそらく日本の天皇にたいする「黄色人種の英雄よ」という呼びかけは、もうなくなってしまったという気がする。ですから、戦後の天皇制というものは、ヨーロッパとアメリカ的な風景のなかに取り込まれて、そこで切れているという状態にあると私はおもう。

これは、加藤（周一）さんとM・ライシュ、R・J・リフトン共著の『日本人の死生観』下巻（矢島翠訳）一八〇ページにも出ていますが、三島由紀夫と川端康成がノーベル賞を得ようとして、いろいろ工作をし、仏教を作品にあしらっている。なかでも川端は欧米向きの演説をしたときに、また三島は欧米向けの作品を書くときに、それぞれ英訳されることを目的として仏教をあしらっているという指摘があります。三島・川端は、日本におけるエキゾティシズム（異国風）ではなく、アメリカ文化圏におけるエキゾティシズムの演技者として働いているという性格があるとおもうのです。いかにも米国文化圏における現在の天皇制とマッチした、エキゾティシズムの演技者といった感じがします。

その意味からすると、三島にしろ川端にせよ、欧米の風景のなかに織り込まれた天皇制の気風をつたえている。三島の作品は、いま日本にいるものとして近くから見ると、日本のいまの天皇制にとっては異物のように見えるかもしれないが、遠くからたとえば米国からロング・ショットで撮れば異物ではないというふうに見えるでしょう。

しかし現にこの日本の社会のなかで生きて活動していた三島由紀夫は、戦後の大衆天皇制にたいして、日本の内的風景としては反発していた。小泉信三にたいしても、熾烈な反発、ジェラシーを燃やしている。大衆を操作できる数少ない知識人として、小泉信三にライバル意識をもっていたのでしょう。ここに、戦後の日本の大衆思想史に影響力がある三島・小泉二人の対立というドラマが見られます。

小泉信三のほうは、かれ自身の軍国主義加担という戦争中の逸脱をタナにあげて、戦後になってからは明治の重臣たちが確立した英米の世界政策に追従するという路線に戻った。日本はアングロ・サクソンに従っていれば安全であるという思想です。この流儀は、たんに重臣層だけでなく、戦後の高度成長期に広く日本の国民の支持を受けた思想であって、いわば日本の戦後大衆思想史の主流になった。インテリのあいだではなく、それが時代全体の思想の主流になったということです。

このような時代の主流に不満をもち、反撃を加えたいとおもう人たちにとっては、三島のスターとしての生き死にが、たいへんに強い魅力となり、共感をもてるものとなっていったのではないだろうか。その不満を引き寄せる磁石の役目を三島が果たしたものと考えられる。――そこで、戦後の主流になった小泉信三式の天皇制思想ではなく、三島由紀夫式の天皇制思想は何かを問題としてとりあげたい。

進歩思想への問い返し

敗戦直後に三島由紀夫が出席した座談会の記録があります。そこで、ほかの出席者は皆「戦争中は間違っていた」とか、戦争中の批判をしているわけですが、三島だけが、ちょっと違うことをいっている。

――家が焼けていた。そのなかに自分が飛び込んで夢中になって取り出してきたものが、後で実は枕だということがわかった。しかし、これが枕だったとしても、家のなかに飛び込んだときの自分の動きを、いまの基準からいって軽蔑するということはできない、と。このようにいったときの三島は、敗戦直後のこのときには孤立していたけれども、重要な思想を語っていたと私はおもう。

これを私の解釈に引き寄せていえば、米国の詩人エズラ・パウンドが、やはりファシズムを支持して、戦後に反米活動のゆえに精神病院に入れられた。かれは“The Cantos”(『詩章』)というのをずっと書きついでいますが、そのなかに「たとえ地獄の真っ只中であっても、おまえが愛したものは、おまえの真実の伝統の一部だ」という聯《れん》がある。三島の書いたものは、このパウンドの『詩章』に及ぶとはおもえないけれども、これと響きあう一種の率直な響きがあります。さきほどの座談会における三島の発言のなかには、敗戦直後の進歩思想の総体を批判しうる何かがある。その進歩思想にたいする三島の問い返しは、戦後の日本の共産主義者、社会主義者、自由主義者にとって、少なくともそのなかの真面目にものごとを考えている人にとっては、手痛い反問であったというふうに私は考えます。

もう少し三島の視点を発展させていくと、焼けている家のなかから枕を取り出すということは、生きているということのなかには、そうした例はあるということですね。たとえば「マルクス主義では、そういう枕はないんですかね」という反問も可能だとおもう。ところが、そういう反問がマルクス主義にたいして成り立つということを、敗戦直後から占領が終わる一九五二年ごろまで、あえて問うた人は少ない。いわゆる「血のメーデー」以後になると、そういうふうに問う人は少しずつ出てきます。なにしろ占領以後、もう二十数年になりますから、そうした層がふえて不思議ではないでしょう。しかし、たとえば三派全学連にたいして「枕はあるはずだ」という形で繰り返して枕を問うていく人間は、いまの日本の左翼過激派のなかでも、けっして多いとはおもえない。したがって三島の反問は、依然として生きているという感じがするのです。

ここでは三島は、ニヒリストの顔をもっている。つまり「生きているということは、そういう枕にしがみつくことじゃないかね」といっているわけで、かれは「どうせ生きているなんて似たり寄ったりじゃないか。どこかの枕をパッと出してくるんだ」というふうに考えている。そうだとしたら「おれが天皇制という枕を出したって、それは何で悪いのか」というところへ、自然につながっていく。ですから、かれの知的ニヒリズムという装いが逆に、三島にとって天皇の座を神聖絶対なものとして恣意的に固定する——この恣意的にというところが三島式なのだが——つまりモダンなんですよ。それが、いまの若い人たちにアピールするゆえんともなっているとおもうのです。

こうして三島は、絶対神聖なる天皇の座を固定しておいて、それに自分を縛りつけようとする狂信をつくりだしていった。しかも、合理的な方法によって、その狂信にむかって駆りたてていくという、ある戦後精神の位相をかれは示していたとおもう。その結果、かれは右翼において少数意見だったけれども、むしろ左翼のほうで右翼におけるよりも多数者に属しているのではないか。そこに三島が、右翼、左翼の垣をこえて、ひろく戦後育ちの学生、若いインテリたちを引き寄せた魅力がひそんでいたものとおもわれる。

三島には「どうせ、どの思想もはっきりした根拠はないんだから、よし、これをえらぼう」そういう恣意的なところがありますね。いわば虚無的な手続きをとおして天皇思想にむかう道筋が、戦後世代に訴えているようにも感じられる。それは、マルクス主義にとっての枕の問題にもなるとおもうのです。

戦争感覚の相違

三島由紀夫は経歴からすれば、一九四〇年代に「戦争」にたいして準備されつつ、ついに戦争というものに投げこまれなかった「青年士官候補生」の状態に近い。その精神状態が三島にとっての見果てぬ夢をつくった。つまり、ポーランド製の三重人形のなかの最後に出てくる人形は、その見果てぬ夢を「敗戦」による中断もなく見つづけ、戦後にも紡ぎつづけた人なのです。

このような精神状態は、じっさい戦争に行った人にはもてないですね。なぜなら、戦争というのは糞尿にまみれた状態のものであるということを、戦争に行った人間は知っているからです。あえていいますが、戦争というのは糞と尿が付きものなんですね。輸送船なんてものは、まさしく糞尿の流れのなかにある。

私は日本で小学校しか出ていないものだから、輸送船のいちばん下へ押しこめられた。そうすると、便所が甲板の上に架設してあるわけですが、下のほうの者が便所掃除をさせられる。糞尿の湯気がブワァーと立っているのを、追い払うようにして掃除するわけだ。そうでもしないと、輸送船には定員なんてないほどの人間が押しこめられているわけで、とても閉じこもっていられない。だから、われわれふつうの大人にとって「戦争」というのは、まず糞尿の湯気のなかにいるようなものですね。殺し合いまでいかないうちに、糞尿のなかに何日も何日もいるわけです。つまり、クソ体験のほうが量的にも大きい。

そうした問題は、青年士官候補生にはわからないとおもう。まして三島の場合、まだ士官としても入っていないし、入ったところで士官学校では、まだ糞尿に直面することもない。その感覚が自分の身体のなかにあれば、戦後に宝塚まがいの軍隊はつくりえなかったですよ。なにしろ糞尿の感覚が出てくるものだから、自分のなかの反射が裏切って「楯の会」のようなものはつくれなかったとおもうのです。

このように考えると、私は村上兵衛の発言には感心しました。それは、いいだもの『三島由紀夫』（都市出版社）という本に収められていますが、もとは三島が亡くなった直後、翌日（一九七〇年十一月二十六日付）の読売新聞に出た座談会での発言です。村上は、三島の自決をきいたときの自然の反射というのか、そのときの即座の感想をいったものだとおもいます。かれは、いわゆる進歩的な人ではないし、むしろ保守的な人ですね。にもかかわらず村上は、こういうことをいっています。

「私（村上）と三島とは、ほぼ同世代だ。彼（三島）の場合は、若き日本ローマン派が、戦後の苦悩の時代を生きてきた。私は戦争中、天皇を見たし（村上は近衛兵で連隊旗手ですからね＝鶴見）、軍隊の醜さも、醜いゆえにそのなかに光る人間像も見てきた。三島が、軍隊に行けず、『おくれて来た人間である』ことを戦後に持ちつづけた心根は理解できるが、私自身は軍隊、自衛隊、また天皇については何らの幻想も持っていない。文学史的にいえば、『遅れて来た青年』の意識を〝鬱〟のかたちでクドクド説いているのが大江健三郎であり、〝躁〟のかたちで爆発したのが三島だという云い方もできる。」

繰り返しますが、この発言には私はほんとうに感心しました。連隊旗手であり、近衛将校として戦争に入っていった村上兵衛だからこそ、このようなことを自然の感情のうらづけをもっていえたので、ここにはあまり知的操作は含まれていないとおもう。ましてや、われわれのように軍属で、小学校しか出ていなくて、輸送船のどん底に追いこまれた人間にとっては、もはや「戦争」というのは、まさに鼻のなかに生じるイメージ（笑）――表現はおかしいが、鼻のなかにも感覚があるんだから、いわば鼻のなかの映像というか、感覚像ですね。それが三島由紀夫と、われわれの感覚との決定的な違いだとおもう。つまり、保守的とか進歩的とかといった問題ではなく、戦争にたいする感覚の違いですね。

三島由紀夫の場合、みずからのなかの未発の戦争体験を美化することができたのは、われわれとは違う感覚をもっていたからでしょう。だから「楯の会」のようなものをつくることができた。しかも、それが戦後育ちの人たちと結びつく。三島の思想表現が右翼の場合とも、もちろん結ぶけれども、それにもましてむしろ左翼である戦後育ちの人とも結びつくのはなぜか。おもうに、それは戦後の高度成長時代が糞尿などとは関係ないからですね。左翼のなかでも、戦後世代で現状に不満をもつという人たちにとっては、三島の身振りが磁石になっている。戦争体験のない戦後世代は、とくに高度成長下に水洗便所が多くなったので、ほとんど糞尿感覚がない。それでいて時代の政治に不満をもっているので、そうした世代に三島が訴える根源の力があるのではないか。

三島由紀夫の天皇制論というものは、王朝文化を支える天皇という理念を現代にもたらそうとするものだ。そうした理論の骨格は、いまいった糞尿の感覚とは別のものですね。まえに述べた三重人形の例でいえば、おそらく中間にあるものだけれども、それも糞尿から自由ではないはずです。じっさいの王朝文化は、糞尿にまみれていたとおもわれるからです。ところが、三島のつくった王朝文化の像は、糞尿から自由になっているけれども、それを現代にも実現しようというのは、不可能な提案ですね。むろん三島自身は、その不可能を知っていたとおもう。知っていて王朝文化を賛美するところに、逆説を好んでもてあそぶ知的ニヒリストとしての三島の面目があったともいえる。

憂国思想の効力

いわゆる高度成長時代に親から金をもらって育ち、大学へ行った人たちは、大人との交渉にあたって自分の要求を段々とつり上げ、大人があるていど話を聞いていくと、いつか実行不可能なものに変形させ、徹底的に、トータルに反抗していくという形が見られましたね。それは一種の甘えを裏返しにしたようなものだとおもうけれども、その形と三島の提案とは一致するところがある。だから三島には、ほかの作家にない魅力が高度成長下育ちの若者にたいしてあったとおもうのです。

このような魅力をもつものとして、三島の文化防衛論、天皇中心論が出てきて、学生には訴える力をもった。しかし、自衛隊にたいしては、三島は訴える力をもたなかったとおもう。防衛大学校の士官にたいしても、そうした力をもたなかったと私は見ています。

私は、創立期に防衛大学校の哲学サークルのようなところに呼ばれて話したことがありますが、かれらはこういっていました。

「自分たちは、親に金があったら、とても防衛大学校のようなところにはこなかった。親にカネがなかったから、ここにきたんだ。自分はいま、この学校を卒業しようとおもっているけど、一生自衛隊にいようとは考えていない。身につけた土木工業をいかして、なんとか別の職業につきたい。自分が生きているあいだに内乱鎮圧にでも駆りだされたら、自分はけっして市民には鉄砲を向けない。」

これは座談会のような席上でいうのだから、孤立した一人の意見ではありません。かなりの集団のなかで、こうした意見を公然といえた時代があったわけです。そうした人たちにたいしては、三島の思想はアピールしないでしょう。一九五五年ころのことでした。

それから官僚にたいしても、三島の思想はアピールしない。なぜなら、実行可能な提案とおもえないからです。さらにいえば、自衛隊とか官僚ばかりでなく、くらしの厳しさを知っている人、かつて下積みの人間として生きてきた人にたいしても訴える力をもたないですね。

その一つの例証として、私は水上勉の講演を挙げたい。それは、岩波の『図書』一九七七年十二月号に載った「わが人生と文学」と題するもので、このあいだ北沢恒彦氏が、われわれの朗読の会で読みあげましたが、迫力をもつ文章と思いました。

そこで水上勉は、いま書いている作品の予告篇として、こんな話をしている。かれは、三島の『金閣寺』のモデルになった林承賢という人の親子のことを書こうとしているわけですが、その青年について次のようにいうのです。

「青年は私（水上）の隣の部落の出身者でございます。なおさら関心がふかまります。私が九歳で相国寺へ行った先の和尚さん、耳に毛のはえたおっさんの前のおっさんは金閣寺の住職さんでして、そこへ小僧が一人私の隣村から行ったんで。私がまかり間違うて十年の差で金閣寺へ行っておったら、火をつけかねないことでございましたが、この林承賢くんという子がかわりにつけてくれたようなあんばいで、あれは昭和二十五年七月二日に炎上しました。」

作家水上勉は、おなじような境遇にいた者として、また貧乏だった者として、お寺の小僧に行くほかなかった者として、林承賢の動機を、三島とはまったく違う仕方で解きあかす。調べてみると、林承賢は「暮しも私（水上）と同じように貧乏で、彼は彼の球根を抱いて、京へ小僧に行ったんでしょう」と。そうして、京の金閣寺を見たときに、かれは「こんなことでいいのだろうか」とおもい、ついに火を放ったのではないか。そのように水上勉は見ている。

金閣寺を焼いた林承賢は、むろん管長から除籍されてしまう。そのお母さんは、しらせを聞いて西陣警察署へ会いに行くけれども、どうしても息子が会ってくれないので、帰りに山陰線の汽車から飛びおりて自殺してしまった。――その後、みなしごとなった林承賢は、六年の刑期を終えて出所するが、昭和三十一年に病死しています。親子の墓は、水上勉の田舎から自動車で十分くらいで行ける竹やぶのなかの共同墓地にある。そのそばには禅宗の寺があるけれども――金閣寺も、水上勉もそうですが、林承賢も禅宗だった――林親子は「禅宗の寺のなかにいるのではございません。共同墓地で眠っているのです」と。

こうして水上勉がいうには、地底の林承賢が、こんなふうに語りかけてくる。

「仏教者の屋敷はあんな京都における金ピカの伽藍ではない。そう彼は私（水上）にいうんでございます。火をつけたのもその理由かなとフッと思うこともございます。金閣寺は禅のお寺ではなかった、あれは一権力者の別荘であった。それはぼくらが学校で習ったとおりです。それを禅宗の宗教の寺とした相国寺に対して彼は反抗したのかと思います。」

普通には水上勉は大衆作家で、三島由紀夫は純文学の作家ということになっています。その評価の当否についてはいまは保留しますが、戦後日本の大衆思想史として考えるときには、三島より水上勉のほうがはるかに日本人のなかに根があるし、ある種の迫力があるという感じがします。下積みとして地道な暮しをしている人なら、おそらく水上勉のように考えたとおもう。本気な、心やさしい仏教徒なら、やはり水上勉の仏教についての解釈に賛成するとおもう。ところが、三島は、そうは考えなかった。だから『金閣寺』のような作品を、三島流に書いたのでしょう。

文化否定の不毛性

三島には別のおもしろさはあったとおもう。さきほどの『日本人の死生観』の下巻一七四ページにも書かれていますが、それを私の言葉でいえば、三島は「現代の茶番」であるということを自覚しつつ演技していたという側面がある。それは遺書や生前の発言などでも跡づけることもできるけれども、かれの演技自体、ある種の表現力をもっていたとおもう。その表現において三島は、戦後の高度成長時代を含めて、戦後の日本文化を全体として否定するという姿勢を示しただけでなく、戦後文化のもたらした総合マスコミュニケーションの軽薄な手練手管そのものを使いこなして、戦後文化を否定する自分自身を打ちだしていった。新聞記者を待たせておいたり、テレビで写されることを計算して自殺したり、ナマ首のころがった写真を新聞に出させたり、すべてを計算に入れていたようにも解釈できます。

「戦後文化は不毛だ」と三島は言う。かれを右翼的思想のほうに引っぱっていく人間は、その点において三島を評価する。しかし三島自身は、もっと手が込んでいる。戦後文化を不毛だといって否定する自分自身の否定の方法そのものの不毛性をも、あわせて証明している。そうした力学的な構造をもっているんですね。ここに、三島のもっている一種の悲壮美がある。

私は武田泰淳という作家が好きですが、かれがどうして三島に肩入れしているのか、長いあいだ不可解でした。ところが、この報告を準備する段階で、もういちど武田泰淳と三島由紀夫の対談「文学は空虚か」というのを読んでみて、心に触れるところがありました。それは『文藝』の一九七〇年十一月号に載ったものですから、三島の自殺の直前におこなわれた対談です。

そこで二人は、いろんなことを話しあっていますが、武田泰淳がこういうところがある。「たとえば、いまヘドロの問題があるでしょう。ヘドロの一番の問題は、われわれが紙を使って生きているということですね。もし日本文学全集が出なくて、あるいは大新聞があんなに増頁しなかったら、石狩川のヘドロも大昭和製紙の田子の浦のヘドロも出ないですよね。それを自分が、自分の芸術、あるいは自分の美をうたいあげる根底は、けっきょくそのヘドロによって支えられているという感覚がないと、無限に批判できますよ、それは。それは、お前は臭である、臭を作り出したお前は悪であるということだが、実際はだけどそうじゃないんだもの。画家の使う絵具だって、映画監督の使うフィルムだって、全部ヘドロを出しているんだもの。それをふまえないで公害問題を言うと、それこそまた戦後の空虚だね。」すると三島が受けて、このようにいう。「またはじまっていると僕は思うんだ。つまり、公害を批判すれば、またそれでいいんだ（笑）。」ここで武田泰淳と三島由紀夫は、ともに笑う場というものを共有しているんですね。

このように、武田泰淳が仏教者として三島に共感を惜しまなかったのは、戦後文化を否定する自分の方法の不毛性をも突きだす人間として三島を見たからでしょう。ある種の憐憫というか、人間はそれだけしかないんだなあ、というところがあって、そこを武田泰淳は見ていたとおもう。だから、かれは三島と同体に倒れるというところがあって、そこに共感できる。つまり、なぜ武田泰淳が三島にひかれたかというと、そこには自覚的に、華やかに自分の不毛性を証明してみせるという勇ましい表現があったからだろうとおもわれる。それこそ武田泰淳の世界でもあって、かれは『ひかりごけ』以来、晩年の『富士』、『快楽《けらく》』に至るまで、そうした作品をつくりつづけた。

私は、美学の用語に習熟していないので、話を論理学の領域へもっていくと、これは「不条理への還元」ということですね。三島は「不条理への還元」によって自分自身を否定してしまうところがあった。——論理学で「不条理への還元」というのは、ある命題のなかから、それ自身のもっている矛盾を引き出してくることによって、その命題のあやまりを証明するという方法なのです。純粋に論理学的に解釈するのでなく、哲学的にひろく解釈するとすればこれが、三島の戦後文化に対してとった方法です。三島は、戦後文化の申し子である自分なりの方法によって戦後の日本文化の全体を否定したわけだけれども、それは一面では林房雄のような戦前からの右翼にとって都合がよかったかもしれない。しかし、三島の場合は、それで終わっていない。かれはナマ首のころがる写真を撮らせることによって、戦後文化を否定する自分の行為の不毛性をも併せて証明している。したがって、少なくとも三島の自殺の行為は、一種のグロテスクな、強い表現力をもっていたといえる。戦後の大衆文化を使いこなした三島のスターとしての演技は、たいへんなものですね。私は三島の作品の全体を認めることはできませんが、あの自殺の方法は、驚くべき一つの行為であったとおもう。

2　日常生活における天皇制

天皇制の便利さを再確認する

戦後の大衆天皇制には、三島由紀夫と天皇制との関連を見ていくだけでは、すくい取れない部分があるとおもう。そこで私は、つぎに「日常生活のなかでの慣性あるいは惰性を系統的に活用する力としての天皇制」ということを問題にして、それと見合う形での三島の位置をはかってみたい。

ここに「慣性あるいは惰性を系統的に活用する力としての天皇制」というのは、私流にかなりやさしくいったつもりですが、神島二郎氏が「支配原理としての天皇制と帰嚮原理としての天皇制」というときの〝帰嚮原理〟と、ほぼ同じものを指しています。ですから私は、まず神島氏や高畠通敏さんが一貫して追究してきた仕事の領域と近いことを申しあげて、以下の話を進めます。

話はとびますが、駒尺喜美が『思想の科学』一九七七年二月号に載せた「女にとっての天皇・家父長の姿」という一文に、私は感心しました。なかで駒尺喜美は、萩原葉子の『蕁麻《いらくさ》の家』という小説を批判している。――その小説で萩原葉子は、自分の生まれ育った家のことを書いているが、家を切りまわしていた辣腕家の祖母に批判を集中させているんです。そして、その祖母のいいなりになって引きまわされていた無力な家長の父親、つまり萩原朔太郎については、強い愛惜をもって書きつづっている。

そこが読者の共感を得るゆえんかもしれないが、おなじ女性として駒尺喜美が読むと、それこそが天皇制を支える女性の日常の思想になっている、というのです。――辣腕家の祖母というのは、実力者的な人物で、総理大臣に当たるわけだ。それに批判を集中してしまうと、無力な天皇を擁護することになってしまう。家長ないしは天皇を無傷のまま置いといて「おかわいそう」というのであれば、いつでも辣腕家のほうは変えていけばいいので、無責任な体制そのものは指一本ふれられずに残っていくことになる。それでは、辣腕家の個人政治家の浮き沈みをこえて、いつまでも天皇制が存続していくという根拠になっていく。――そういう考え方ができるとおもう。

それから「慣性とか惰性としての天皇制原理」といっても見落とされた領域が多いとおもうけれども、戦後日本の進歩的な社会科学思想は、そういった領域に目を向けることが少なかった。だからこそ神島二郎氏の仕事その他が後に、その欠落を補う部分として出てくる。

戦後日本の社会科学思想では、なぜ米軍が天皇制を活用したかという根拠が、上っ皮の部分でしか捉えられていない。明治時代において近代化をなし遂げた力としての天皇制の便利さ、そして欧米帝国主義の侵略にたいして国民が「忠臣蔵」のなかの赤穂家臣団みたいになって独立を守ったという、そのことにおいて発揮された天皇制の便利さというものが、いままで見落とされてきました。むろん、それは困るわけですが、日本国民にとっては天皇制が一種の保険制度になっているという側面を見落としてはならない。

日本民族の固有性への信仰――それは日本人として安心していられるといったものですが――これが逆にあらわれたのが、アジアへの進出と圧迫という側面で、その点では戦後も変わっていない。それを菅孝行の天皇制論が指摘しているわけですが、たしかに戦後の天皇制をこのまま安心して放置しておくことはできないでしょう。だが、すべてを意識的に、合理的に組み替えるなどということは簡単にいえないので、そこにどうにも動かしにくい性格（リカルシトランス）というものが隠されているようにおもう。すなわち、人間のあらゆる行動を意識的に組み替えうるか、そんなことに人間は耐えうるか――そう反問してみなければならない。そうした反問を、国民性の改造などと大それたことをとなえていて、進歩派はあまりしなかった。しかし、それはいまも依然として社会科学の問題として残っている。

天皇制序列の勲章

さて、いままで述べたのは、おもに事実についての分析と解釈ですが、これから未来に向けて、われわれはいったい何をなしうるか。むろん、なるべく冷静であろうとしても、そこには賭けというか、こういうふうにしていきたいというプログラムが入りますから、むつかしい問題が出てくる。

藤田省三氏が、竹内好訳の『魯迅文集』第五巻（筑摩書房）の月報のなかで「筆墨の徒」という一文を書いている。そこで、皮肉な意見を述べていますが、その一部を読んでみます。

「一つの時代が終ると其処に以前には予想もされなかったような奇妙な反応がいくつも生れるものである。古来、文明批評家がローマ帝国の成立よりも、ローマ帝国の没落史に対してより強い関心を持ってきたのも、規模こそ違え其処に性質としては同じような意外性の頻出を見出したので、事件とか出来事とかいわれるものの何たるかをその過程において明らかにしたいと思ったからかも知れない。それと較べると規模の矮小ぶりは甚しいが、最近の勲章ばやりは――いやそれの受け取りばやりは――少々予想外の範囲にまで及んでいる。」

藤田氏は「戦後の幕が閉じた」という話を、このように枕をふって書いているわけですが、たしかに日本人のなかには、いま天皇制序列に戻っていくという方向がある。敗戦直後であれば、知識人として筋の通った人は、勲章など貰わないであろうという予想を、藤田省三氏はもっていたことを、この文章はしらせる。しかし、その予想が崩れてしまって、意外な人までが天皇制の序列に戻っていく。果たして、どこまで戻っていくのか、いわゆる惰性の原理を全体として、もう自分のなかに受け容れてしまったのか。――私には、そうはおもえませんね。

ちかごろ勲章も四等、五等どまりで、勲八等とか七等というのは、くれないでしょう。あらゆる人間が勲章をもらえるわけではないので、どうしてもたいへんな数の人が洩れるし、また洩れる人のほうが多い。かれらは、もともと天皇制序列の外にいる人間ですが、そうした人たちが戦前と同じような惰性の原理にしたがって、もとへ戻っていくか。それは私は、かなり疑わしいとおもう。そこのところまで目をつければ、私は藤田氏ほど絶望的にはならない。戦没者の遺族などで勲八等を突き返している人がいますね。

それから受験のハードルというのは、戦前の延長でいえば、もともと天皇制の序列のなかで上昇していくシステムですね。戦後は、その受験のハードルがひじょうに強く、戦前よりもさらに高く、また小きざみに復活したんですが、しかし、そのシステムから横にはみ出していく気分は、大衆文化のなかに一つの強い流れとして出てきているとおもう。戦前と比較してみて、この流れは量においても質においても大きい。

少年少女漫画に見る秩序否定

「もう一つの文部省」という言葉がありますね。これは徳冨蘇峰が講談社にあたえたもので「おもしろくて、ためになる講談社文化」といわれたけれども、その「もう一つの文部省」として私が挙げたいのは、いわゆる少年少女漫画、それから少年少女週刊誌のことです。これはいま厖大な読者層をもっていますね。受験競争に組みいれられている人間といえども、ちょっとの息抜きが欲しいので、それを廻し読みしている。

そうした漫画本の内容は、私は学者が個人全集を読むのと同じくらいの熱意をもって毎週、熟読しているので、いくらでも引用できますが、たとえば小林よしのりの「東大一直線」とか、コンタロウ（工学部の大学院生）の「1・2のアッホ!!」とか、とりいかずよしの「トイレット博士」とか、少女漫画でいうと土田よしこの「つる姫じゃーっ!」といったものは、すべてその系列に属します。じつに厖大な数にのぼりますが、これらはタテ一線の秩序を認めない方向の発達を示すものだとおもう。

かつて加藤（周一）さんが日本と違うアメリカの特質として、米国人は相当の教養をもって高い位置にのぼった人間でもヒッピー度があるという意味のことをいわれましたね。そのヒッピー度によって文化の全体をはかるという視角がありますが、日本では漫画のインデックスをもって考えてみると、いまの青少年や受験世代には、かなりのヒッピー度があるとおもう。統計的にもヒッピー度ゼロの人間というのは、一、二パーセントの少数者で、このあいだ十五歳で司法試験の第一次に合格した人がいますが、かれは「ピンク・レディーって何ですか、それは歴史上の人物ですか」といったけれども、あれは漫画を読んでいないね（笑）。いまどきピンク・レディーを知らないというのも珍しいけれども、だいたいクラスで一番とか学級委員をやっている人間でも「トイレット博士」ぐらい知っていますよ。そういう時代がきているのです。

こうした漫画の世界には、さきほど述べたような糞尿感が、ほとんど日本の民族文化から継承したという形である。それは微弱ながらも、三島由紀夫の「楯の会」的な戦争論とは対立的な契機をもっているとおもいます。しかも、それは惰性の原理でありながらも、三島的な天皇観とは明らかな違いがある。

日本人と朝鮮文化

これは惰性の原理とはいえないが、在日朝鮮人が約六十万人いますね。そのなかに育っている慣性としての日常生活の思想は、相当の重さを在日朝鮮人以外の日本在住者にたいしてもっている。かれらと心おきなく暮している日本人、かれらの友人である層まで入れれば相当な量です。戦前の共産党員とは比べものにならないほどの人たちが、朝鮮文化に親しむ人として生きている。

そうした人たちの運動として、たとえば朝鮮文化社などの考え方を推し進めていくと、いわゆる三島由紀夫がいっているような日本固有の文化といっても、じつは朝鮮渡来のものであって、日本へきた朝鮮人がつくったものだということは明白になりつつある。日本固有の文化にさかのぼれば、そこに朝鮮の渡来文化があらわれてくるという仕組みになっているわけです。それを大衆的な作品として書く者も出てくる。純文学の作品とはいえないけれども、たとえば小松左京の『日本アパッチ族』（一九六四年）などは、在日朝鮮人の生き方を大きくドラマティックに捉えた作品と考えられますね。

三島由紀夫が自殺したときに、韓国人の金芝河が批判したことがあります。私は偶然、金芝河が強制的に療養させられていた馬山の病室を訪問しました。かれは当時、結核ではなかったけれども、強制的に療養所へ入れられていた。かれは「三島の作品を翻訳で読んだので、よく知っているわけではないけれども、彼の死を聞いたときに感じたこと」として、そのとき即座に短い詩を書いています。これは「アジュッカリ神風」という詩の題で、すでに活字になっていますが、その一部を読みますと……

どうってことはねえよ
朝鮮野郎の血を吸って咲く菊の花さ

かっぱらっていった鉄の器を溶かして鍛え上げた日本刀さ
何が大胆だって
おまえは知らなかったのか
悲愴凄惨で、全く凄惨この上もなく凄惨悲愴で、凄惨な神風も
　どきもどうってことはねえよ
朝鮮野郎のアジュッカリを狂ったようにむさぼり食らい、狂っ
　ちまった風だよ
狂っちまったおまえの死は
植民地に干上がり、病み衰え、ひっくくられたまま叫び燃える
　植民地の死の上に降る雨だよ
歴史の死を叫び寄せる古い軍歌さ
どうってことはねえよ
素っ裸の女兵が
素っ裸の娼婦の間に割り込んで突っ立ち
好きなように歌いまくる気違いの軍歌さ

金芝河の〈三島の自殺〉批判

金芝河は私と会ったとき、三島の死について感じた動機を語ってくれました。かれは四つのことを感じたというのです。

一つは、三島の死に方には、オスカー・ワイルドふうな唯美主義があるということ。さきほどの私の言葉でいうと、ヨーロッパ流の知的ニヒリズムがあるということに当たりますね。これは前代の遺物だ、というのです。

二つは、ノスタルジアがあるということ。むろんノスタルジアをもつというのは、かれの私生活上の権利だ。しかし、それに尽きないところがある。ノスタルジアには、昔の日々はよかったという判断がある。昔の日々はよかったのか。三島由紀夫にとってはそうだろう。しかし、その昔の日々は、朝鮮の人間にとってはけっしてよくはなかったし、中国の人間にとってもそうだ。——そう金芝河はいってました。

三番目に、三島の死に方には新しいタイプの破壊力を感じたという。新左翼のデモと赤軍派のテロとのあいだにはさまれて、かれは自分の無力を感じたのだろう。そこで一種の痙攣状態——金芝河の言葉でいうとパロックシズムが起こった。つまり、自分で調整できないような何かが起こった。それが彼の直感なんですね。

四番目に、三島の死には、何か自分を隠して、自分の対偶を大衆の前に置くという感じがある。かれは弱い人間だ。その女性的本質を隠して、男らしい外見上の身振りに徹する。それは個人的な精神分析の領域にとどまるものではない。そこには、かれの自覚しない政治的な次元がある。かれによって自覚されない形での帝国主義がある、というのです。

この三番目と四番目の分析に、たいへんに鋭いものがあるとおもいます。かれの詩の聯とも結びつくんですが、こうした感じ方は、韓国にいる金芝河が感じただけではなく、日本のなかにいる朝鮮人も感じたことですね。それは日本が支配していた植民地のなかで生きてきた人、またそこから連れてこられて日本のなかに

いる人たちのあいだに流れる、一種の回流だとおもいます。さらに、その人たちとともに暮している日本人のなかにも流れている。そういう感情の流れだとおもう。

このような感情は、ほとんど惰性的で、つまり意思によってつくるものではないという意味で、慣性あるいは惰性に属するものですが、これこそ三島のいう天皇制に包みきれない、もう一つの部分だと感じます。

それから、三島の天皇制がどうしても包みきれなかったものは、女性原理ですね。いわゆる女性原理による家の再編が、家だけではなくて社会にも影響を及ぼしているわけですが、それは三島の自殺の仕方では到底包みこむことのできない別の流れです。

私は「踊る宗教」の北村サヨに興味をもっているんですが、そうしたものの前例としては、幕末に中山ミキがいたし、明治・大正時代には出口ナオがいた。そうした人たちに代表される女性原理による社会思想の流れがあって、それは家の外まで流れて家の連合をつくっているとおもう。いままでは軽んじられてきたけれども、最近になって安丸良夫が『出口なお』(朝日新聞社)という本を書いた。そういった流れがあるということが、われわれのまえに明らかになってきたという気がします。

自治を支える記号

そういうさまざまな慣性あるいは惰性に助けられながら、われわれの自治が進んでいけば、それだけ上からの支配原理としての天皇制は後ずさりしていくとおもうのです。そして、自治を内面から支えるものはさまざまなものがあるとおもうけれども、その記号は意識的につくられたものでは弱い。われわれが眠っているあいだでも支えてくれるような、あるいは眠りのなかでも現れてくるような、そうした記号が有効であるはずだ。惰性もしくは慣性そのものを養い育てて、より強くしていくようなものですね。それを探し求めなければならない。われわれの自治を内面から支える記号というものは、科学の用語とか術語ではないでしょう。人間の精神を内側から動かす力の記号というものは、科学の術語ではないということを、敗戦直後の進歩的な学者は取り違えていたとおもう。その根本的な錯誤についてだけいえば、三島由紀夫はその錯誤をついた人間の一人といえる。その一点において、かれは大衆文化のレベルにおいて、戦後の進歩思想に有効に反撃したといえる。

われわれの自治の内面を支える記号は何か。それを探し求めていくと、日本の村の文化に行きつく。ところが、その村が実質上、すでに壊滅している。その見方はたとえば玉城哲の『稲作文化と日本人』(現代評論社)などには、はっきり出ている。また、守田志郎の『小さい部落』(後に改題)に説かれている「小国寡民」という村の理想がありますね。違う思想をもっていても、ほかの人間を根こそぎに殲滅しないという思想が、村の文化にはあった。また他の村を侵略したり征服したりしないという文化でもあった。

しかし私は、こういう考え方を日本の国民レベルにまで押しひろげて、全体的に村の文化を再建しようとしても失敗するとおもう。いままでのように、村の文化に学ぼうという形で問題を展開すれば、うまくいかないし、問題の設定の仕方として具合が悪い。むしろ、それは地域を限定して、局地的な伝統習慣として考えていけば、再建しうるとおもう。それがいま、われわれを支えるものに育っていくのではないか。

たとえば、日高（六郎）さんの論文にも出ていたけれども、タイに公害を輸出することに反対する市民運動がある。それは小さな規模のものだけれども、労働組合も総評も提案できなかった問題を提案し、ブレーキの役を果たしつつある。その孤立無援の市民運動を支える基礎にあるものは何か。それは人と人との間だとおもう。

われわれがやっている運動を見ても、圧倒的な多数に抗して持ちこたえている運動というのは、ひじょうに小さな人脈をいつでももっている。たとえば、われわれが岩国に「ほびっと」という コーヒー店をひらいて、それがつぶされた後も、岩国に二人組、三人組という形で残っているわけだ。その連中は大学を出ても就職しないで、アルバイトをしながら運動をつづけている。そうすると、つぶされた後も見捨てるわけにいかないですよ。そこに生ずる人間と人間との一種の郷土主義というか、ふるさとのようなものがあるわけで、そのペイトリオティズムのなかから考えていかなければならないだろう。

三里塚は、日本全体に対しては局地的かもしれないが、そこでの人と人とのつながりが強いから持ちこたえている。というよりも、ここでは、村の思想が、まさに現代の要求にこたえる仕方で、新しく生きているといえる。そういう感情は、至るところにあるわけだ。つまり、人と人との間を大切にするという生活習慣が、われわれのなかにある。

市民運動としての郷土意識

そうした感情は、進歩的な運動のなかにあるだけでなく、夫婦とか、親子のなかにもあるでしょう。私は広い調査をしたわけではないけれども、お母さんに読ませる雑誌で、夫婦の対話をずっと記録している『母の友』というのを愛読しています。その四月号に「夫婦でダベる時間です」という欄があって、酒の小売商をしている田中弘良（三十五歳）と田中和子（三十三歳）、それに子供は六歳と四歳の双子とがいて、その大阪の人が商売のコツや何かを話したのが載っている。——サービスをやっていかなければいけない。自分の店をちょっと休んでいるあいだに、べつのところにお客をとられてしまった。そういう人に道で会うと、こそこそっと横を向いて、避けて通ろうとする。そのときに、やはりお客が話しかけてくるように、こちら側から話しかけるようにするとか、いろいろなコツを考えている。——そうしたことで商売に忙殺されているわけですが、女性のほうが、こんなことをいっている。「私は、商売は下に落ちん限り、横ばいがええと思うの。横ばいというのが一番ええ線やと思うてます。」

これは経済理論として、べつに低成長がいいという話ではないんです（笑）。ふつうの考え方からいっても、あんまり忙しいのは小売商としても困る。だから、やはり夫婦とか子供の単位で考えていくと、こういう価値観があらわれてくる。ここには、私が考えている意味での郷土本位の思想があるとおもう。これを上から割り切っていったら作為にみちた思想になってしまって、低成長時代に必要な思想とは何か、といったものになるのでしょうが、もっと自然に、夫婦の側からのいまの自分の環境への反応として出ている。

いまの若い人たちでも、自分の部屋を快適にするとか、新しい社会学者のいうカプセル人間とか、穴倉《デン》の思想とかいうでしょう。テレビやステレオを置いて、それにいろんな末端部品をつけていくというのは、やはり一種の郷土本位の思想だとおもう。かれらもまた一人のまま、ふるさとをつくっているのだとおもうし、結婚して夫婦になると、それもまたふるさとになる。そういう仕方で市民運動をやっていけば、持続できるものですね。

高畠（通敏）さんが中心になっている「声なき声の会」にしても、もう十八年、岩国の「ほびっと」だって、もうつくってから十年、それぞれつづいている。そうした運動は、数のことを考えなければ、みんな生きいきとしているね。やはり、そこには直接民主主義というと具合が悪いけれども、何かがある。

このように見てくると、わりあいに古くからあった村の伝統が生きているとおもう。武者小路実篤が「新しき村」をつくったのは大正七年（一九一八年）——あれは坊ちゃん的なものだという批判もあったけれども——もう六十年にもなっているし、やはり継続性がありますね。こんど大津山国夫という人が冨山房から「新しき村」の文献を集めた本を出したけれども、その解説のなかで、ボルシェビズムと「新しき村」の行き方との区別を問題にしている。あの当時は一緒になって論争をしても、何も生まれなかっただろうが、いまは両者が結びつきうる段階に達したといっている。

そして「新しき村」のなかの良い部分というのは、おそらくマルクス主義のなかに完全に吸収できるものではないだろうといっている。それは、たとえば何人かが反対を表明したときには、予算の全部を多数決の決定によって使わないそうです。反対の人が五パーセントいたとしたら、その予算の五パーセント分だけ別にしておいて、ほかの人が使えるようにする。これは、いいかえれば直接民主主義の尊重ということであって、そういう運営の仕方を「新しき村」ではジャーナリズムから忘れ去られていても六十年間、いまも生かしつづけている。ここに何かが、しかも興味ぶかい何かがありますね。

80年代への新しい流れ

三島由紀夫は自殺することによって天皇への忠誠を証明してみせた。しかし、そうしたものには巻き込まれない動きが、生活習慣として、また惰性とか慣性を利用した流れとして、いろんな方面から出ている。生活のある方向から出てきている。

それは、戦前の天皇制を変えていく方向になるし、支配原理としての天皇制と向きあうだけでなく、慣性として、神島二郎の言葉でいえば帰嚮として、また菅孝行のいう「象徴天皇制」にたいしても押していって、向う側が後ずさりしていく流れは、はっきり出ているとおもう。さきほどの水上勉のほうからも、また金芝河のほうからも――その場合には、日本の国外からも、さらに在日朝鮮人六十万の国内からも――それから女性原理のほうからも、いろんな流れが動きはじめている。

むろん、こうした方向からの流れは、いわゆる知識人の文化のなかでは、あまり大きなスターにはならない。というのは、それを知識人は嫌うわけだ。日本の知識人は、学校に長くいつづける育ち方をしていると、極端な方向まで理想を高く上げるのを好む。

三島ほど人気はないけれども、私は小田実とか、谷川俊太郎の詩のなかには、べつの流れが出ているとおもう。それは知識人のなかでは人気がないのと同じように、大衆のなかでも、そんなに人気がないかもしれない。しかし、かれらが人気がないということは、いいかえれば大衆が自分でもっている思想と同じだからで、だから人気がないともいえるが、半面、そのほうが日本の大衆思想史のなかに力がないとは到底、私はいえないとおもう。たとえばテレビ文化のなかでいえば、永六輔とか、小沢昭一のような、いわゆるマスコミニストの思想と地つづきになっている。

抽象的な言葉に自分を結びつけた者は、言葉が浮きあがってくると、言葉に殉じて死ぬほかないというところまでいってしまう。それを実行したのが三島であって、その意味で三島を偉いとおもう。かれは自分たちの属する戦後大衆文化の不毛性を全体として証明したことで、やはり戦後の大衆天皇制にたいしての、一つの逆のインデックスになっているという気がする。

三島は、ある種の誠実さを自裁によって表現したとおもわれるが、私個人としては、かれに別の仕方で誠実さを表現してもらいたかったという感じがします。たとえば私は、男が女と結婚しなければならないとは、全然おもっていない。男が男と結婚するとか、女が女と結婚するという道を開くことは、悪いことではない。ですから、三島は自分の衝動にしたがって、男が男と結婚する道を地道に、一所懸命つくるべきだった。そういう団体として「楯の会」を組織してもよかったんだ。それが、まともな人間のなすべきことだともいえる。しかし、さきほどの金芝河の批判にもあったように、三島はそれも恐ろしかったのではないだろうか。だから、できなかったとおもう。

私は近ごろ、ジョナサン・フライヤーの書いたクリストファ・イシャウッドの伝記を読んでいますが、イシャウッドはベトナム戦争反対運動を組織すると同時に、自分が男色家であることを公認のものとしようとして、世界どこでも男と一緒に行くのです。あるとき、ヨーロッパへ行ったときに、きょうで別の若い男と二十年間いっしょにいることが判明したら、それでは結婚記念日を祝おうということになって、みなで祝いの会をもった。かれこそ、ほんとうの男だとおもうね（笑）。だから私は、三島にも、ああいう人物になってもらいたかった。それが、まともな人間のすることですよ。自分の首を斬るなんて痛いことをするんだったら、そっちのほうをやってもらいたかったな。――それが私個人の希望であり、また残念なことです。三島由紀夫という人は、いい人間なのだから。

解題

ここに収録したのは鶴見俊輔、加藤周一、日高六郎、高畠通敏による共同討議をもとに一九七九年一二月に潮出版社から刊行された『転形期　80年代へ』の第二章「天皇制と民衆」の冒頭に置かれた鶴見による報告である。これを受けた四人の討議は『鶴見俊輔座談第一巻　日本人とは何だろうか』（晶文社、一九九六年）でも読むことができる。

高草木光一の瞠目すべき鶴見論『鶴見俊輔　混沌の哲学　アカデミズムを超えて』（岩波書店、二〇二三年）は室謙二の「一九七〇年に三島由紀夫が自衛隊駐屯地に日本刀を持って入り、自衛隊員に決起をうながした事件の時に、鶴見俊輔は五歳だった息子太郎の手を引いて何時間も散歩をしたという。鶴見さんが語ったところでは、鶴見さんは同世代の三島に対して抜きがたい親近感を持っていた」という文章をひいている。「それは（略）三島が内部に持っていただろう時代と世界に対する狂気へのどうしようもない近親感であった」（室）。

しかし（もしくはそうであるがゆえか）鶴見に三島についてまとまった論考はない。この報告は事件から九年を経て鶴見が三島について集中的に語った例外的なものとして貴重である。「三島は私をバカにしているような気がする」と語りはじめながら、鶴見は三島をポーランドの三重人形に喩えて、三島にとって天皇が恣意的な固定化であり、それゆえに「合理的な方法によって、その狂信にむかっていく」ことに「ある戦後精神の位相」を見出した上で、その自殺に「戦後文化を否定する自分の行為の不毛性」の証明をみる。

水上勉や金芝河と対照させながら三島の限界と魅力をえぐり出す鶴見の手つきはあざやかであり、三島論としても戦後天皇制論としてもいまだに斬新なのは鶴見が三島と「時代と世界に対する狂気」を共有するがゆえだろうか。

この報告は、三島が「楯の会」を同性婚推進組織としてつくるべきであったという驚くべき（そして今日的な）提言でしめくくられる。鶴見によれば、それは実現できたはずだ。なぜなら「三島由紀夫という人は、いい人間なのだから」。

（編集部）

三島由紀夫　略年譜

一九二五年（大正一四）

一月一四日　東京の四谷で生まれる。本名は平岡公威。農林省に勤める平岡梓と倭文重の長男。

一九三一年（昭和六）六歳

四月　学習院初等科に入学。

七月　短歌一首、俳句二句を学習院初等科の機関誌「小ざくら」に掲載。

一九三七年（昭和一二）一二歳

四月　学習院中等科に進学。

一九三八年（昭和一三）一三歳

三月　「酸模」「座禅物語」、詩、短歌、俳句を「輔仁会雑誌」に発表。

一九四一年（昭和一六）一六歳

九月　「花ざかりの森」を「文芸文化」九月号から一二月号まで、四回にわたり連載。この時から、初めて三島由紀夫のペンネームを用いる。蓮田善明に絶賛される。

一九四二年（昭和一七）一七歳

三月　学習院高等科に進学。

一九四四年（昭和一九）一九歳

五月　徴兵検査を受ける。第二乙種合格。

一〇月　東京大学法学部入学。初の短編集『花ざかりの森』を七丈書院から刊行。

一九四五年（昭和二〇）二〇歳

一月　学徒動員で群馬県新田郡太田町の中島飛行機小泉製作所へ。

五月　高座の海軍工廠で勤労動員。

八月一九日　蓮田善明がマレー半島のジョホールバルで連隊長を射殺して、ピストル自殺。

一九四六年（昭和二一）二一歳

一一月　東京大学法学部法律学科卒業。

一二月　高等文官試験に合格し、大蔵省に入省。大蔵事務官に任命され、銀行局国民貯蓄課に勤務。翌年九月辞表を提出。

一九四九年（昭和二四）二四歳

七月　『仮面の告白』を河出書房から刊行。

一九五一年（昭和二六）二六歳

一一月　『禁色』第一部を新潮社から刊行。

一九五二年（昭和二七）二七歳

一月　北米へ。以降、ブラジル、パリ、ロンドン、ギリシア、イタリアを旅する。

一九五四年（昭和二九）二九歳

六月　『潮騒』が新潮社から刊行。

一二月　同作で第一回新潮社文学賞を受賞。

一九五五年（昭和三〇）三〇歳

九月　ボディビルを開始。

一九五六年（昭和三一）三一歳

一〇月　『金閣寺』を新潮社から刊行。翌年一月　同作で第八回読売文学賞を受賞。

一九五八年（昭和三三）三三歳

六月　杉山寧の長女・瑤子と結婚。

一〇月　剣道の稽古を始める。

一九五九年（昭和三四）三四歳

九月　『鏡子の家』第一部、第二部を新潮社から刊行。

一九六一年（昭和三六）三六歳

一月　「憂国」を「小説中央公論」に発表。

三月　前年一一月刊行の『宴のあと』がプライバシーの権利の侵害であるとして告訴される。

一九六五年（昭和四〇）四〇歳

九月　「春の雪」を「新潮」に連載開始。

一九六六年（昭和四一）四一歳

六月　「英霊の聲」を「文藝」に発表。

一二月　「論争ジャーナル」創刊準備中の万代潔が来訪。

一九六七年（昭和四二）四二歳

一月　日本学生同盟の持丸博が寄稿依頼のため来訪。

三月　「道義的革命の論理」を「文藝」に発表。

四月　陸上自衛隊に最初の体験入隊。

九月　インド旅行。

一一月　後の「楯の会」メンバーと「祖国防衛隊」を構想。

一二月　F104戦闘機に試乗。

一九六八年（昭和四三）四三歳

七月　「文化防衛論」を「中央公論」に発表。

一〇月　「楯の会」を結成。

一二月　「わが友ヒットラー」を「文學界」に発表。

1967年9月、インド、アジャンタにて

一九六九年（昭和四四）四四歳

一月　『春の雪』を新潮社から刊行。

二月　「反革命宣言」を「論争ジャーナル」に発表。

二月　『奔馬』を新潮社から刊行。

五月　東大全学共闘会議駒場共闘焚祭委員会主催による「東大焚祭」の討論会に参加。

七月　「北一輝論」を「三田文学」に発表。

一一月　「楯の会」結成一周年パレード。

「国を守る」とは何か」を「朝日新聞」に発表。

一九七〇年（昭和四五）四五歳

一月　「「変革の思想」とは」を「読売新聞」に発表。

七月　『暁の寺』新潮社から刊行。

一一月二五日、陸上自衛隊市ヶ谷駐屯地東部方面総監室を「楯の会」メンバーとともに占拠、バルコニーから演説、檄文撒布の後、割腹自殺。森田必勝が介錯して首を落とし、その後、森田も割腹して自決。

一九七一年（昭和四六）

二月、『天人五衰』を新潮社から刊行。

本書は『文藝別冊　三島由紀夫１９７０』（二〇二〇年三月小社刊）に以下の文章を増補し、改題の上、単行本として刊行するものです。
三島由紀夫「わが世代の革命」「STAGE-LEFT IS RIGHT FROM AUDIENCE」
鶴見俊輔「大衆文化としての天皇制をどう読むか」

三島由紀夫　政治と革命

2024年7月20日　初版印刷
2024年7月30日　初版発行

発行者　小野寺優
発行所　株式会社河出書房新社
〒162-8544
東京都新宿区東五軒町2-13
電話　03-3404-1201（営業）
03-3404-8611（編集）
https://www.kawade.co.jp/

装幀　中島 浩
編集協力　阿部晴政
組版　株式会社キャップス
印刷・製本　大日本印刷株式会社

Printed in Japan　ISBN978-4-309-03204-7